台灣の讀者の皆さんへのコメント

海を越えて旅したことのない私の書いた小説が、
海を越えて多くの讀者の皆様のもとに届いていることを、
心から嬉しく思っています。
この作品も、どうぞお樂しみいただけますように！

致親愛的台灣讀者

從未出國旅行的我，
這次很高興自己寫的小說能跨海與許多讀者見面，
希望這部作品能帶給您無上的閱讀樂趣。

宮部みゆき

魂手形 三島屋変調百物語七之続

三島屋奇異百物語七

魂手形

宮部美幸
高詹燦 譯

宮部美幸

作品集／76
MIYABE MIYUKI

魂手形：三島屋奇異百物語七

Contents

導讀

進入「宮部美幸館」，就是進入最具原創力與當下性的新新羅浮宮

——張亦絢

宮部美幸並不是不容錯過的推理作家——她是不容錯過的作家。她不只值得我們在休閒時光中，一飽推理之福，也爲眾人締造了具有共同語言的交流平台，讓我們得以探討當代的倫理與社會課題。

在這篇導讀中，我派給自己的任務，是在高達六十餘部作品中，挑出若干作品，介紹給兩類讀者，一是還未開始閱讀宮部美幸者；二是面對她龐大的創作體系，雖曾閱讀一二，但對進一步涉獵，感到難有頭緒的讀者。

入門：名不虛傳的基本款

在入門作品上，我推薦《無止境的殺人》、《魔術的耳語》與《理由》。

《無止境的殺人》：對於必須在課業或工作忙碌時間中，抽空閱讀的讀者，短篇集使我們可以自行調配閱讀的節奏——小說其實具備我們在小學時代都曾拿到過的作文題目旨趣：假如我是×××——本作可看成「假如我是某某某的錢包」的十種變奏。擬人化的錢包是敘述者。如何在看似同一主題下，變化出不同的內容，本作也有「趣味作文與閱讀」的色彩，是青春期讀者就適讀的想像力之作。短篇進階則推《希望莊》。從短篇銜接至較易讀的長篇，《逝去的王國之城》則是特

別溫馨的誠摯之作。

《魔術的耳語》：這雖不是作者的首作，但卻是作者在初試啼聲階段，一鳴驚人的代表作。北上次郎以〈閱讀小說的最高幸福〉讚譽，我隔了二十年後重讀，依然認爲如此盛讚，並非過譽。媚工、心智控制、影像——分別代表了古老非正式的「兩性常識」、傳統學科心理學或醫學、以至商業新科技三大面向的操縱現象及後遺症——這三個基本關懷，會在宮部往後的作品，比如《聖彼得的送葬隊伍》中，不斷深入。雖是作者的原點之作，也已大破大立。

《理由》：與《火車》同享大量愛好者的名作；雖然沒有明顯資料顯示，是枝裕和的《小偷家族》受到《理由》一書的影響，但兩者除了有所相通，寫於一九九九年的《理由》更是充分顯露宮部美幸高度預見性天才的作品。住宅、金融與土地——社會派有興趣的主題，偶爾會得到若干作家略嫌枯燥的處理——《理由》則以「無論如何都猜不到」的懸疑與驚悚，令人連一分鐘也不乏味地，就看完了批判經濟體系的上乘戲劇。說它是「推理大師爲你／妳解說經濟學」，還是稍微窄化了這部小說。除了推理經典的地位之外，也建議讀者在過癮的解謎外，注意本作中，無論本格或社會派中，都較少使用的荒謬諷刺手法。

冷門？尺度特別的奇特收穫

接著我想推三部有可能「被猶豫」的作品，分別是：《所羅門的僞證》、《落櫻繽紛》、與《蒲生邸事件》。

《所羅門的僞證》：傳統的宮部美幸迷，都未必排斥她的大長篇，比如若干《模仿犯》的讀者非但不抱怨長度，反而倍受感動。分成三部、九十萬字的《所羅門僞證》可能令人遲疑，節奏太慢？眞有必要？事實上，後兩部完全不是拖拉前作的兩度作續，三部都是堅實縝密的推理。最後一部的模擬法庭，更是將推理擴充至校園成長小說與法庭小說的漂亮出擊：宮部美幸最厲害的「對腦也對心說話」，更是發揮得淋漓盡致。此作還可視爲新世紀的「青春冒險小說」。說到冒險，過去的未成年人會漂到荒島或異鄉，然而現代社會的面貌已大爲改變：最危險的地方，就在「哪都不能去」的學校家庭中。誰會比宮部美幸更適合寫青春版的「環遊人性八十天」？少年少女之於宮部美幸，恰如黑猩猩之於珍古德，或工人之於馬克斯，三部曲可說是「最長也最社會派的宮部美幸」。

《落櫻繽紛》：「療癒的時代劇」，本作的若干讀者會說。但我有另個大力推薦的理由，我認爲，這是通往，小說家從何而來的祕境之書。除了書前引言與偶一爲之的書名，宮部美幸鮮少吊書袋。然而，若非讀過本書，不會知道，她對被遺忘的古書與其中知識的領悟與珍視。如果想知道，小說家讀什麼書與怎麼讀，本書絕對會使你／你驚豔之餘，深受啓發。

《蒲生邸事件》：儘管「蒲生邸」三字略令人感到有距離，然而，融合奇幻、科幻、歷史、愛情元素的本作，卻可說是一舉得到推理圈內外矚目，極可能是擁護者背景最爲多元的名盤。如果對「二二六事件」等歷史名詞卻步，可以完全放下不必要的擔憂。跳脫了「你非關心不可」與「你知道也沒用」兩大陣營的簡化教條，這本小說才會那麼引人入勝。我會形容本書是「最特殊也最親民的宮部美幸」。

以上三部，代表了宮部美幸最恢宏、最不畏冷門與最勇於嘗試的三種特質，它們有那麼一點點專門的味道，但絕對值得挑戰。

中間門：看似一般的重量級

最後，不是只想入門、也還不想太過專門——介於兩者之間的讀者，我想推薦《誰？》、《獵捕史奈克》與《三鬼》三本。

《誰？》：小編輯與大企業的千金成婚，隨時被叫「小白臉」的杉村三郎成爲系列作中，業餘到專業的偵探。看似完全沒有犯罪氣氛的日常中，案中案、案外案——至少有三案會互相交織連鎖——其中還包括一向被認爲不易處理的陳年舊案。喜歡生活況味與懸疑犯罪的兩種讀者，都容易進入；宮部美幸還同時展現了在《樂園》中，她非常擅長的親子或手足家庭悲劇。動機遠比行爲更值得了解——這不但是推理小說的法則，也是討論道德發展的基本認識：不是故意的犯罪、不得已的犯罪與不爲人知的犯罪，爲何發生？又如何影響周邊的人？除了層次井然，小說還帶出了「少女勞動者會被誰剝削？」等記憶死角。儘管案案相連，殘酷中卻非無情，是典型「不犯罪外，也要學會自我保護與生活」的「宮部伴你成長」書。

《獵捕史奈克》：主線包括了《悲嘆之門》或《龍眠》都著墨過的「復仇可不可？」問題。節奏快、結局奇，曾在《魔術的耳語》中出現的「媚工經濟」，會以相反性別的結構出現。本作是在各種宮部之長上，再加上槍隻知識的亮眼佳構。光是讀宮部美幸揭露的「槍有什麼」，就已值回票價——何況還有離奇又合理的布局，使得有如公路電影般的追逐，兼有動作片與心理劇的力道。雖然不同年齡層的男人互助，也還是宮部美幸筆下的風景，但此作中宮部美幸對女性的關愛，已非零星或一閃而過，而有更加溢於言表的顯現。

《三鬼》：《本所深川不可思議草紙》的細緻已非常可觀，《三鬼》驚世駭俗的好，並不只是深刻運用恐怖與妖怪的元素。它牽涉到透過各式各樣的細節，探討舊日本的社會組織與內部殖民。以兼作書名的〈三鬼〉一篇爲例，從窮藩栗山藩到窮村洞森村，令人戰慄的不只是「悲慘世界」，而是形成如此局面背後「不知不動也不思」的權力系統。這是在森鷗外〈高瀨舟〉與〈山椒大夫〉譜系上，更冷峻、更尖銳也可說更投入的揭露——看似「過去事」，但弱勢者被放逐、遺棄、隔離並產生互殘自噬的課題，可一點都不「過去式」。雖然此作最令我想出聲驚呼「萬萬不可錯過」，不代表其他宮部的時代推理，未有其他不及詳述的優點。

透過這種爆發力與續航性，宮部美幸一方面示範了文學的敬業；在另方面，由於她的思考結構具有高度的獨立性與社會批判力，也令人發覺，她已大大改寫了向來只強調「服從與辦事」的「敬業」二字的涵意。在不知不覺中，宮部美幸已將「敬業」轉化爲一系列包含自發、游擊、守望相助精神的傳世好故事。

進入「宮部美幸館」，就是進入最具原創力與當下性的新新羅浮宮。

本文作者簡介

張亦絢

巴黎第三大學電影及視聽研究所碩士。早期作品，曾入選同志文學選與台灣文學選。另著有《我們沿河冒險》（國片優良劇本佳作）、《晚間娛樂：推理不必入門書》、《小道消息》、《看電影的慾望》，長篇小說《愛的不久時：南特／巴黎回憶錄》（台北國際書展大賞入圍）、《永別書：在我不在的時代》（台北國際書展大賞入圍）。二〇一九起，在BIOS Monthly撰寫影評專欄「麻煩電影一下」。

總導讀——傅博

宮部美幸的推理文學世界「增補版」

日本當代國民作家宮部美幸

近年來在日本的雜誌上，偶爾會看到尊稱宮部美幸爲國民作家。怎樣才能榮獲這個名譽呢？好像沒有確切的答案，然而綜觀過去被尊稱爲國民作家的作家生涯便不難看出國民作家的共同特徵。

明治維新（一八六八）一百多年以來，被尊稱爲國民作家的爲數不多，夏目漱石和吉川英治是最早期的國民作家。夏目漱石是純文學大師，其作品具大眾性，一九一六年逝世至今，已歷九十年，其作品在書店仍然可見，代表作有《我是貓》、《少爺》等等。吉川英治是大眾文學大師，其作品有濃厚的思想性，對二次大戰戰敗的日本國民發揮了鼓舞的作用，其著作等身，代表作有《宮本武藏》、《新・平家物語》等等。

屬於戰後世代的國民作家有松本清張和司馬遼太郎。松本清張是社會派推理文學大師，其寫作範圍十分廣泛，除了推理小說之外，對日本古代史研究、挖掘昭和史等，留下不可磨滅的貢獻。司馬遼太郎是歷史文學大師，早期創作時代小說，之後撰寫歷史小說和文化論。這兩位作家的共同特徵是，著作豐富、作品領域廣泛、質與量兼俱。他們的思想對一九六〇年代後的日本文化發揮了影響力。

上述四位之外，日本推理小說之父江戶川亂步、時代小說大師山本周五郎，以及文學史上創作量最多、男女老少人人喜愛的赤川次郎也榮獲國民作家的尊稱。

綜觀以上的國民作家，其必備條件似乎是著作豐富、多傑作；作品具藝術性、思想性、社會性、娛樂性、普遍性；讀者不分男女，長期受到廣泛的老、中、青、少、勞動者以及知識分子的閱讀。

宮部美幸出道至今未滿二十年，共出版了四十三部作品，包括四十萬字以上的巨篇八部、長篇二十四部、中篇集四部、短篇集十三部，非小說類有繪本兩冊、隨筆一冊、對談集一冊。以平均每年出版兩冊的數量來說，在日本並非多產作家，但是令人佩服的是，其寫作題材廣泛、多樣，品質又高，幾乎沒有失敗之作。所獲得的文學獎與同世代作家相較，名列第一，該得的獎都拿光了。質的成功與量成比例，是宮部美幸文學的最大武器，也是獲得國民作家之稱的最大因素。

宮部美幸，本名矢部美幸，一九六〇年十二月二十三日生於東京都江東區深川。東京都立墨田川高中畢業之後，到速記學校學習速記，並在法律事務所上班，負責速記，吸收了很多法律知識。一九八四年四月起在講談社主辦的娛樂小說教室學習創作。

一九八七年，〈鄰人的犯罪〉獲第二十六屆《ＡＬＬ讀物》推理小說新人獎，〈鎌鼬〉獲第十二屆歷史文學獎佳作。一位新人，同年以不同領域的作品獲得兩種徵文比賽獎項實爲罕見。

前者是透過一名少年的觀點，以幽默輕鬆的筆調記述和舅舅、妹妹三人綁架小狗的計畫所引發的意外事件，是一篇以意外收場取勝的青春推理佳作，文風具有赤川次郎的味道。後者是以德川幕府時代的江戶（今東京）爲時空背景的時代推理小說。故事記述一名少女追查試刀殺人的凶手之經過，全篇洋溢懸疑、冒險的氣氛。

要認識一位作家的本質，最好的方法就是閱讀其全部的作品。當其著作豐厚，無暇全部閱讀時，則是先閱讀其處女作，因爲作家的原點就在處女作。以宮部美幸爲例，其作品裡的偵探，不管是系列偵探或個案偵探，很少是職業偵探，大多是基於好奇心，欲知發生在自己周遭的事件眞相，而做起偵探的業餘偵探，這些主角在推理小說是少年，在時代小說則是少女。其文體幽默輕鬆，故事收場不陰冷而十分溫馨，這些特徵在其雙線處女作之中已明顯呈現。

繼處女作之後的作品路線，即須視該作家的思惟了；有的一生堅持一條主線，不改作風，只追求同一主題，日本的推理小說家大多屬於這種單線作家——解謎、冷硬、懸疑、冒險、犯罪等各有專職作家。

另一種作家就不單純了，嘗試各種領域的小說，屬於這種複線型的推理作家不多，宮部美幸即是罕見的複線型全方位推理作家。她發表不同領域的處女作——推理小說和時代小說——同時獲得肯定，登龍推理文壇之後，此雙線成爲宮部美幸的創作主軸。

一九八九年，宮部美幸以《魔術的耳語》獲得第二屆日本推理懸疑小說大獎，拓寬了創作路線，由此確立推理作家的地位，並成爲暢銷作家。

宮部美幸作品的三大系統

這次宮部美幸授權獨步文化出版社，發行台灣版「宮部美幸作品集」二十七部（二十三部中有四部分為上下兩冊），筆者以這二十三部為主，按其類型分別簡介如下。

要完整歸類全方位作家宮部美幸的作品實非易事，然其作品主題是推理則毋庸置疑。筆者綜合故事的時空背景以及現實與非現實的題材，將它分為三大系統。第一類為推理小說，第二類時代小說，第三類奇幻小說，而每系統可再依其內容細分為幾種系列。

一、推理小說系統的作品

宮部美幸的出道與新本格派崛起（一九八七年）是同一時期，早期作品除可能受此影響之外，文體、人物設定、作品架構等，可就是受到赤川次郎的影響了。所以她早期的推理小說大多屬於青春解謎的推理小說；許多短篇沒有陰險的殺人事件登場，大多是以日常生活中的家庭糾紛為主題，屬於日常之謎系列的推理小說不少。屬於本系列的有：

1.《鄰人的犯罪》（短篇集，一九九〇年一月出版）收錄處女作以及之後發表的青春推理短篇四篇。早期推理短篇的代表作。

2.《完美的藍——阿正事件簿之一》（長篇，一九八九年二月出版／獨步文化版．宮部美幸作品集01——以下只記集號）「元警犬系列」第一集。透過一隻退休警犬「阿正」的觀點，描述牠與現在的主人——蓮見偵探事務所調查員加代子——的辦案過程。故事是阿正和加代子找到離家出走的少年，在將少年帶回家的途中，目睹高中棒球明星球員（少年的哥哥）被潑汽油燒死的過程。在搜查過程中浮現的製藥公司的陰謀是什麼？「完美的藍」是藥品名。具社會派氣氛。

3.《阿正當家——阿正事件簿之二》（連作短篇集，一九九七年十一月出版／16）「前警犬系列」第二集。收錄〈動人心弦〉等五個短篇，在第五篇〈阿正的辯白〉裡，宮部美幸以事件委託人登場。

4.《這一夜，誰能安睡？》（長篇，一九九二年二月出版／06）「島崎俊彥系列」第一集。透過中學一年級生緒方雅男的觀點，記述與同學島崎俊彥一同調查一名股市投機商贈與雅男的母親五億圓後，接獲恐嚇電話、父親離家出走等事件的眞相，事件意外展開、溫馨收場。

5.《少年島崎不思議事件簿》（長篇，一九九五年五月出版／13）「島崎俊彥系列」第二集。在秋天的某個晚上，雅男和俊男兩人參加白河公園的蟲鳴會，主要是因爲雅男想看所喜歡的工藤小姐一眼，但是到了公園門口，卻碰到殺人事件，被害人是工藤的表姊，於是兩人開始調查眞相，發現事件背後的賣春組織。具社會派氣氛。

6.《無止境的殺人》（長篇，一九九二年九月出版／08）將錢包擬人化，由十個錢包輪流講自己所見的主人行爲而構成一部解謎的推理小說。人的最大欲望是金錢，作者功力非凡，藉由放錢的錢包揭開十個不同的人格，而構成解謎之作，是一部由連作構成的異色作品。

7.《繼父》（連作短篇集，一九九三年三月出版／09）「繼父系列」第一集。一個行竊失風的小偷，摔落至一對十三歲雙胞胎兄弟家裡，這對兄弟的父母失和，留下孩子各自離家出走，於是兄弟倆要求小偷當他們的爸爸，否則就報警，將他送進監獄，小偷不得已，承諾兄弟倆當繼父。不久，在這奇妙的家庭裡，發生七件奇妙的事件，他們全力以赴解決這七件案件。典型的幽默推理小說集。

8.《寂寞獵人》（連作短篇集，一九九三年十月出版／11）「田邊書店系列」第一集。以第三人稱多觀點記述在田邊舊書店周遭所發生的與書有關的謎團六篇。各篇主題迥異，有命案、有日常之謎、有異常心理、有懸疑。解謎者是田邊舊書店店主岩永幸吉和孫子稔。文體幽默輕鬆，但是收場不一定明朗，有的很嚴肅。

9.《誰？》（長篇，二〇〇三年十一月出版／30）「杉村三郎系列」第一集。今多企業集團會長今多嘉親之司機梶田信夫被自行車撞死，信夫有兩個未出嫁的女兒，聰美與梨子。梨子向今多會長提議，要出版父親的傳記，以找出嫌犯。於是，今多要求在集團廣報室上班的女婿杉村三郎協助姊妹倆出書事務。聰美卻反對出書，杉村認爲兩姊妹不睦，藏有玄機，他深入調查，果然……

10.《無名毒》（長篇，二〇〇六年八月出版／31）「杉村三郎系列」第二集。今多企業集團廣報室臨時僱用的女職員原田泉與總編吵架，寄出一封黑函後，即告失蹤。原田的性格原來就稍有異常，今多會長要求杉村三郎調查眞相。杉村到處尋找原田的過程中，認識曾經調查過原田的私家偵探北見一郎，之後杉村在北見家裡遇到「隨機連環毒殺案」第四名犧牲者的孫女古屋美知香，於是捲入毒殺事件的漩渦中。杉村探案的特徵是，在今多會長叫他處理公務上的糾紛過程中，因其正義感使他去解決另外的事件。

以上十部可歸類爲解謎推理小說，而從文體和重要登場人物等來歸類則是屬於幽默推理、青春推理爲多。屬於這個系列的另有以下兩部。

11.《地下街的雨》（短篇集，一九九四年四月出版／66）。

12.《人質卡農》（短篇集，一九九六年一月出版）。

以下九部的題材、內容比較嚴肅，犯罪規模大，呈現作者的社會意識。有懸疑推理、有社會派推理、有報導文體的犯罪小說。

13.《魔術的耳語》（長篇，一九八九年十二月出版／02）獲第二屆日本推理懸疑小說大獎的社會派推理傑作。三起看似互不相干的年輕女性的死亡案件，和正在進行的第四起案件如何演變成連續殺人案。十六歲的少年日下守，爲了證實被逮捕的叔叔無罪，挑戰事件背後的魔術師的陰謀。宮部美幸早期代表作。

14.《Level 7》（長篇，一九九〇年九月出版／03）一對年輕男女在醒來之後失去記憶，手臂上被印上「Level 7」；一名高中女生在日記留下「到了 Level 7 會不會回不來」之後離奇失蹤。尋找自我的男女，和尋找失蹤女高中生的眞行寺悅子醫師相遇，一起追查 Level 7 的陰謀。兩個事件錯綜複雜，發展爲殺人事件。宮部後期的奇幻推理小說的先驅之作、早期代表作。

15.《獵捕史奈克》（長篇，一九九二年六月出版／07）持散彈槍闖入大飯店婚宴的年輕女子關沼慶子、欲利用慶子所持的槍犯案的中年男子織口邦男、欲阻止邦雄陰謀的青年佐倉修治、欲去探望臥病妻子的優柔寡斷的神谷尙之、承辦本案的黑澤洋次刑警，這群各有不同目的的人相互交錯，故事向金澤之地收束。是一部上乘的懸疑推理小說。

16.《火車》（長篇，一九九二年七月出版）榮獲第六屆山本周五郎獎。停職中的刑警本間俊介受親戚栗坂和也之託，尋找失蹤的未婚妻關根彰子，在尋人的過程中，發現信用卡破產猶如地獄般的現實社會，是一部揭發社會黑暗的社會派推理傑作，宮部第二期的代表作。

17.《理由》（長篇，一九九八年六月出版）二〇〇一年榮獲第一百二十屆直木獎和第十七屆日本冒險小說協會大獎。東京荒川區的超高大樓的四十樓發生全家四人被殺害的事件。然而這被殺的四人並非此宅的住戶，而這四人也不是同一家族，沒有任何血緣關係。他們爲何僞裝成家人一起生活？他們到底是什麼人？又想做什麼？重重的謎團讓事件複雜化，事件的眞相是什麼？一部報導文學形式的社會派推理傑作。宮部第二期的代表作。

18.《模仿犯》（百萬字長篇，二〇〇一年四月出版）同時榮獲第五十五屆每日出版文化獎特別獎，二〇〇二年同時榮獲第五屆司馬遼太郎獎和二〇〇一年度藝術選獎文部科學大臣獎文學部門獎。在公園的垃圾堆裡，同時發現女性的右手腕與一名失蹤女性的皮包，不久凶手打電話到電視公司和失主家中，果然在凶手所指示的地點發現已經化爲白骨的女性屍體，是利用電視新聞的劇場型犯罪。不久，表面上連續殺人案一起終結，之後卻意外展開新局面。是一部揭發現代社會問題的犯罪小說，宮部文學截至目前爲止的最高傑作，推理文學史上的不朽名著。

19.《R．P．G》（長篇，二〇〇一年八月出版／22）在食品公司上班的所田良介於杉並區的建築工地被刺死，在他的屍體上找到三天前在澀谷區被絞殺的大學女生今井直子身上所發現的同樣纖維，於是兩個轄區的警察組成共同搜查總部，而曾經在《模仿犯》登場的武上悅郎則與在《十字火焰》登場的石津知佳子連袂登場。是一部現今在網路上流行的虛擬家族遊戲爲主題的社會派推理小說。

宮部美幸的社會派推理作品尙有：

20.《刑警家的孩子》（長篇，一九九〇年四月出版／65）。

21.《不需要回答》（短篇集，一九九一年十月出版／37）。

二、時代小說系統的作品

時代小說是與現代小說和推理小說鼎足而立的三大大眾文學。凡是以明治維新之前爲時代背景的小說，總稱爲時代小說或歷史．時代小說。

時代小說視其題材、登場人物、主題等再細分爲市井、人情、股旅（以浪子的流浪爲主題）、劍豪、歷史（以歷史上的實際人物爲主題）、忍法（以特殊工夫的武鬥爲主題）、捕物等小說。

捕物小說又稱捕物帳、捕物帖、捕者帳等，近年推理小說的範疇不斷擴大，將捕物小說稱爲時代推理小說，歸爲推理小說的子領域之一。捕物小說的創作形式是日本獨有，其起源比日本推理小說早六年。一九一七年，岡本綺堂（劇作家、劇評家、小說家）發表《半七捕物帳》的首篇作〈阿文的魂魄〉，是公認的捕物小說原點。

據作者回憶，執筆《半七捕物帳》的動機是要塑造日本的福爾摩斯——半七，同時欲將故事背景的江戶的人情和風物以小說形式留給後世。之後，很多作家模仿《半七捕物帳》的形式，創作了很多捕物小說。

由此可知，捕物小說與推理小說的不同之處是以江戶的人情、風物爲經，謎團、推理爲緯而構成的小說。因此，捕物小說分爲以人情、風物爲主，與謎團、推理取勝的兩個系統。前者的代表作是野村胡堂的《錢形平次捕物帳》，後者即以《半七捕物帳》爲代表。

宮部美幸的時代小說有十一部，大多屬於以人情、風物取勝的捕物小說。

22.《本所深川不可思議草紙》（連作短篇集，一九九一年四月出版／05）「茂七系列」第一集。榮獲第十三屆吉川英治文學新人獎。江戶的平民住宅區本所深川，有七件不可思議的事象，作者以此七事象爲題材，結合犯罪，構成七篇捕物小說。破案的是回向院捕吏茂七，但是他不是主角，每篇另有主角，大多是未滿二十歲的少女。以人情、風物取勝的時代推理佳作。

23.《幻色江戶曆》（連作短篇集，一九九四年八月出版／12）以江戶十二個月的風物詩爲題，結合犯罪、怪異構成十二篇故事。以人情、風物取勝的時代推理小說。

24.《最初物語》（連作短篇集，一九九五年七月出版，二〇〇一年六月出版珍藏版，增補一篇作品／21）「茂七系列」第二集。以茂七爲主角，記述七篇茂七與部下系吉和權三辦案的經過，作者在每篇另有記述與故事沒有直接關係的季節食物掌故，介紹江戶風物詩。人情、風物、謎團、推理並重的時代推理小說。

25.《顫動岩——通靈阿初捕物帳1》（長篇，一九九三年九月出版／10）「阿初系列」第一集。破案的主角是一名具有通靈能力的十六歲少女阿初，她看得見普通人看不見的東西，而且一般人聽不到的聲音也聽得到。某日，深川發生死人附身事件，幾乎與此同時，武士住宅裡的岩石開始顫動。這兩件靈異事件是否有關聯？背後有什麼陰謀？一部以怪異取勝的時代推理小說。

26.《天狗風——通靈阿初捕物帳2》（長篇，一九九七年十一月出版／15）「阿初系列」第二集。天亮颳起大風時，少女一個一個地消失，十七歲的阿初在追查少女連續失蹤案的過程中遇到邪惡的天狗。天狗的眞相是什麼？其陰謀是什麼？也是以怪異取勝的時代推理小說。

27.《糊塗蟲》（長篇，二〇〇〇年四月出版／19．20）「糊塗蟲系列」第一集。深川北町的鐵瓶大雜院發生殺人事件後，住民相繼失蹤，是連續殺人案？抑或另有陰謀？負責辦案的是怕麻煩的小官井筒平四郎，協助他破案的是聰明的美少年弓之助。本故事架構很特別，作者先在冒頭分別記述五則故事，然後以一篇長篇與之結合，構成完整的長篇小說。以人情、推理並重的時代推理傑作。

28.《終日》（長篇，二〇〇五年一月出版／26·27）「糊塗蟲系列」第二集。故事架構與第一集一樣，在冒頭先記述四則故事，然後與長篇結合。負責辦案的是糊塗蟲井筒平四郎，協助破案的除了弓之助之外，回向院茂七的部下政五郎也登場，作者企圖把本系列複雜化，或許將來作者會將幾個系列納爲一大系列。也是人情、推理並重的時代推理小說。

以上三系列都是屬於時代推理小說。案發地點都在深川，但是每系列各具特色，有以風情詩取勝，也有以人際關係取勝，也有怪異現象取勝，作者實爲用心良苦。宮部美幸另有四部不同風格的時代小說。

29.《扮鬼臉》（長篇，二〇〇二年三月出版／23）深川的料理店「舟屋」主人的獨生女阿鈴發燒病倒，某日一個小女孩來到其病榻旁，對她扮鬼臉，之後在阿鈴的病榻旁連續發生可怕又可笑的不可思議的事，於是阿鈴與他人看不見的靈異交流。一部令人感動的時代奇幻小說佳作。

30.《怪》（奇幻短篇集，二〇〇〇年七月出版／67）。

31.《鎌鼬》（人情短篇集，一九九二年一月出版／69）。

32.《忍耐箱》（人情短篇集，一九九六年十一月出版／41）。

33.《孤宿之人》（長篇，二〇〇五年出版／28·29）。

三、奇幻小說系統的作品

史蒂芬．金的恐怖小說和奇幻小說《哈利波特》成爲世界暢銷書後，原處於日本大眾文學邊緣的奇幻小說獲得成長發展的機會，漸漸確立其獨立地位，而宮部美幸的奇幻小說就在這欣欣向榮的機運中誕生。她的奇幻作品特徵是超越領域與推理小說結合。

34.《龍眠》（長篇，一九九一年二月出版／04）榮獲第四十五屆日本推理作家協會獎的長篇獎。週刊記者高坂昭吾在颱風夜駕車回東京的途中遇到十五歲的少年稻村愼司，少年告訴記者：「我具有超能力。」他能夠透視他人心理，愼司爲了證明自己的超能力，談起幾個鐘頭前發生的事件眞相，從此兩人被捲入陰謀。是一部以超能力爲題材的奇幻推理傑作，宮部早期代表作。

35.《十字火焰》（長篇，一九九八年十一月出版／17．18）青木淳子具有「念力放火」的超能力。有一天她撞見了四名年輕人欲殺害人，淳子手腕交叉從掌中噴出火焰殺害了其中的三個人，另一個逃走了。勘查現場的石津知佳子刑警，發現焚燒屍體的情況與去年的燒殺案十分類似。也是一部以超能力爲題材的奇幻推理大作。

36.《蒲生邸事件》（長篇，一九九六年十月出版／14）榮獲第十八屆日本ＳＦ大獎。尾崎孝史爲了應考升學補習班上京，其投宿的飯店發生火災，因而被一名具有「時間旅行」的超能力者平田次郎搭救到一九三六年二月二十六日的二．二六事件（近衛軍叛亂事件）現場，兩名來自未來的訪客能否阻止起義而改變歷史？也是一部以超能力爲題材的奇幻推理大作。

37.《勇者物語——Brave Story》（八十萬字長篇，二〇〇三年三月出版／24．25）念小學五年級的三谷亘的父母不和，正在鬧離婚，有一天他幻聽到少女的聲音，決心改變不幸的雙親命運，打開幽靈大廈的門，進入「幻界」到「命運之塔」。全書是記述三谷亘的冒險歷程。一部異界冒險小說大作。

除了以上四部大作之外，屬於奇幻小說的作品尚有以下四部：

38.《鴿笛草》（中篇集，一九九五年九月出版）。

39.《僞夢1》（中篇集，二〇〇一年十一月出版）。

40.《僞夢2》（中篇集，二〇〇三年三月出版）。

41.《ＩＣＯ——霧之城》（長篇，二〇〇四年六月出版）。

以上三十九部是小說。另有四部非小說類從略。

如此將宮部美幸自一九八六年出道以來，一直到二〇〇五年底所出版的作品，歸類爲三系統後，再按時序排列，便很容易看出作者二十年來的創作軌跡，也可預見今後的創作方向。請讀者欣賞現代，期待未來。

二〇〇七・十二・十二

本文作者簡介

傅博

文藝評論家。另有筆名島崎博、黃淮。一九三三年出生，台南市人。於早稻田大學研究所專攻金融經濟。在日二十五年以島崎博之名撰寫作家書誌、文化時評等。曾任推理雜誌《幻影城》總編輯。一九七九年底回台定居。主編「日本十大推理名著全集」、「日本推理名著大展」、「日本名探推理系列」以及「日本文學選集」（合計四十冊，希代出版）。二〇〇九年出版《謎詭．偵探．推理——日本推理作家與作品》（獨步文化），是台灣最具權威的日本推理小說評論文集。

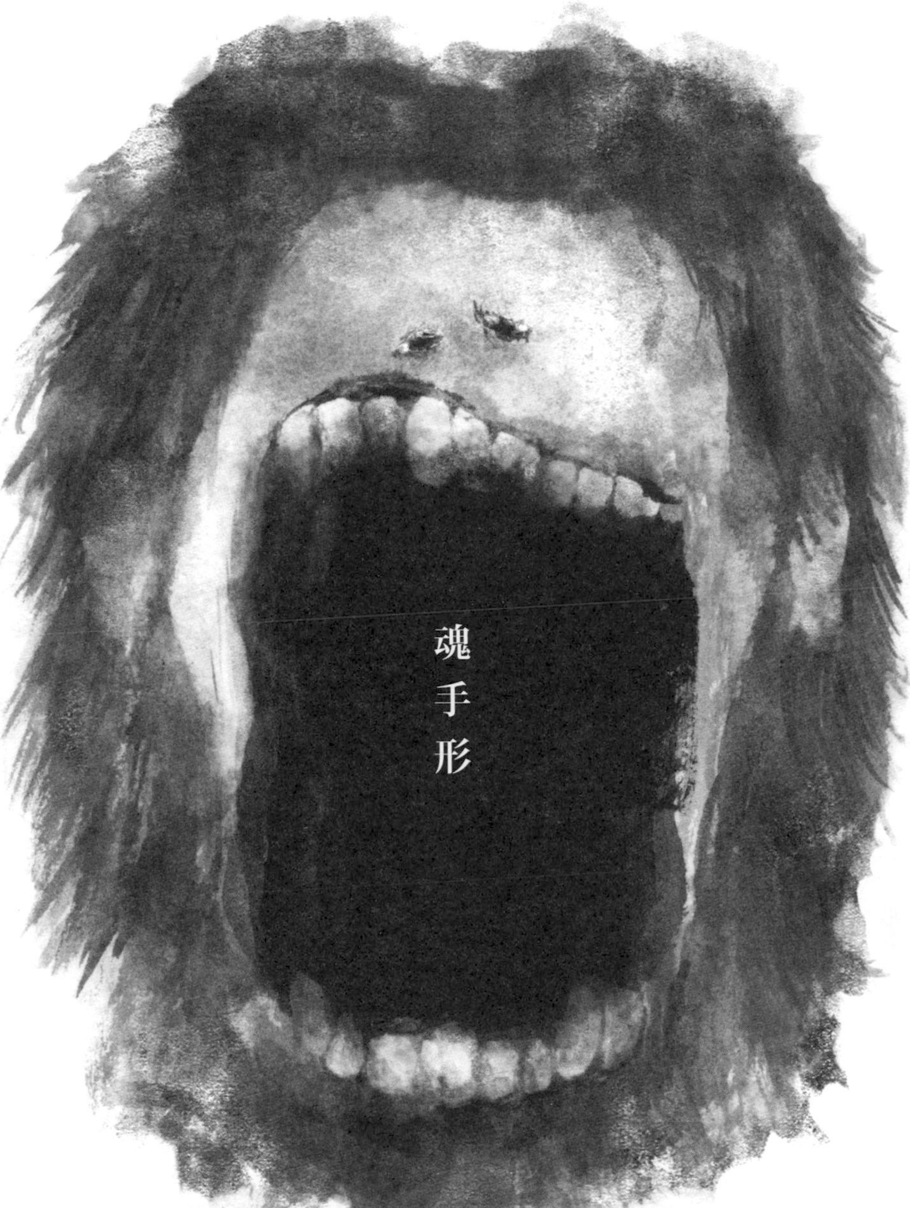
魂手形

序

位於江戶神田三島町的提袋店三島屋，憑舉辦奇異百物語聞名於世。這不是採人們某天晚上齊聚一堂，依序說出怪談的方式，而是一名說故事者對一名聆聽者，一次只說一個故事，仔細聆聽，故事內容絕不外流。

「說完就忘，聽過就忘。」

這就是三島屋奇異百物語的精妙所在。

三年多前，在彼岸花盛開的季節，店主伊兵衛邀請賓客說出自身的經歷，就此成爲奇異百物語的開端，擔任首位聆聽者的伊兵衛姪女阿近，在嫁入附近一家租書店後，改由伊兵衛的次子富次郎接替。帶有些許玩心和畫功的富次郎，每次聽完說故事後，便會畫成水墨畫，封進名爲「怪奇草紙」的桐木盒內，聽過就忘。

原本是想趁著年輕，到外頭吃苦磨練，但沒想到在工作的店家身受重傷，返回老家療養，順便過起清閒的日子。身爲奇異百物語聆聽者，富次郎還算是新手，還好有兩位女侍當他的強力後盾。她們是具備驅邪除厄之力，守護三島屋不受怪談引來的妖怪侵擾的阿勝，以及從富次郎小時候便常照顧他的資深女侍阿島。

人們都有說故事的欲望。不分善惡，不論是謊言還是眞相。

富次郎個性爽朗、爲人和善、好吃甜食，由於現在賦閒在家，他自稱「小少爺」，自我調侃。不過，主持奇異百物語時，他總是全力以赴。有這位聆聽者在等候的三島屋，今日同樣又有一位新的說故事者來訪。

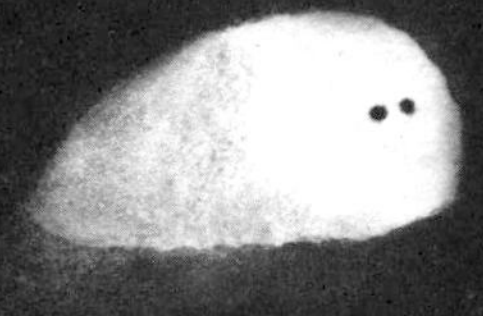

第一話
火焰太鼓

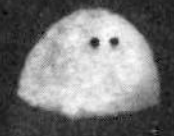

農曆六月一日，富次郎陪同母親阿民一起前往鐵砲洲稻荷神社參拜富士（註），在這座使用貨真正的靈峰富士山熔岩做成，高約二十公尺的參拜用富士山旁，巧遇熟悉的「師傅」。他是名叫花山螳螂的畫師。

他人高馬大，手長腳長，因為過瘦而顯得下巴突尖，微凸的眼珠瞪得老大。這外觀就是這位螳螂畫師雅號的由來，他個性溫柔，善於指導。

富次郎十五歲那年，父親伊兵衛說了一句「你們到其他店學做生意吧」，他遵從父親的吩咐，住進新橋尾張町的棉布批發商「惠比壽屋」，當一名夥計，對方當富次郎是三島屋託他們照顧的重要人物，對他禮遇有加，從頭教導他棉布批發的生意，也賜予富次郎學畫的機會。

惠比壽屋的店主在外有小妾，並產下一子，他讓那孩子到店裡當夥計使喚，有其殘酷的一面，但他同時是位興趣廣泛的風雅人士。謠曲、三弦琴、打鼓等才藝就不用說了，也曾栽種牽牛花，養綠繡眼，做過各種嘗試，其中一項就是畫畫，而他的師傅就是花山螳螂。

螳螂師傅常跑惠比壽屋，在屋內的某個房間教導店主畫圖的技巧。當時富次郎到店內當夥計還不到半年，已有掌櫃資格，常跟在店主身邊，所以自然也和螳螂師傅成為熟識。某天，富

註：鐵砲洲稻荷神社內，以富士山的熔岩做成一座小富士山，人稱「富士塚」。基於崇拜富士山的信仰，人們會前來參拜這座迷你富士山，稱之為「富士參拜」。

次郎跟師傅提到，其實他自幼就喜歡畫畫，但從沒正式學過畫，師傅聽了之後，主動替他與惠比壽屋交涉，之後富次郎便和店主一起學畫。

畫師事後偷偷告訴富次郎，當初之所以這樣安排（一來當然也是因爲他知道富次郎不是普通的店內夥計），是因爲惠比壽屋的店主做事向來熱度都維持不久，而且明明是個外行人，卻又老愛跟人吹噓說他對畫的鑑識眼光多高，教起來很沒勁。

富次郎似乎天生就有繪畫天分，打從一開始就表現不錯。從挑擔叫賣一手建立起三島屋的伊兵衛和阿民，對美的事物也頗有鑑賞力，所以富次郎可能是遺傳自他們的血脈。

在惠比壽屋的店主轉移目標至下一項才藝前，這約莫兩年間，螳螂師傅都很熱心教導，而且富次郎是個優秀的弟子。兩人變得熟識後富次郎才知道，螳螂同樣也出生於小商家。由於熱愛繪畫，十二歲那年離家出走，投入身爲小石川的御家人（註一），同時是一位畫師的花山松治郎（雅號美松）門下，一面在師傅底下打雜，一面學畫，所以可能覺得富次郎與他幾分相似。

當時年約三十五歲，現在已年過四十的花山螳螂，在富士參拜的場合中重逢時，已兩鬢微見花白，身上披著一件帶有花紋刺繡的漂亮黑色短外罩。

兩人對這次的重逢喜出望外。畫師知道富次郎從惠比壽屋回歸三島屋的事，並問他現在是否還在作畫。

「就只是畫來自我消遣。」

爲了奇異百物語的聽過就忘而作畫一事，富次郎不能說，只能以此回答，花山螳螂聽了之後，向他介紹同行的男子。此人是日本橋通町四丁目的筆墨硯店「勝文堂」的夥計總管，名叫活一。年紀介於螳螂與富次郎中間。一張臉就像蠶豆加上眼鼻，總是笑咪咪的，一臉和善。

「我不光筆墨，就連畫材也全都是跟活一先生買。他有自己獨特的管道，能以便宜的價格買到好貨，所以你也一定要善加利用。」

活一也說「請多多惠顧」，富次郎也很客氣回道「我才要請您多多關照」。

回去的路上，富次郎一面搖晃手中驅邪用的麥稈蛇（註二），一面向阿民道出他與這位畫師的緣分，能幹勤奮的阿民聽了之後，大爲吃驚。

註一：江戶時代，將軍直屬的家臣中，沒有謁見將軍資格的下級武士。

註二：富士參拜的名產，據說帶著用麥稈做成的蛇回家，便可獲得保佑，不會染上疫病。

「原來你這麼喜歡畫畫啊。」

「不，也不是多會畫，就只是喜歡。跟螳螂師傅學完畫，就沒跟像樣的師傅學過了。」

「最近你常自己一個人沉聲低吟，不知在畫些什麼對吧？」

「對。」

「道具和畫材你都怎麼張羅？別只是說客套話，不如就跟剛才那位勝文堂的人訂購吧。」

「娘，眞正畫師用的畫材，我來用太浪費了。」

花山螳螂以前就不是多有名氣的畫師，現在想必也是。不過，好像畫的都是自己喜歡的畫，日子似乎過得不錯。他的身分立場和富次郎不同。

然而，幾天後，活一突然造訪三島屋。

「剛好到附近送貨，前來向您問候。」

這下富次郎可慌了。對於談生意的商人，在外廊接洽也就夠了，但之所以將活一請進客廳，是因爲他想起師傅的面容。

富次郎坦白地向活一說，他現在用來「消遣」的畫，眞的就只是在一般的紙上作畫，與小孩子在圍牆上信手塗鴉沒多大差別。活一是位不會給人反感的生意人，見富次郎一臉汗顏，他就只是輕鬆帶過。

「抱歉，驚擾您了。不過，上次富士參拜遇見您之後，螳螂師傅很開心聊到您的事呢。」

——當初我教導他時，他還在稚氣未脫的年紀，不過他有獨特的才能。在我過去遇過的弟子當中，是最耀眼的一位。

——如果他現在還拿畫筆的話，那就太好了，不過，身爲三島屋這種名店的兒子，應該不可能拋下生意不做，踏上繪畫之路。實屬可惜。他要是能跟著一位好老師磨練畫技，以他的才能，肯定大放異彩。

富次郎聞言，耳根發燙。花山螳螂是否眞的這樣說過，他感到懷疑。應該是活一希望能聊得熱絡，就此促成勝文堂的生意，這樣研判才正確吧。

不過聽了還是很高興。我很耀眼？儘管只有兩年師徒情誼，但師傅至今記得他的表現。

活一離開後，富次郎在客廳發了一會兒呆。

現在的富次郎，是以奇異百物語聆聽者的身分作畫。這些畫他原本就不期望能永久保存，而是希望它們存放在「怪奇草紙」的桐木盒裡，很自然地老舊變薄，就此消失。

——如果不是這樣，而是試著畫下眞正的畫作，不知道會怎樣？

在問這個問題之前，我眞的畫得出來嗎？

——要是能跟著一位好老師磨練畫技……

他從未想過這個問題。

因爲有大哥伊一郎這位長男在，所以日後就算富次郎要承接父母的生意，也會是採「開分店」的形式。三島屋由伊一郎繼承，如果能開一家分店，協助三島屋的生意，同時能相互競爭，那可說是對父母最大的孝行。

現在伊一郎仍和之前的富次郎一樣，「在其他店家修行，學做生意」，不過，再過不了多久，他也會回到家中，所以富次郎原本心想，等到時候再來討論未來出路即可。現在這種清閒的日子，是在那之前的快樂休息時間。選擇其他人生這種事，他壓根沒想過。

富次郎現在二十二歲，等接下來的新年一到，就二十三歲了。是父親伊兵衛當年與母親阿民成婚的年紀。晚上趕工作提袋，白天全力投入挑擔叫賣的工作中，在富次郎現在這個年紀，他們兩人已立誓日後要擁有自己的店面。

說什麼今後要踏上完全不同的道路，而且不是當商人，而是當一名畫師。

——未免也太晚了。

他如此低語，暗自笑起來。

「合歡樹的花，白天顯得無精打采。」

阿勝在黑白之間的壁龕處插上合歡樹的花。黃昏時會開花的合歡，在上午時分的此刻，確實只有半開。

「在小暑的時節，是最好看的時候，所以現在就連花苞也還很稚嫩。如果今天是位年輕的客人，那就剛好相襯了。」

百物語迎接下一位說故事者的到來，正在準備。客人的篩選一律由人力仲介商燈庵老人負責（聽說阿近擔任聆聽者時，也曾有人臨時加入），所以在和說故事者見面前，富次郎也不知道對方是何模樣。不過，向來直覺準確的阿勝都這麼說了，今天的客人可能是位年輕人。

朝掛軸掛上全白的半紙時，之前與勝文堂的活一說過的話突然掠過腦中。在麻紙、雁皮紙、畫絹上，用顏料或是礦物顏料畫出美麗色彩的圖畫——如果成為嗜好，想必很快樂，但如果要對說故事者說的故事聽過就忘，這似乎太奢侈了。

如果不是採水墨畫，而能加上顏色，不知道有多好。富次郎也不是沒這樣想過。如果是之前在蟶螂師傅底下學畫時用過的水干畫顏料，則很便宜，他也想過要試試看。

但後來他還是改變了想法，認為「怪奇草紙」的畫，還是白底加上黑色線條最為合適。說故事者講的故事，全都已是過往。要避免跟此時存在這世上的事物一樣鮮豔比較好。

他曾不經意向阿勝道出此事，當時阿勝對他說。

——我認為小少爺您會有這樣的想法，表示您具有畫師的天分。

富次郎聽了，心裡也頗為愉快。

今天招待的茶點，特地準備上好的練切。雖是四季皆有的和菓子，不過富次郎常光顧的這家菓子店，夏天會作成水鳥的形狀，光看就給人清涼感。與芳香的麥茶應該很搭調。

在約好的未時（下午兩點），阿島帶進黑白之間的說故事者，是位身材高大、體格健壯的武士。

不知多大年紀。應該不到三十歲，但肯定比富次郎年長。之前「可能是位年輕人吧」的解讀，看來是猜錯了。不過，此人朝氣蓬勃，神情爽朗。全身瀰漫一股聖潔之氣。眼尾微微上揚，鼻梁高挺，嘴角的皮膚緊實。他的臉型略長，額頭明亮，相得益彰，也就是說……

——所謂的美男子，就是像他這樣。

他的髮髻窄細，尾端就像小小的銀杏葉般，微微散開。這就是武士綁的銀杏髻特徵。微微散發香氣的髮油。

此人穿著一件藏青色碎白點花紋的薩摩上等麻布衣，雖是簡便的服裝，卻可充當夏天的外出服。平織的角帶（註），就適合這種不披短外罩的便裝打扮，不過他腳下的白二趾布襪看起來相當清爽。

他可能徒步到三島屋，所以除了這身裝扮，應該還戴著斗笠。眞想看他戴斗笠的模樣。

爲了避免說故事者是武士時會手忙腳亂，黑白之間事先已備好塗黑漆的刀架。但這位客人取下雙刀就直接擱在身旁。動作無比簡潔自然。從袖口微微露出的手臂，有著結實的肌肉。

——看起來劍術造詣頗高。

阿島靜靜端來盤子，上頭擺有麥茶和練切。她暫時返回隔壁房間，接著端來裝有一個大茶壺的盤子擱向富次郎身旁，茶壺裡滿滿是續杯用的麥茶。從阿島的動作看來，她略顯緊張。

富次郎也是同樣的感受。面對這位說故事者，絕不能有任何疏忽。不是因為害怕惹怒武士，而是怕丟了面子。

阿島平安無事退下，與隔壁房間的隔門就此關上。隔了一會兒，富次郎恭敬地以手指點地，低頭鞠躬，展開問候。

「歡迎蒞臨三島屋奇異百物語。在下是三島屋當家的兒子，擔任聆聽者，名叫富次郎。」

像這樣正面相對後，坐在上座的這位美男子，雙肩也顯得有點緊繃。之所以兩頰泛紅，是他也覺得緊張。富次郎發現後，稍微鬆了口氣，這才流暢繼續說。

「請原諒在下搶先說話的無禮之舉。之所以這麼說，是因為我們奇異百物語有個規矩，客人可以在不表明姓名和身分的情況下講故事。」

如果對方是町人，沒先聲明也沒關係。

但現在不講清楚，富次郎自己會不放心。

「接下來在聽您說故事時，如果您有不方便之處，請使用假名。此外，關於故事內容，若您覺得礙事，可隱而不表，或是改變內容，一切全由客人您自行定奪。這裡說的故事，說完就

註：男性腰帶的一種。

忘，聽過就忘，一切都只限於這裡。爲了讓您可以安心地暢所欲言，在此事先向您說明。」

富次郎再次伏身拜倒，這位美男子那形狀好看的下巴（那略微方正的感覺，更是迷人）往內收，微微點頭。

「關於這裡的詳細規矩，已事先從人力仲介商那裡聽聞，在下知曉。」

此人用語相當客氣。表示他已將自己的身分擱向一旁，以說故事者的身分坐在這裡。而且聲音也好聽。他聲音給人的感覺是——這樣的長相就該配上這樣的聲音才搭。

如果要重新投胎成男人，眞希望成爲像他這樣的漢子——富次郎此時心裡沒這麼想，反倒很想將他畫下，想必是因爲不久前與螳螂師傅重逢。富次郎作畫的欲望浮現，熱血沸騰。

「在下是江戶市人笑稱是『淺黃裏（註一）』的勤番者（註二）。」

美男子咧嘴而笑，露出一口皓齒。

「在下跟隨主君前來江戶，這已是第三次，但依舊是個鄉下人，只要朝下襬一拍，就會散發濃濃土味。由於藩國裡發生的事，在藩國裡不能說，所以想在這別出心裁的場子上暢談，因而得到今天這難得的機會。還望多多指教。」

富次郎已看得入迷，滿心想著「啊！眞想畫，好想畫他的肖像，他站立的英姿及騎馬的雄姿，應該也很帥氣吧」，過了一會兒才感到驚訝。

咦？勤番武士？他幾乎沒鄉音呢。說他是粗魯的淺黃裏，實在不像話。對這位武士大人開這種玩笑，會遭天譴的。

「您、您、您——」

您太客氣了，富次郎結結巴巴應道，額頭上汗珠直冒。背後也流下一道汗來。

富次郎那滿臉通紅的模樣，這位美男子似乎坦然接受了。他再度露出爽朗的笑容。原本緊繃的雙肩也隨之放鬆。

「約莫五年前，在結束第一次值勤返回藩國時，曾到你們店裡挑選件手禮。果然名不虛傳，每樣商品都光采奪目，與眾不同，在下看得眼花撩亂，最後什麼也沒買，落荒而逃。」

那謙遜的口吻、遣詞用句、面對富次郎的表情。背後都有一定的教養支撐著這一切。

富次郎深受感動。不論這位武士的故鄉、主君的領地在什麼地方、那裡是怎樣的邊陲之地，都不該是用「鄉下地方」來貶損的場所。

「我們沒備好您中意的商品，就只是讓您看得內心紛亂，是我們的疏忽。」

不光爲了三島屋，富次郎還想爲所有提袋店負起這個責任，低頭致歉。

「莫非經過那次經驗後，您就對提袋店退避三舍了嗎？」

註一：淺黃裏是指衣服內裡用的是淡黃色的棉布。以此稱呼穿著落伍的鄉下武士或下級武士。

註二：隨著主君從藩國到江戶當差的武士。

美男子微微抬手說了聲「不」，指尖順勢朝他好看的額頭搔抓起來。

「在下要是空手返回藩國，期盼在下帶江戶的伴手禮回去的家母和舍妹，肯定會難過落淚。所以後來在下請藩邸的同僚同行。之後挑選的商品中，有一樣是在你們店裡買來的懷紙包，舍妹至今仍相當愛惜。」

噢！太好了。

「那真是我們無上的光榮。謝謝您的購買。」

這位大人有母親和妹妹。應該尚未娶妻。不，他第一次上江戶值勤，第一次歸國時，還是單身，但現在或許已有家室。這樣的話，他此次回歸藩國時，務必要讓他帶我們店裡最好的商品回去送夫人。

逐漸分不清楚自己究竟是聆聽者還是商人的富次郎，感到很興奮。

幸好這時美男子先喝了口麥茶，於是富次郎也藉此潤了潤喉。今天一時心血來潮，取出特別珍藏的白瓷茶碗來當麥茶的容器，真是做對了。此刻那奢華的白瓷茶碗，完全包覆在眼前這位美男子厚實的掌中，宛如一朵涼爽的夏日花朵。

可能是富次郎的想法傳進了對方心裡，這位美男子目光落向手中的白瓷茶碗，仔細端詳了一番。接著說道：「我們藩國也很興盛燒製陶瓷，不過造型都很粗獷，與這種美麗又夢幻的風情根本沒得比。」

那肯定是一處知名的陶瓷燒製地，若是隨口反問，恐怕會就此問出美男子的藩國。於是富次郎沒多問，就只是點頭。

「不過，並不是什麼名產。」

美男子也馬上如此知會。

「並非值得千里迢迢運往江戶市內流通販售的陶瓷器。就只用在我們藩國以及周遭藩國的人們日常生活中，脆弱易碎，壞了就再換新的，用了再壞。由於素燒使用上諸多不便，所以好歹還是會上釉，但連工藝品都稱不上。」

未免也太過於謙虛。

「您說的陶瓷品……」

富次郎很謹愼地問道。

「有它的名稱嗎？」

瀨戶燒、備前燒、有田燒、砥部燒——就算不屬於上面任何一個，總有它的名稱。

美男子為之語塞。

「有……」

如果問了名稱，就會猜出這位美男子的名字

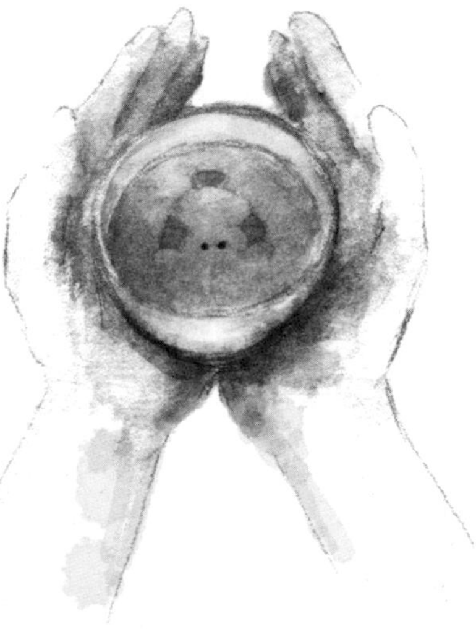

和所屬的藩國。

「那就先取個假名吧。剛才我所說的，就是指這種情況。」

「原來如此。該怎麼做好呢。」

展開思索的美男子，眼神無比認眞。

「這種事要瞞騙，還眞是不容易呢。」

「說瞞騙就太過嚴肅了。」

儘管如此，這位美男子還是苦思良久，富次郎見狀，正準備開口說一句「那就叫三島燒如何」，只見美男子緊繃的嘴角轉爲柔和，因笑意而舒顏展眉。

「那就叫『加持燒』吧。因爲最早燒製這種陶瓷的地方，就叫加持村。」

富次郎對此當然不覺得有妨礙或不滿，但他感到不可思議。爲什麼他想到這個假名，會面露微笑呢？那就像想到什麼而忍不住發笑，沒摻雜任何祕密或諷刺的苦痛，很率眞的笑容。

「在下……啊，這樣說也很嚴肅。」

美男子就像要收回剛才說的話似，搖了搖頭。

「接下來就用『我』來自稱。這已是二十年前的事了，當時我才十歲，還是個流鼻涕的小鬼。之所以說在藩國裡不能說，是這故事在我們藩國裡是極少數人才知道的祕密。」

就像在確認「祕密」這個強烈用語的回音般，他說到這裡暫時停頓了片刻，但也不知道是想通了，還是看開，他馬上接著道：

「沒錯，是個祕密，但現在的我，不論是基於家世，還是身爲家臣的職務，都已沒必要繼續守住這個祕密。我一直都佯裝自己忘了這個祕密。」

他說，這全是過往的回憶。

「我過去的所見所聞、遇到的事物，如今是否仍和以前一樣，我不知道。事到如今，也無法向人詢問確認。就是這樣的故事。」

我明白——富次郎應道。

「我們的百物語，就是爲了讓客人說出回憶裡的故事，而安排的場所。看您要從哪裡說起都行，請盡情暢談。」

「感激不盡。」

美男子再度下巴往內收，突然閉上眼睛。他讓自己內心平靜下來，重新望向富次郎。

「我名叫中村新之助。但接下來我要說的故事發生時，我尚未成年，幼名小新左。」

故事的舞臺，是小新左出身的大加持藩，城堡爲大加持城，中村家侍奉的主君爲大加持風之守加持衛門——決定好名稱後，故事展開。

盛夏的風從大加持城所在的小山高處往山下吹。那涼風往走小路下山的小新左背後吹著他走，彷彿會將緊黏在身上的汗臭淨化。

這一帶的藩國，險峻的山勢相連，自古山城便很常見。儘管如此，利用大加持山的山脊前端地形，辛勤投入人力開闢道路、削掘岩壁、開挖豎堀（註一）、進行區塊劃分，就此建造而成的大加持城，那複雜牢固的城牆及本丸天守閣與眾不同的屋頂裝飾，不論哪個時代，都深深吸引仰望者的目光。當然了，侍奉這座山城主君的家臣，也因爲其外觀的壯闊而熱血激昂。

小新左從今年開始，上午都會在山腳下通稱千疊敷町的市街裡，上藩校學「文」，下午則是登上七曲道，以前方的三之曲輪（註二）當練習場，認眞習「武」，每天過著充實的日子。現在他正習完「武」返家，以大加持藩傳統短槍練習的「三船流槍術」，基本技巧他已用全身體驗學習，此刻拖著疲憊的身軀踏上歸途。

夏天晝長夜短，此刻陽光依舊強烈。少年邊走邊用道服的衣袖擦臉。補丁的道服在吸滿汗水前早顯得很沒朝氣，而他扛在肩上的練習用（沒有刀刃）短槍也年代久遠，握把部分褪色。兩者都是已故父親所遺留，所以對小新左來說算是寶物。

小新左出身的中村家，當初是他的祖父和父親出仕任職，如今由哥哥接任第三代。但在藩內還算是資歷尚淺的新人。大加持藩的家臣集團，許久以前便居住在這塊土地上，有著密不可分的關聯。他們團結一心，渡過戰國時代的洶湧怒濤，來到德川將軍家統領的時代，幸好將軍認同大加持家對這塊土地的治理權，就此當起了小小的外樣大名（註三）。雖然當了之後處境艱難，但截至目前爲止，並未犯過什麼大錯，還算一切平安。對大加持的家臣集團來說，地緣就像血緣一樣濃不可分，相當重要。

小新左的祖父因鄰近藩國的變動而失去俸祿，後來因爲他熟悉農務而獲得賞識，就此在大加持藩任官。但祖父的獨生子，亦即小新左的父親，與祖父不同，天生就是習武之才，他潛心修練，獲得三船流槍術奧義全部傳授的證明，擔任主君的隨身侍從。由於父親早逝，小新左的兄長柳之助十五歲行冠禮後，便繼承家業和官位。這位長子也和父親一樣，精通武藝。

今年柳之助二十一歲，小新左十歲。由於母親也在幾年前仙逝，目前在中村家生活的人，有大哥大嫂、小新左、用人（註四）山邊八郎兵衛（小新左都叫他老爺子）統管的年輕侍從和僕人。中村家從父親這代開始，因爲被拔擢爲隨身侍從，因而提高了俸祿，但仍舊算不上名門，所以一家人住的公宅，位於千疊敷町的外圍。

此時的小新左肚子餓得咕嚕咕嚕直響，正準備返回家中。

註一：在山城周圍的斜坡上，與城堡呈垂直方向挖掘的壕溝。在敵人來襲時，便於由城堡展開攻擊。

註二：城的內外，以石牆或壕溝劃分出的區域名稱。

註三：德川家對大名的分類之一，譜代大名是以前德川家康的家臣，外樣大名是關原之戰前後加入德川麾下的大名，與德川家的關係不如譜代大名密切，算是單純的地方諸侯，只有管理自身領地的權力，沒有參與幕府政治的權力。

註四：在大名或旗本家中掌管財務出納及雜務的職位。

——大嫂今天會煮什麼給我吃呢？

光想就滿口生津。

嫂嫂阿佳比兄長大五歲。想必是柳之助年紀輕輕就繼承家業，娶一位可靠的大姊當妻子比較能幫夫吧。小新左年紀小，完全不記得當時的情形。這些事是最近他將從周遭聽來的片段拼湊在一起，這才知曉。

阿佳是大加持藩的名門茅野家之女，嫁給柳之助時已二十歲。之前都沒人上門提親，就藩內的年輕姑娘來看，算是相當晚婚。不過，只要見過阿佳，就會明白她晚婚的原因。

她貌比無鹽。人們暗地裡都形容她的容貌就像是河灘的卵石加上眼鼻。更不像話的是，她矮胖的身材常被人們比喻成地藏王石像。

那不是稍微打扮一下就能變美，是徹頭徹尾的醜。她自己也很明白這點，似乎以爲一輩子都嫁不出去，打算日後要出家爲尼。

但說服她出嫁的，是柳之助的母親。

——我們家需要像阿佳小姐這樣的媳婦。

當時周遭人似乎大爲吃驚，引發不小的風波。

從千疊敷町的公宅和武士長屋，傳來他們子女們的笑聲、哭聲、叫喊、驚訝慌亂的聲音，好似慶典——不，應該說像地獄受難圖吧？總之，當眞是雞飛狗跳。

當時的中村柳之助是年方十五的美少年，又是位勇猛果敢的短槍能手。與他一起上藩校和道場學習的朋友們，都對他既憧憬又羨慕，但他本人勤奮認眞，既不傲慢，也不怠惰，好的競爭對手也對他帶來不少助益。藩內的年輕姑娘們全都遠遠觀看他的英姿，對她們來說，柳之助可說是天上的一顆明星。姑娘們暗中展開激戰，看有誰能射落這顆明星。

但最後竟是這樣的結果。

長得像河灘卵石加上眼鼻，茅野家的阿佳竟然成了柳之助的妻子。而且是出自柳之助母親殷切的期望。

當事人柳之助又是如何看待這樁婚事，至今仍是個謎。因爲他本人對此隻字未提。阿佳也一樣，什麼也沒說，從她的表情上什麼也看不出來。

而就現在的小新左看來，他們夫妻倆的關係很稀鬆平常。兩人生了孩子。是個可愛的女嬰。小新左也常戰戰兢兢幫忙顧孩子，孩子長得像他大哥柳之助。

雖然是這樣的情況，但坦白說，對小新左而言，美醜根本就不重要。小新左眞正重視的，是吃！

大嫂阿佳煮得一手好菜。

在大加持藩，家臣與家人們不分家世高低，每個人吃的都是雜穀飯。八分碾的糙米占三成，剩下的七成則是小麥、稗子、小米混合。大加持藩的領地雖陽光充足，水利便捷，但地形多山，平原過少，所以稻米是奢侈品。

這種雜穀米的混合比例和水量拿捏，以及炊煮的方法，都有細膩的訣竅。有的人家煮的飯香甜可口，有的人家難以下嚥。阿佳這方面的廚藝過人。她還會加上各種材料來增加飯量，讓人吃了耐餓。她這方面同樣很有一套。

像現在這種盛夏時節，她會煮毛豆飯。將撒鹽烤過的河魚肉取下，拌進飯中，再以蔥花當佐料，做成魚肉拌飯。將山藥磨泥，再以醬汁化開，做成山藥泥湯，淋在飯上，成了山藥泥飯。加了許多蔥花的味噌湯放涼後淋在飯上，成了拌飯。

等到秋天，就能大量加進香菇、栗子、地瓜。冬天會摻入寒餅或糯米一起炊煮，而雜穀飯和烏龍扁麵一起煮成的烏龍雜燴粥也很可口。對食慾正旺的小新左而言，不管香味多好，混入許多菜葉的春天最沒意思。

阿佳很擅長調理菜餚。不論是醬烤串燒、拌菜、燒烤、紅燒，樣樣都好吃。不過，打從小新左懂事起，就是吃阿佳的菜長大，沒其他比較對象，所以大哥和老爺子總是對他說：

——你不懂阿佳對我們眞正的助益是什麼。

——從小吃阿佳夫人的菜長大，小新左少爺眞是幸福啊。爲了能吃到阿佳夫人親手做的可口菜餚，老頭子我很希望能活久一點。

進城的大哥返家前，晚餐不能先開動，所以阿佳爲了剛習武結束，飢腸轆轆的小新左，應該會先準備好什麼點心。就算是再普通不過的小米餅或黃米丸子，只要出自阿佳之手，就會變得可口好吃，當眞不可思議。

一走進千疊敷町，道路就像扇子的骨架般，從山腳往南方的原野延伸。小新左並不是往藩校、書庫、重臣們的宅邸林立的東邊大路而去，而是走在職人通這條西邊大路上，往市街外郊而去。市街中央擠滿商家和旅館，空腹時聞到那些氣味特別難受，還是避開方爲上策。

補鍋店和打鐵店發出叮叮噹噹聲響，小新左從埋首工作的人們身旁走過，肚子發出咕嚕咕嚕聲響。只要穿過這條大路，就是公宅入口。自家的冠木門旋即出現在眼前。後院的樹籬，合歡樹結了許多花苞，再過不久，等夕陽西下，它們就會用慢到教人想打哈欠的速度綻放。

——最重要的是今天的晚餐。

他精力充沛地在心底叫喊時，從某個地方傳來不可思議的聲響，就像在跟他肚子裡的咕嚕聲回應。

嗚——嗚——

乘著夏天薰風傳來的聲響，到底從何而來呢？小新左停下腳步，環視四周。從路旁人家的門口，陸續有只穿著一件工作圍裙，揮汗如雨的工匠，或他們的妻子往外探頭，一臉驚訝。

——是城堡的方向。

從這個位置，可以望見從覆蓋險峻山壁的濃密樹林中蜿蜒而過的城牆，以及像一艘奢華的小船浮泛在連綿城牆之上的天守閣。

不光是小新左，這也是這裡的家臣和領民平日看慣的景致。但還是第一次從那裡傳來如此奇怪的聲響。至少對小新左來說是如此，而且從市街上人們詫異的表情看來，也覺得這是很罕見的情形。

小新左朝家門奔去。公宅通往市街的大路上也站滿人。人人都一臉不安地仰望那傳來奇怪聲響的城堡方向。老爺子和阿佳也在其中。

「老爺子！大嫂！」

在他的叫喚下，山邊八郎兵衛猛然一驚，轉頭望向他。

「噢，小新左少爺。」

不知為何，阿佳仍舊臉色凝重地仰望大加持城。

剛才她可能正在庭院的那一小塊田地裡忙農活，雙手滿是泥汙。

「老爺子，那是什麼聲音？」

「小新左少爺，您不知道嗎？這是海螺的聲音。」

八郎兵衛刻意大聲說道，要讓周遭公宅的妻女、年輕侍從、僕人們也都聽見。

「有一種叫海螺的貝殼，比老頭子我的頭還要大。以前是為了在戰場上振奮武士們的士氣，雄壯地加以吹響。」

「這我知道。不過，原來是這樣的聲響啊。」

雖然低沉又雄壯，但隱隱帶有一股不祥之氣。

「正因爲是這樣的聲音，才傳得遠喔。」

自從進入太平盛世，海螺就再也派不上用場了。能吹響海螺的武士，以及安排海螺專職人員的大名家，都愈來愈少了。但大加持城裡仍有吹海螺的專職人員，此刻因爲某個原因而吹響了海螺。

說著說著，海螺的聲響停止。就像什麼事都沒發生過，四周回歸夏日的天空和薰風。

「也許是城內在演習吧。」老爺子又故意說給周遭的人聽。「不管怎樣，這都不是在通報意外事故。哎呀，雖然有點意外，不過這聲響可眞悅耳啊。」

原本感到不安的人們，也開始回到公宅內。然而，只有阿佳依舊表情凝重地佇立原地。

「大嫂，您怎麼了？」

小新左原本想很有男子氣概地詢問，但在說出口的同時，肚子發出驚人的咕嚕巨響。老爺子滿臉的皺紋全笑開了，阿佳原本緊繃的神經也放鬆下來。

「您回來啦，小新左先生。已幫您備好點心。」

阿佳像平時一樣溫柔、笑容滿面且勤奮幹練地說道。接著，等到其他人都離開，她確認過剩下他們三位中村家的人之後，突然壓低聲音往下說。

「剛才吹海螺的聲響，是在通報太鼓大人出事了。」

小新左一驚。老爺子那埋藏在皺紋深處裡的小眼睛，跟著眨了幾下。

「山邊先生您應該知道，我娘家就負責侍奉太鼓大人，所以向來都被教導，一旦有事發生時就會有人吹奏海螺。」

「哦，原來如此。」

八郎兵衛的模樣，似乎一半驚訝，一半知情。

「已嫁入中村家的我姑且不談……雖然此事得看太鼓大人出了什麼狀況而定，不過，柳之助大人或許是接獲了重要的命令。我得特別留神。」

「小的明白了。老頭子我也會做好心理準備。」

小新左就這樣被他們兩人晾在一旁，在原地發愣。

太鼓大人？

「在繼續說之前，得說明一下我們大加持藩的滅火組織。」

美男子中村大人用麥茶潤了潤喉，接著道。

「在我們的藩國，有個和江戶町滅火組一樣的組織。不過，這個滅火組待命的地方，就只在山上的大加持城內。」

富次郎暗自思索。在江戶市內，如果說到「大名滅火」，指的是因應江戶市內的火災，由諸位大名成立的滅火組，至於大名在藩國內爲了自身管轄的市街而設立的滅火組，則是當地的町滅火組。

「這滅火組是由藩內年輕勇猛的一般武士，率領步卒或中間（註），並從市街召募木匠和建築工人加入來構成。雖然不是武士的身分，但能領取固定的津貼，而且被選爲町滅火組是很榮譽的事，所以明知會有生命危險，自願的人還是大有人在。」

以心態來說，江戶的町滅火組也一樣。滅火組是男人豪氣的極致展現，這份榮譽備受崇敬。反過來說，火災就是這麼可怕。

「大加持城這座山城，每年到少雨的冬季及常打雷的早春，常發生山林火災，令人不安。」

「哦，所以才需要滅火組駐守對吧。」

如果重點擺在那裡，或許該稱之爲「大加持城的定點滅火組」比較正確。

富次郎提到這件事後，美男子中村大人莞爾一笑。

「不，大加持藩的這個滅火組，有個獨特的稱號。」

人稱「太鼓滅火組」。

註：在武士底下處理各種雜務的隨從。

「在三之丸（註）設有屯駐地，一旦有山林火災，便從此處上山，若城下的千疊敷町發生火災，便穿越大手門，通過七曲道，趕往市街。」

架設在三之丸旁邊的望火高臺，隨時都掛著一面太鼓。

「大小就跟小臉盆一般大。」

美男子雙手打開與肩同寬，比出大小。

「做工簡樸，看起來又舊又髒。」

大加持藩的滅火組在發生火災而出動時，必定會高舉這面鼓。

「在趕赴火災現場這段時間，以及抵達後開始滅火，也都會持續打鼓，絕不停歇。」

鼓手是平時就爲了這天而勤於鍛鍊的「太鼓番」，依規定是由藩內的年輕武士擔任。

「只要這麼做，不管再大的火災，都能馬上撲滅。」

事實上，在這位美男子六、七歲時，城下曾發生過一場大火，當滅火組從山城趕到後，就像有隻看不見的手將火勢抹除，很快撲滅大火，此事他親眼目睹。

「哦。」富次郎重重點頭。「原來這就是『太鼓滅火組』的由來啊。」

「沒錯。話雖如此，那面太鼓沒什麼特色，像是隨處都有的東西，敲打之後，也不會冒出水來，或是吹出強風。」

所以這面太鼓扮演的角色，是鼓舞滅火員，或許還帶有吉祥物的意義，讓人覺得只要搬出來，就能順利滅火，不過太鼓本身並無特殊的滅火功能。美男子中村大人一直到十歲左右，始終都這麼認爲，而他周遭人們大多是同樣看法。

「但那天，打從聽到海螺的聲響後，我就不得不改變這個想法了。」

雖然聽起來像童話故事，但大加持藩的太鼓滅火組所供奉的太鼓，是一種神器，會以神奇的力量控制火災。

那天，兄長柳之助非但晚餐時間沒返家，甚至到半夜也不見他歸來。無從得知他人在何處，在忙些什麼，城內也沒派人通報。

擔任藩主近身護衛的兄長行動有變，表示大加持城的高層肯定出事。之前吹響海螺時，大嫂阿佳說了一句神祕的話語。

——柳之助大人或許是接獲了什麼重要的命令。

這幾件事交疊在一起，令小新左渡過不安的一夜。山邊八郎兵衛則是說「像這種時候，更得保持冷靜」，一樣呼呼大睡，但阿佳似乎一直點著燈，熬夜等候兄長歸來。

註：日本城堡的核心城郭，稱之爲「本丸」，城主的居所和天守閣都在此，其外圍的城郭爲「二之丸」，二之丸外的城郭爲「三之丸」。

中村家的人們就這樣一顆心懸著，等了整整兩天。第三天一早，有人前來通報，說柳之助身受重傷，人在大加持城三之丸的太鼓滅火組駐守地。這位傳令是阿佳的娘家茅野家的家中傳令，他通知阿佳前去照顧丈夫，同時命令小新左一同前往。

聽聞這樣的傳話，阿佳頓時表情爲之一僵，緊張反問道：

「是何人爲了什麼緣故召見小新左先生呢？」

大嫂那宛如武士般的口吻，令小新左大吃一驚，甚至爲此打了個寒顫。

茅野家的傳令在前庭的地上單手單膝抵地，低垂著頭，飛快應道：

「是主君的命令。」

小新左聞言，又打了個寒顫。「我這就去！」

他那響徹天花板的應聲，也許一路傳向鄰家。

最後，在擔心柳之助和小新左安危的山邊老爺子陪同下，三人一同前往大加持城三之丸的駐守地。將照顧傷患需要的物品打包好，三人分工揹起包袱，登上山路，不過這一路上，沒必要說的話，這三人都沒多說。山邊老爺子頻頻向阿佳安慰道「您不用擔心。柳之助大人是老頭子我悉心照顧長大的，比岩石還要堅韌。不管受怎樣的傷，一定都會康復的」，這不算是「沒必要說的話」。

傷患爲何會在滅火組的駐守地？心中這份納悶，在抵達現場後旋即化解。並非只有一、兩人受傷。從自己能起身坐好的輕傷患者，到直直躺著，無法動彈，全身裹滿棉布，甚至懷疑是否還在呼吸的重傷患者，各種都有，粗估約十二、三人。城內也派人前來看顧，有人照顧傷患，有人用設置在駐守地外的爐灶燒水，有人洗衣，有人熬煮湯藥。

幸好柳之助雖然身受重傷，但已經醒來並坐起身，他一看到中村家這三人，旋即鬆了口氣。

「您回來了。執勤辛苦了。」

阿佳馬上以手指點地鞠躬，山邊老爺子則開始對柳之助說個不停，像在鼓勵，又像在吹捧，也像引以為傲。

「老爺子，我知道了啦。我不會死的，你就放心在這裡幫忙吧。」

柳之助儘管因疼痛而皺眉，還是硬擠出笑容。然而，當他與小新左目光交會時，頓時一絲難掩的悲痛從臉頰劃過，抹除了他的笑容。

「小新左，我現在變成這副模樣，把你捲了進來。」

抱歉——他呻吟般低語。

捲了進來？捲進什麼？儘管放馬過來吧，我什麼都不怕。就算比不上人中之龍的哥哥，但我小新左也自認擁有野豬般的勇猛。

但眼前是什麼情況？哥哥和這些傷患，為什麼會變成這副模樣？

聽聞柳之助身受重傷時，很自然猜想是在戰鬥中受傷。為了守護主君的安全和大加持藩而挺身奮戰，這是近身護衛的職責。不，這是全體家臣的職責。不管看到怎樣的傷勢，也絕不會慌亂。小新左原本早有心理準備。

但眼前的情況不同。包括柳之助在內，現場呻吟的人們，以及性命垂危的人們，令他們受盡此等痛苦折磨的……

——是燒燙傷。

他們全都遭遇火災了嗎？

柳之助的腰部以下也厚厚地裹了一層又一層的白棉布。但仍舊藥味撲鼻，從層層交疊的白棉布縫隙間，滲出治療燙傷用的藥膏，就只有雙臂有一些像刀傷的傷痕。

此外他還興起懷疑，無法視而不見。

大加持藩是個小藩。藩內的人幾乎都彼此見過。尤其是此刻在場的傷患，理應是身爲近身護衛的兄長同僚、擔任城內警衛工作的馬迴役、太鼓滅火組的成員們才對，而實際上，小新左也能一一分辨他們的長相。

但有個頭髮完全燒焦，變成像光頭一樣，在角落沉睡的男子，以及他前方一位上半身和脖子都纏滿白棉布，整張臉滿是燙傷的水疱，以充血雙眼瞪視著天花板的男子，這兩人小新左都沒見過。他多次仔細觀察，確定是素未謀面的陌生人。

「會發生這種事，是有原因的。」

可能是看出小新左神色有異，柳之助說道。聲音沙啞。因爲在火災中吸入熱氣嗎？

「說來慚愧，如你所見，我無法動彈。現在得由你扛起中村家了。吾弟，你可要堅強。」

兄長說得上氣不接下氣，狀甚痛苦。小新左緊緊握住他的手時，大加持藩藩主・大加持風之守加持衛門大步踏響地面，走進駐守地內。

「好久不見了，阿佳。」

加持衛門如此說道，露出瀟脫的笑容。他有兩道粗眉、大鼻子、長長的下巴。體型高大又寬闊，身軀厚實。

「抬起臉來，讓我仔細看看妳的臉。大家都傳聞，嫁給千疊敷町的第一美男子後，妳也變成美女了呢。」

這裡是駐守地內的木板地房間。藩主坐在上座的摺凳上。

小新左和阿佳一同伏身拜倒在他面前。在加持衛門的催促下起身的阿佳，微微瞇起眼睛。

「您愛開玩笑的毛病還是沒改呢。」

她很直爽地回嘴。今天小新左可說是驚訝連連，他的驚訝之泉都快乾涸了，但又從底部撈泉水，重新驚訝一回。

加持衛門可能是同情小新左這樣的反應，改以親暱口吻說道：

「我和阿佳是表兄妹。我母親是長女，阿佳的母親是次女，兩人是茅野家的姊妹。我母親嫁給我父親後，阿佳的母親也招了贅婿，繼承茅野家，後來我母親不幸在生產時過世，阿佳的母親還暫時當過我的奶媽。我阿娘身體可好？」

身為大加持藩內家臣的一員，小新左也知道，現今的主君並非正室的兒子，而是前任藩主留在藩國內的藩國夫人（側室）所生。住在江戶藩邸裡的正室育有一子，但素行不端，二十歲時遭廢嫡。之後改立加持衛門為嫡子，這位主君從小在大加持領地出生長大，廣受領民愛戴。決定好立嗣人選，得遠赴江戶時，他排斥坐轎，因而派替身坐轎，自己則是騎馬在路上奔馳，是位行事大膽的主君，但他治世公正，不喜歡隨便以大名的名義對外借款，熱中投入新田開墾，行事穩健。是位明君。

尚未行冠禮，仍住在家中的小新左，不曾如此近距離拜會過藩主，所以一切都是如此光輝耀眼，誠惶誠恐，直想逃離現場，但主君與大嫂呈現出開朗氣氛，令他看傻了眼。

「託您的福，家母身體硬朗。」

阿佳雙手併攏置於膝蓋上，如此回應。

「前一陣子家母還說，今年主君會留在藩國，拜見主君時或許能跟著沾光。」

「這樣啊。我也很想見阿娘呢。」

說到這裡，加持衛門突然蹙起眉頭，臉色凝重。阿娘是對奶媽或養母的親暱稱呼。

「在請她煮可口的岩魚飯（註），把整鍋飯都吃光之前，得先擺平一件事。」

加持衛門目光轉爲犀利，趨身靠向阿佳。

「得趕快前去拜見憨懶沼之主。我不認識現在的沼之主。沼之主想必也不知道我是現在的藩主吧。」

需要有人介紹——加持衛門說。

「汝都嫁入中村家了，現在又派汝出馬，對汝很抱歉，但可以請汝替我帶路嗎？」

「汝」是感情好的小孩子之間常用的稱呼。

「因爲有些緣故，我不想直接派茅野家的人出馬。汝熟悉大加持山的道路，又是中村柳之助的妻子，代替丈夫執行這項任務也合情合理。」

「我明白了。」

阿佳毫不猶豫回了一禮，但表情變得僵硬。眼神顯得比剛才更不安。

「主君，爲何連同小新左也一同召見呢？」

「因爲柳之助向我請託，說既然要上山拜見沼之主，請務必要帶他弟弟同行。」

加持衛門望向小新左。臉上凝重的表情消失，轉爲柔和。

註：岩魚是紅點鮭魚。

「阿佳，汝的丈夫因爲燒燙傷而意志消沉。很堅持地對我說，他不能像以前那樣擔任我近身護衛。既然這樣，爲了守護中村家代代相傳的名聲，應該馬上由弟弟小新左陪同在我身邊。」

小新左來回望著主君和大嫂。大嫂的表情顯得不太情願。

「這時候應該先力求康復才對吧。」

「汝可千萬別這樣對他說。燒燙傷痛苦難受，但治療起來更是痛苦難當。當然了，柳之助應該能克服才對。」

藩主壓低聲音。

「其實他自己也有覺悟，要像原本那樣自己獨力站立、行走，或是跑步，應該是有困難。既然這樣，就由弟弟來繼承家業，而且小新左身爲汝的小叔，早點知道沼之主的事，這也絕不會是錯誤的決定。」

阿佳垂眼望著地面，雙脣緊抿，點了點頭。當然，這不是對加持衛門說的話有意見，看起來像是暗自拿定了主意。

「小新左，你今年幾歲？」

藩主直接開口詢問，以他那雙大眼要求他當面回答。小新左脹紅了臉，結結巴巴說道：

「啊……是。我、我、我今年十、十、十歲。」

「十歲是吧。」加持衛門說著捲起衣袖，出示他的右肘。有個老舊的燙傷疤痕，約手掌大小。「這樣的話，跟我當初燙傷的時候同樣年紀。我因爲自己的愚蠢而受傷，保護我的隨身侍從和滅火組的組頭就此喪命。」

小新左，你不會遇上這種事，所以大可放心——加持衛門說。

「要登上憨懶沼，得備好裝備。你沒時間回中村家，就在駐守地備齊所需物品吧。」

別忘了，順便塡飽肚子——加持衛門留下這句話後走出房外。他甫一走出，大加持城的天守閣旋即傳來辰時（上午八點）的報時鐘聲。

「我在駐守地趕著準備時，不管我問大嫂什麼，她都不回答我。」

——你該知道的事，主君會跟你說。

美男子中村大人接著往下說。

「當時我還只是個孩子，滅火組的駐守地裡找不到適合我身高的輕衫和野褲，只好冒犯借用主君小時候穿的輕衫。」

條紋木棉布料的腿部和別扣的四周，有點點燒焦痕跡。

「這麼說來，您的主君之前提到右肘燙傷，難道當時就是穿這件輕衫……」

「沒錯。也許就是因爲這樣，才借我穿。」

今天微微起風，所以黑白之間裡面很涼爽。面北的房間，夏天相當舒適。

不過，可能是通風的緣故，那水鳥形狀的美麗練切漸漸變乾。富次郎一面朝美男子的茶碗裡倒入新的麥茶，一面請他享用練切。

「接下來故事的主軸，將從登山開始吧。請先享用甜點。」

美男子似乎完全忘了茶點的事，一臉驚訝地眨了眨眼睛。接著他突然瞇起眼睛說道：

「我們要前往的憨懶沼，位於大加持山八合目（註）的位置。」

據說周邊幾乎沒任何生物。

「沒有野鹿、狸貓、狐狸、山犬，就連飛鳥也看不到。小時候我都以爲那是藩內政策。從六合目開始往山上開墾，砍伐林木，作成薪柴，供燒製陶瓷的土窯使用。」

「爲了製造您在開頭提到的陶瓷品是嗎？」

「對。不過，眞相恰巧相反。」

美男子手持竹籤，將水鳥形狀的練切一分爲二。

「抵達那裡一看便會明白，憨懶沼原本就寸草不生。」

寸草不生的沼澤？

「那裡熱水沸騰。」

美男子說到這裡，就像在欣賞富次郎的驚訝，眼角掛著微笑。

朝憨懶沼前去的，只有寥寥數人。可能是因爲近身護衛和馬迴役有多人負傷，人手不足。但眼下只有四人與加持衛門同行，分別是帶路的阿佳、小新左、加持衛門的近身護衛當中最資深的樫村新兵衛、仍是馬迴役見習的年輕武士大月由壽之介。

一旦有什麼萬一，眞能保護藩主嗎？

「這趟山中行，是由我來保護你們。」

加持衛門語帶輕鬆地說道，露出比任何人都還要精悍的神情。

一行人從大加持城西側的馬出城郭走進山中，但沒騎馬，完全靠徒步。這也難怪，在朝大加持山山頂而去的幾條路線中，他們挑選路途最短，但最險峻的路線。走了兩刻鐘，四周斜坡淨是岩壁。這裡有個可怕的名稱，叫作「岩地獄」。

「接下來要排成一排，緊跟著前面人的足跡走。要是踩向不該踩的地方，就會招來落石。」

放眼望去，淨是岩石和石頭構成的大海。幸好斜坡還不算太陡。在攀登大自然鑿開的通道或是岩壁裂縫時，需要繩索和石樁，但阿佳和加持衛門，以及大月由壽之介這三人，攀登動作俐落好看，一行人的步履緩慢，卻不曾停滯。

「這一帶無法開墾，連要造窯都沒辦法。就這樣滿是岩石，就此擱置，不過像這種時候倒

註：日本的登山用語，將山分成十等分，登山口爲一合目，山頂處爲十合目。

正合適。」

加持衛門始終跟在小新左身後，留意他的狀況。他一面確認腳下路況，一面愉快說道：

「就算是岩地獄，也比攀登山崖輕鬆多了。」

他轉頭望向身後。

「新兵衛，你還活著嗎？」

「託您的福。」

五十多歲的樫村新兵衛走得氣喘吁吁，卻沒流汗，當眞不可思議。他一身輕裝，背上的行李也不重，但懷裡似乎藏了什麼，窄袖服的前胸鼓起。

「噢，這風吹起來眞舒暢。」

負責殿後的由壽之介抬起頭，就像覺得刺眼般瞇起眼睛，擦拭額頭的汗水。他是位手腳細長的年輕人，長相像女人一樣柔美。年約十七、八歲。

他同樣是小新左在藩校和道場上從沒見的生面孔，但從他和主君親暱的模樣以及那認眞的態度來推斷，江戶定府（註）的馬迴役見習或許今年會隨同主君一同返回藩國。

「岩地獄走到一半了。先歇會兒吧。大家進到岩石下。」

完全猜不出是在怎樣的情況下，如此巨大的岩石會滾向這處斜坡並裂成兩半，不過，倒是很感激有這樣的遮陰處。眾人以竹筒裡的水溼潤了喉嚨，帶來冰涼。

「我們藩內的至寶太鼓大人……」

朝由壽之介擺好的摺凳（擺得有點斜）坐下後，加持衛門便開口道。

「就是平時放在望火高臺的那面太鼓。一旦有火災發生，滅火員就會搬出來，擊鼓手憑平時鍛鍊的技藝擊鼓，鼓舞滅火員。」

在阿佳與樫村新兵衛的催促下，小新左和由壽之介在藩主面前並肩而坐。新兵衛從衣帶裡抽出扇子，緩緩朝他們三人搧風。

「不過，那其實不是一面普通的太鼓。它是神器。」

擁有神力的器物。加上「大人」尊稱，是因爲無比尊崇它的神力。

「太鼓大人裡面，放有某個崇高之物，具有將所有火焰吸收吞噬，平息火勢的力量。」

不管什麼時候由誰來擊鼓，神祕的力量都不會不同。

「這麼多年來，在大加持城和千疊敷町，家臣和領民都不曾受過火災之苦——能在小火還沒釀成火災前被撲滅，都是因爲有太鼓大人將火焰吞噬封印。」

然而，在沒發生火災時，若是敲響太鼓大人，就會有可怕的事發生。

「太鼓噴發的火焰，會將附近一切都燒毀殆盡。」

註：固定長住江戶藩邸，不會隨主君參勤交代的藩士。

太鼓會噴出火焰？小新左一時難以置信，雙目圓睜望向大嫂。阿佳微微點頭應道：

「滅火組的組員都很清楚太鼓大人的神力和可怕。」

「嗯，滅火組員都知道那是神器，同時是大加持藩的至寶。不過，關於背後由來，就只有我大加持家的嫡系男性，以及阿佳的娘家茅野家的人才知道。」

大月由壽之介很直接問道：

「爲什麼茅野家與主君的大加持家並列呢？」

「這我會依序說明，你先別急。小新左。」

突然被叫喚，小新左差點跳了起來。「啊，在！」

「你到過大加持領地外嗎？」

汗水像雨滴般，從小新左臉上淌落。

「還、還沒。」

「這樣啊。那你應該就不知道了，這座大加持山，位於一整排外形像蜥蜴背脊的群山西側末端。」

群山當中有活火山。大加持山雖很久不曾噴發，不過……

「由於它的地底與群山中的火山相連，所以大加持領地內也有溫泉喔。」

在群山地底下相連的，並非只有水脈。灼熱的熔岩也像水一樣蓄積其中，流動相連。

「那是以前那場爭奪天下的戰事結束，太平盛世到來，將軍認同我們大加持家擁有大加持領地治理權時發生的事……」

火山底下的熔岩，以及棲息在熔岩裡的奇妙生物，也不知是哪裡出了差錯，跑進群山地底深處相連的熔岩脈中，四處徘徊遊蕩，最後闖進了我們大加持山深處的地底湖。

「因爲是棲息在熔岩裡的生物，所以牠的身體像熔岩般灼熱。地底湖的湖水馬上爲之沸騰，往地表上升湧出。」

地底湖的入口，是山間的一座小洞窟，但從洞中噴出的灼熱蒸氣和臭氣，令周邊的樹林乾枯，野獸四處逃散。

那熱氣和臭氣，順著大加持山的山壁一路往下蔓延。位於下風處的村長察覺到異狀後，開始召集男丁展開探索，就此找到了地底湖的入口。

「這位村長日後獲賜茅野這個姓氏。換句話說，他是茅野家的祖先，就叫他茅野太郎吧。」

從地底湖入口處噴出大量的蒸氣。因爲很不穩定，連腳下的地面也微微搖動。

「隨便靠近會有危險，於是茅野太郎命眾男丁後退，這時，地底湖的入口處開始崩塌。」

崩塌逐漸往腳下地面擴散。因爲茅野太郎他們站立的地方，底下就是地底湖。一行人開始拚了命地逃。

「當崩塌好不容易平息時，現場形成一處沼澤。」

從地底解放的蒸氣，逐漸升上藍天。沼澤裡的水不斷湧出，同時沸騰冒泡。

「那隻生物就出現在沼澤中。牠沒被崩塌波及，平安存活下來。」

在沸騰的沼澤中優游。

「聽我父親說，那生物就跟小新左現在差不多高，像由壽之介一樣手長腳長。」

加持衛門來回望著他們兩人，笑了起來，所以小新左忍不住斜眼瞄向由壽之介。這位馬迴役見習也莞爾一笑，向加持衛門詢問。

「聽您這麼說，那是一個人形生物嘍。」

藩主頷首。

「牠有手腳，有頭，沒有尾巴，雙手各有五根手指。與人的外形很相似，但全身包括臉在內，都覆滿了剛硬的灰色長毛。長毛中就只露出一對像小狗般的眼睛。」

牠潛進沸騰的沼澤內時，也會閉上眼睛。眼皮不像人一樣是由上往下閉，而是像貝殼一樣上下一起閉起來。

「一看到這古怪的生物，茅野太郎等人全都驚慌不已。」

那生物沒在沼澤的水面上激起波浪，很靈巧地優游其中，從頭部潛入水中，然後浮出水面，忽遠忽近。面對這群惴惴不安望著牠瞧的男子們，牠既不顯害怕，也沒有要加害他們的舉動。那望著他們頻頻眨眼的模樣，有說不出的可愛。

「他們心想，從牠的動作推測，牠應該還只是個孩子。不過，似乎有一定智慧。或許聽得懂我們的話。跟牠比手畫腳不知道管不管用……」

一陣慌亂後，茅野太郎等人旋即發現。這個生物一旦從沼澤裡露出臉或手腳，牠身體蓄含的熱氣就會往空中發散，四周馬上變得炎熱。如果只是熱得讓人出汗，倒還不打緊，但要是到了炎熱的地步，可就會有生命危險。

一行人當中，有一人搖響繫在腰間的驅熊鈴鐺，那個生物可能產生興趣，從水中嘩啦嘩啦靠近過來。牠迅速從沼澤中露出上半身，正準備爬上崩塌的岩地上時——

「茅野太郎感覺鼻毛開始燒焦。」

這樣可不行！茅野太郎急忙一把將驅熊鈴鐺搶過來，往沼澤中央拋去。那生物追向鈴鐺，潛入沸騰的水中，站在沼澤邊的男子們撿回一命。

「不過，他們的眉毛、後頸的頭髮仍燒了起來，肌膚火辣刺痛，脖子和手臂內側較柔軟的部位變得紅通通一片。」

轉頭一看，崩塌處外緣殘存的雜草和枯葉，開始冒起白煙。剛才茅野太郎要是判斷再慢一點，恐怕已全身起火。

這個生物是高溫匯聚而成。原本應該不會棲息在人們看得到的地方。如果放著不管牠，或許牠自然就會回到原本的住處。但也可能不會回去。

如果這生物來到地面上，將馬上引發驚人的山林大火。得極力將牠留在沼澤中才行。

「當時甚至有人提出意見，認爲乾脆獵殺算了。就算牠的身體能蓄熱，但那只是毛茸茸的外皮，並非披覆了鎧甲。應該能用弓箭或火繩槍取牠性命。」

當時喝斥這種看法的人，正是茅野太郎。說這什麼無禮的話。這生物是大加持山的火神啊。如果不恭敬祭祀，會遭天譴的。

茅野太郎急忙派人趕赴大加持城通報，將眾男丁分成幾組人馬，輪流監視沼澤的動靜。他自己也捨不得闔眼，緊貼在沼澤邊，注視著那隻散發熱氣的山之主。過沒多久，當時的大加持城藩主親自登山趕來。

「當時的藩主，是我曾祖父的祖父，不過……」

加持衛門說到這裡，微微皺起鼻頭。

「不管是聽人說以前的軼聞，還是看肖像畫，他似乎都長得很不起眼，而且個頭矮小，加上當時相當老邁。但接獲茅野太郎的緊急通報，他馬上登上大加持山，這點很令我尊敬。」

藩主也認爲這個不可思議的生物是受人崇敬的火神。他還說，大加持山曾是火山，牠是這裡的山之主。而茅野太郎等人沒細想便脫口而出的一句話，表現出對這個生物的親近感。

——多可愛的憨懶大人啊。

「憨懶絕不是一句誇獎人的話。指的是個性悠哉的人或是懶惰蟲，有憨傻的意思。」

不過，這位沼之主在沸騰的沼澤裡優游，一會兒仰泳，一會朝水面露出屁股，潛入深處，以牠骨碌碌的眼珠望著在沼澤邊來來去去的男人們，模樣確實顯得悠哉愜意，樂在其中，讓人看了忍不住發笑。

「牠就這樣博得『憨懶沼之主』的稱號對吧？」

由壽之介說。小新左從剛才起便對不發一語的大嫂感到在意，悄悄轉頭看她。阿佳因天氣炎熱而臉頰泛紅，但依舊表情陰沉。

「嗯，當時在藩主的命令下，茅野太郎一家肩負起保護憨懶沼之主及祭祀的職務，並獲得相對應的名譽與俸祿。」

提到茅野，阿佳這才回神，抬起頭來。加持衛門說道：

「抱歉，阿佳。妳很擔心柳之助的安危吧。等見到沼之主，我們就盡快返回駐守地。」

他仰望頭頂的太陽，因陽光而瞇起眼睛，接著從摺凳上起身。

「剩下的故事，等抵達憨懶沼後再說吧。百聞不如一見。」

明明是夏日晴天的午後，但憨懶沼煙靄密布。令人全身溼黏，無比悶熱。

「接下來要特別留意腳下。要是跌倒碰觸沼澤裡的水，後果自然不用我多說，就算是手碰

到泥巴，一樣會嚴重燙傷。」

阿佳的聲音相當緊繃。小新左一開始是因爲炎熱的煙靄而冒汗，但一路靜靜往前走，抵達憨懶沼邊緣時，他全身布滿冷汗。

是眞的。沼澤裡的水眞的在沸騰。

「噢。」

加持衛門發出一聲低吟，由壽之介則不知爲何，滿面笑容。原本沒流汗的樫村新兵衛，來到這裡後，也像淋過水似地滿身大汗，但他一樣面帶笑容。

「眞不像是這世間的景象！」

「不過大月大人，這裡可不是地獄喔。是沼之主所在的清聖之地。」

嘩啦。在煙靄深處，發出沼澤激起水花的聲響。阿佳面朝聲音方向叫喚道：

「沼之主，大加持山的子民前來拜見。我是茅野太郎的子孫。請您現身。」

小新左過去從沒聽過大嫂發出這般溫柔的聲音——應該說是如此有女人味的聲音才對。他不自主地望向阿佳那因蒸氣和汗水而發亮的臉龐。

「沼之主，您應該到城裡傳來的海螺聲了吧。太鼓大人已損毀。爲了製作新的太鼓大人，請賜予您的神力。」

嘩啦、嘩啦。水花聲逐漸靠近。

大加持加持衛門向前跨出半步，朝阿佳伸手，像在保護她，要她往後退。由壽之介則是緊緊靠向加持衛門左側，小新左不知何時，手臂已被樫村新兵衛握在手中，讓他與沼澤保持距離，就算跌倒，也不會碰觸到沼澤的水。

嘩啦。

沼澤裡的水分向兩邊，冒出更濃的蒸氣。那白色煙幕間，有個像人頭一般大小的東西浮出水面。確實覆滿長毛。

——牠在立泳。

一時之間，小新左就只看出這點。

他已達到忍耐極限。熱度突然驟增的煙靄滲入他眼中，他忍不住閉上眼睛。就連閉上的眼皮，以及額頭、臉頰、鼻頭，也都灼熱發燙。

「沼之主，站在您眼前的蠢蛋，正是大加持加持衛門！」

加持衛門面向沼澤，朝煙幕深處朗聲喊道。

「請原諒我這失德之人。在下第二次損毀太鼓大人。」

這麼大聲講話，不就連舌頭和喉嚨都會被蒸氣燙傷嗎？小新左以手護眼，試著勉強睜開眼睛。在雪白的蒸氣中，加持衛門的背部若隱若現。令人吃驚的是，他雙膝跪向沼澤邊緣的泥巴裡，此刻連雙手拳頭都準備泡進泥巴。

「謝謝您，沼之主。」

阿佳朝沼澤叫喚，緊緊抱住加持衛門的背後。

「主君，請您快後退。」

「放開我，阿佳。我要道歉……」

「沼之主不會在我們面前露臉。這麼多年來，祂一直延續這樣的神力，這座沼澤的熱氣不斷升高。就像那個傳說故事一樣，無法拜見沼之主。」

「主君，請見諒。」

小新左身旁傳出一聲簡短剛勁的吆喝。是樫村新兵衛。在聲音發出的同時，由壽之介展開行動。那瘦長的手腳強勁有力，而且動作迅速。他一把抓住加持衛門的背部，將他往後拉，爲走向沼澤邊緣的新兵衛讓出路來。

「請多留神。」

「我曉得。」

只聽得現場傳來響亮的一聲「嘩啦！」，水花朝高處飛濺。

樫村新兵衛並未停步。他穿過灼熱的飛沫，壓低身子，像滑行般朝沼澤邊緣逼近。他從鼓起的懷中迅速取出某個像布料的東西，將它攤開，用雙手舉高，是要保護臉部不受熱水和熱氣燙傷嗎？

不，有某個小東西從沼澤飛來，落進新兵衛攤開舉高的那塊像布料的東西裡頭。

「眞是無上的幸運。沼之主，這樣我大加持藩將常保安康！」

新兵衛無比感動地大喊，迅速在泥巴上往後退。回到由壽之介和小新左身旁後，將那塊攤開的布一層又一層包好，遞向朝他跑來的加持衛門。

「確實收到了。」

「感激不盡。」

沼之主、沼之主——加持衛門朝憨懶沼叫喚。

「我大加持加持衛門，爲了大加持領地的安寧與繁榮，必當鞠躬盡瘁，死而後已。還望沼之主繼續守護。」

阿佳的臉濡溼，不全然是蒸氣的緣故。莫非她哭了？

「各位，要離開沼澤了。小新左，阿佳，還能走嗎？抓緊我。」

樫村新兵衛抱著那個用布包成的包袱，由壽之介手臂環住他的身體扶他站起身，從那灼熱的熱氣中脫身。

一行人靠在一起逐漸遠離憨懶沼。逃出那個地方。那裡雖是沼之主所在的聖潔之地，但生人無法久留。

當接觸到夏天的陽光和山裡的涼風時，小新左一陣劇烈狂咳。他這才發現，原來他一直憋著氣，喉嚨猶如火燒。

「大家辛苦了。」

加持衛門氣喘吁吁，汗水從下巴滴落地說道。

「新兵衛，你辛苦了。包袱交給我吧。」

樫村新兵衛受熱氣侵襲，全身汗如雨下，花白的兩鬢溼透，虛脫無力，但他仍違抗藩主的命令，向後退卻。「這是在下負肩的職責。」

「你都站不穩了。會有性命危險的。」

「既然這樣，由我來代爲保管吧。」

由壽之介鬢角流下一道汗來，那清瘦的臉龐泛紅，擠進兩人中間。

「樫村大人，像這種時候，爲了守護主君，就該由我來。您就讓給我吧。主君，這神器由我來運往大加持城。」

由壽之介顯得最爲處之泰然，也最可靠。沒人能和他搶這項工作。他將包袱收進懷裡，在岩地上踩著滑行般的飛快步履，與小新左他們拉大距離。

「由壽，別離開我視線！」

「遵命。」

來到勉強還看得到面容的地方，由壽之介停下腳步。

「有水嗎？」

阿佳遞出竹筒，加持衛門先塞進新兵衛手中。他朝向迎面吹來的山風，閉上眼深呼吸。

「以前我的祖先和茅野太郎他們……」

經歷過百聞不如一見的場面後，又開始說起往昔。

「在對沼之主展開監視、看守的過程中發現，對沼之主來說，手腳或身體暴露在沒有水的地方，似乎會覺得痛苦。」

既然這樣，就不必擔心沼之主爬到地面，引發山林大火。這對彼此來說都很慶幸。

「然而，不能就這樣放著憨懶沼不管。要從山腳處登上大加持山，必須先獲得藩內掌管工程的官員允許，但倒也不是都沒上過山，事實上，附近就有茅野太郎他們居住的村莊。」

藩主急忙下令，只能讓茅野太郎村裡的人們知道沼之主的事，並由他們輪流監視看守。

「這是個原本只靠伐木、製炭、打獵維生的窮村。不過，男人們個個勇猛果敢，女人也都很熟悉山林，絕不嬌弱。」

他們不會對沼之主感到恐懼，一直都心存敬意，不過，他們並未因此疏於監視。

「沼之主出現後過半年左右，獵人完全無法謀生。」

因爲村莊周圍的鳥獸都消失無蹤。而且，因爲不時會從憨懶沼的方向往下吹來潮溼熱風，再也做不出優質的木炭。

「我的祖先傷透腦筋，但這時，茅野太郎展現他過人的智慧。」

——我們今後將砍伐山林的樹木，疊起山中的岩石，揉和山裡的泥土，改以燒陶爲業。

「村裡的人們如果願意留在山裡這麼做，看守憨懶沼之主的工作，就能交由他們負責。」

一旦有狀況發生，也能馬上通報大加持城。

「不過，經歷漫長歲月，村裡的人逐漸減少，只有極少數的藩內人士會獲選成爲村民，負責看守沼之主。」

茅野家一樣擔任統管的角色。負肩著看守、服侍沼之主的重責大任。

「所以茅野本家至今仍位在這座山的六合目處。」阿佳說。「城下町的宅邸只能算是退休居所或別宅。我從小也是在那座山中宅邸東奔西跑長大。」

阿佳會揉陶土做陶器，也會用窯燒陶。原本想一輩子在山中生活，就此化爲山中的泥土，但她二十歲那年，染上肺病的弟弟送醫求診，爲了加以照料，她搬往千疊敷町的宅邸生活，結果突然有人上門提親。對象正是中村柳之助。

小新左身上的汗逐漸風乾，心情變得平靜許多。人在遠處的由壽之介，讓窄袖和服露出半邊肩膀，正在乘涼。

樫村新兵衛朝他望了一眼，開口道：

「剛才沼之主賜給我們的，是祂的指爪。」

沼之主的指爪比人的指甲還長，長長後會像貓爪一樣前端變得彎曲。不過長得很慢，約莫半年就會自然脫落換新。

「用來包覆的，是鹿的生皮。因爲要是用紙或布來包覆，冒火時容易起火燃燒。」加持衛門接著道。

昔日茅野太郎他們看守沼之主時的驚人發現，以及很重視的事，就是這個。

「沼之主的身體部位中，我們最容易取得的就是指爪，不過這當中也棲宿沼之主的神力。」

脫落的指爪同樣嗜火。只要周遭有火，它便馬上吸收，將火源吞噬。

「不過，如果在沒有火的地方隨便敲打指爪，或掉落地面，反而會從指甲噴出火來。」

以前茅野太郎為了處理這件事而傷透腦筋，反覆試過各種錯誤後，這才得知用野獸的生皮包覆效果最好。這知識成了重要基礎，最後他們得知，要安全有效地利用沼之主指爪暗藏的神祕力量，得將它封進太鼓，方為上策。

就這樣，封藏崇高祕密的太鼓大人就此誕生。

只要敲響太鼓，不管再猛烈的大火，也能在轉瞬間吞噬殆盡。這是長期以來守護大加持城和千疊敷町不受火災侵擾的藩國至寶。

「還記得有人吹響海螺的那天嗎？」阿佳問小新左。

「記得。大嫂您當時說，海螺的聲響是在通報太鼓大人出事了。」

不光要讓藩內知道內情的少數人知道，也要讓大加持山上的茅野家知道，所以要用力吹響海螺，這是規矩。

「山上的茅野本家在發現沼之主有狀況時，同樣也會吹響海螺喔。」

原來如此，小新左這下終於明白了。自古以來海螺在戰場上被人吹響的音色，至今殘存他耳中並未散去。

這次出的狀況，坦白說，純粹是疏忽。因為遭了小偷。

「太鼓大人被人偷走了。」

大加持藩藩主就像一個打架輸了的調皮小鬼，咬牙切齒，很不甘心。

「太鼓大人外觀只是個普通的太鼓。而且是個老舊又髒汙的太鼓。比起隨便放進寶物庫收藏，或是蓋一座神社祭祀，還不如掛在望火高臺上，反而還比較不顯眼。」

火災發生時，還能馬上取出，可說是一舉兩得。

「多年來一直都平安無事，所以就在大家疏忽時，遭宵小乘虛而入。」

「不，這是茅野家的疏失。太鼓大人的事傳出領地外，卻坐視不管，雖說對方只是個下女，但僱用別藩的人到千疊敷町的宅邸工作，這是嚴重過錯。」

偷走太鼓大人的盜賊，似乎是鄰藩的細作。不論是再怎麼天乾物燥的冬天，或是連日打雷的春夏兩季，都沒發生過半點山林火災，而山城和千疊敷町除了煮飯的炊煙外，從未因失火而冒煙，大加持藩的這個祕密，經過漫長歲月，已漸漸被周遭的人知悉，也成了眾人羨慕和感興趣的對象。

「雖然她是個鄉下出身，感覺很憨傻的下女。」

「細作都是這樣，善於用外表來掩飾眞面目。」

進茅野家宅邸工作的那名下女，查探靠近三之丸駐守地和望火高臺的方法，負責引敵人進來。她犯案後，正準備從茅野家宅邸逃亡時遭逮，自己拿刀刺穿喉嚨自盡。

「柳之助等人追趕帶著太鼓大人逃跑的一行人，追到了國境，正準備逮捕……」

派這批盜賊前來的一方，做事也相當周全，他們早已派兵埋伏在該處。柳之助他們被引往那個地方，遭到襲擊。

「雙方展開激戰，但我方打從一開始就寡不敵眾，眼看沒有勝算。」

與其就這樣輕易被敵人奪走太鼓大人，還不如……中村柳之助做出決定。

「柳之助一刀將太鼓大人斬成兩半，沼之主的指爪在邊境的山中掉落地面。」

它噴出的火焰，同時往敵我雙方延燒，最後造成這樣的慘事。

小新左爲之一怔。躺在駐守地的那兩名陌生傷患，難道是偷走太鼓大人的敵方黨羽？

「眞是的……光我這一代，就兩度造成太鼓大人損毀，雖然沼之主重新賜予指爪，但像我這種蠢蛋，可說是打著燈籠也找不到了。大加持家的族譜，一定得在我的欄位上記上一句『憨懶』不可。」

加持衛門苦笑著起身，拍了拍自己的野褲下擺，對小新左說。

「小新左。我在你這個年紀的時候，有一次和我父親一起欣賞太鼓滅火組的演習，他讓我爬上望火高臺。」

當時就是穿著小新左身上那件輕衫。

「我一時興奮，得意忘形，也沒細想就朝太鼓大人走近，擅自動手敲響了它。」

傳說是眞的嗎？眞的會從這裡噴出火來嗎？不是編造的故事吧？小孩子想看恐怖事物的淘氣念頭，令他做出如此輕率之舉，釀下大禍。

沼之主被封印在太鼓內的指爪噴發烈焰，太鼓大人轉瞬間起火燃燒。

「望火高臺上面空間狹小。爲了保護我不受火焰燒傷，在場的人們犧牲了生命。」

之前加持衛門在三之丸駐守地提到他身受燒燙傷的軼聞，原來是這麼回事啊。

「那是我第一次出醜，這次算是第二次。要是日後還有第三次的話，小新左，你就以近身護衛以及茅野家親戚身分，將我踢落藩主的位置吧。」

聽他這麼說，小新左幾乎不敢呼吸，新兵衛和阿佳偷瞄他的神情，笑出聲來。

「喂，差不多該走了。」

加持衛門抬起手叫喚後，由壽之介在滿是山林綠意的徐風下站起身。

「我們平安抵達大加持城，隔天，將沼之主新賜的指爪裝好後，全新的太鼓大人重新掛向望火高臺。」

從那威儀十足的海螺聲響展開的這一連串騷動，最後將傷害降至最低，就此落幕。

「在邊境受傷的家臣們，經過適當治療，都已逐漸痊癒，不過……」

小新左沒見過的那位頭髮燒焦，成了光頭的男子，以及臉部多處都是燙傷的水疱，一直瞪視著天花板的男子，過了幾日先後嚥氣。

「他們接受了治療，但同時接受了相當嚴苛的審問。」

想必是承受不了吧。

「我大哥柳之助所受的傷，比我原先預料得還要嚴重。我向他報告，說我和大嫂一起拜見了沼之主，並獲賜指爪，他聽了之後可能是覺得放心，就這樣暈了過去……」

過了五、六天仍未醒來。阿佳一直在一旁悉心照料。

「當我感到喪氣而哭喪著臉時，大嫂和山邊老爺子兩人便會一起訓斥我。」

——要相信你哥。

——柳之助大人不會死的。因爲他是老頭子我一手培育長大，才不會這麼輕易就喪命呢。

「第八天早上，我大哥在黎明晨光下醒來，對隨侍一旁的大嫂說，我想吃妳煮的岩魚飯。」

眞是個好故事。在這離大加持藩千里之遙的江戶市神田三島町一隅，富次郎坐在三島屋的黑白之間，聆聽美男子中村大人的故事，對於這樣的圓滿結局，心中滿是平靜。話說回來，這岩魚飯好像很可口呢。

這位美男子坐在說故事者的位子，雙手置於膝上，繼續說。

「我大哥保住一命，保有近身護衛的身分，目標完全康復，全力療養。」

但他嚴重燙傷的雙腳，最後終究無法站立。

「經過整整一年，付出連岩石都能咬碎的努力，終究還是無法像原本那樣行走。非但如此，因血行受阻，肌肉逐漸萎縮的雙腳變得瘦弱，宛如兩根竹竿。」

柳之助不知有多麼難過和不甘心。

「不過，我大哥的靈魂依舊堅韌。」

獲得三船流奧義全部傳授，勇猛果敢的短槍高手柳之助，雖然對雙腳的康復已經放棄希望，卻從未放棄鍛鍊還能行動的上半身。爲此，他天天上藩內的道場。命中村家的男僕拉著拖車，搖搖晃晃載著他前往道場，同時在貨架上揮砍木刀練習，他那身影很快便成了千疊敷町的知名景象。

「主君說，有這樣的氣魄很好，在他的慈悲下，我大哥解除近身護衛的職務，改當起藩內道場的武術師傅。我也多次接受過他的指導。」

柳之助強得駭人。

「道場上放了一把有靠背的椅子，我大哥就坐在上面，與弟子交手。」

一些功力還不到家的弟子，甚至不敢輕易靠近。

「自從雙腳萎縮後，我大哥以他自己的方式投注各種巧思，請人特別訂做新的短槍，長度比既有短槍更短。」

道場上使用沒有刀刃部位的練習短槍，所以如果長度變短，看起來就像是比較長的擂棒。

儘管是這樣的東西，可一旦坐在椅子上的柳之助握住它比向弟子，弟子們頓時就會像中了定身咒一樣，無法動彈。

「他手持一對特製的超短槍，編出一套二槍流招式。不過，他投注最多心力的，是投擲術。」

也就是投擲短槍攻擊。

「爲了提高投擲的距離和準確性，他一再鍛鍊自己的肩膀、手臂，以及背部，所以肌肉特別發達，手臂足足有這麼粗。」

這位美男子露出自己的手臂來展示粗大的程度。富次郎也曾拿過頗有重量的物品，但不曾爲了武術而鍛鍊，眼前這位美男子粗壯的手臂已經夠令他驚訝了，但柳之助的手臂還比他大上一兩圈。

「能自我鍛鍊到這種程度，果然是武士大人才有這種能耐。在下光想就頭暈了。」

富次郎聳了聳肩，美男子莞爾一笑。

「當時的我，常覺得大哥那刻苦勤奮的模樣無比耀眼。然後就肚子餓了。」

他的口吻和眼神，都流露出對兄長的景仰之情。富次郎也有伊一郎這位哥哥，在很多方面也都覺得自己比不上哥哥，對他相當尊敬。

——當弟弟的就是這樣。

喜歡了不起的哥哥，他對此深有所感。

「在下這樣說，或許對您很失禮，不過，想到中村大人與令兄的情況，便不由得心中興起一股暖意。」

美男子爲之瞪大眼睛。

「謝謝您。」

他簡短應道，垂眼望向地面。臉上蒙上一層暗影。剛才那句話，果然對他失禮了嗎？

「我的手掌也算相當粗大，但我大哥的手掌比我還厚實。」

美男子伸出右手，先是握拳，然後張開，接著往下說。

「使短槍的人，手上會長出獨特的水疱。圍著手掌正中央的凹陷處，從中指到小指這三個地方會變硬，就像擺了圓形的小石頭。」

但使慣柳之助獨創的超短槍，潛心修練投擲術後，可能是因爲施力方式改變，這三處地方的水疱就此變軟、消除。

「不過，大拇指內側多次摩擦破皮，痊癒又再摩擦破皮，一再反覆，兩年不到，就變得像皮革一樣光滑堅硬，化爲淡淡的暗深色。那不是水疱，應該說是繭。」

——就算用燭火抵著，也不覺得燙。

「他本人似乎也很驚訝，笑著這樣說道。」

說到這裡，美男子一時緊抿雙脣。他的雙眸正注視著回憶。注視著大哥手掌上的光滑厚繭。

「不過，他一點都不在意。我也沒放在心上。就只有事後回想起這件事。」

美男子低頭望向自己的手掌。再度緩緩握拳。

「您剛才說到事後……」

面對富次郎的詢問，美男子抬起臉。那是只有他才看得見的回憶，使得他的雙眸仍籠罩在淡淡的暗影中。

「主君之所以賜予我大哥武術師傅的地位，給予適當俸祿，是因爲理應代替我大哥繼承中村家的我還年幼，過於弱小。」

小新左深有自知之明，所以全力投入文武兩道的學習中。雖然怎麼也比不上大哥，但努力想要追上，絕不能鬆懈。

他將這個信念銘刻在靈魂中，渡過那段歲月，到他十四歲那年春天，千疊敷町杏花盛開。俯瞰此景的大加持城四周，山櫻正準備綻放，小新左已行過冠禮，改名中村新之助，繼承家業。

「雖然我的槍術和膽識都不及大哥，但獲准和大哥一樣，在主君身旁擔任近身護衛。」

柳之助和阿佳當然都很替他高興。接著，柳之助說出令新之助意想不到的話。

——我想歸還武術師傅的身分，就此退隱，住進茅野家。

「我大哥離開千疊敷町，帶著大嫂和獨生女，改住進茅野家。而且不是城下的宅邸，而是大加持山六合目的茅野本家。」

就柳之助來說，這就像是投靠妻子的娘家。

——新之助你已獨當一面，我現在可以說喪氣話了。今後我沒自信繼續保持堅強。像天氣變化、季節更迭，雙腳的燙傷疤痕平常不時會犯疼。有時疼到夜不能眠，暗自呻吟。常因爲這樣而食慾不振，心情鬱悶。一旦精力消退，就會疏於鍛鍊，手臂和背後的肌肉日漸減少，漸漸無法隨心所欲操控短槍。

——是時候了。

既然這樣，那就投靠茅野家，學習燒製陶瓷的技術，好歹要能掙錢養家餬口。

——幸好我很擅長砍柴。而且身爲一名短槍能手，日後要抵禦山犬或熊侵擾茅野本家，應該派得上用場。

「我大哥笑容滿面地這樣說道，但我淚流不止，眞是慚愧。」

傷疤的疼痛，還有身體日漸衰弱，絕不是違心之言。不過大哥眞正的心聲，另有其他。

「一是因爲我成爲中村家的當家，繼承了我大哥的身分，他要避免人們凡事都拿我和他比較。二是我大哥已不想再和過去的自己比較。」

就這樣，大哥夫婦搬離千疊敷町外郊的中村家。新之助望著他們帶走的少許行李、載著柳之助的拖車，以及抱著年幼女兒同行的阿佳背影，再度潸然淚下。

「我大哥送我他愛用的短槍，大嫂則給了我一本詳細記載各種雜穀飯和菜餚做法的冊子，吩咐我要交給日後迎娶的妻子。」

現在都派上了用場。

很美的結局。富次郎光是迎面聆聽，就覺得心中洋溢一股暢快之情。

不過，故事並未就此結束。雙脣一度閉上的美男子，嘴角略顯僵硬。

而且……

──打從剛才起，他的臉色愈來愈陰沉。

現在是夏天午後，太陽還沒那麼快下山，不至於在說故事者臉上形成陰影。美男子臉上的暗影，是由他自己內心形成。

之前提到的故事內容中，當然也有像柳之助不幸負傷這種遺憾，但並未發生多殘酷的事。火神沼之主確實模樣很怪異，但祂可愛又有智慧，更重要的是，祂守護大加持藩的領民不受火災之苦，是難能可貴的存在。

然而……

「在我們藩國……」

美男子再度低頭望向自己手邊，微微握拳，接著說道：

「有個習俗，男子在行冠禮時，會祈求身體健壯而挑選一種野獸，吃牠的血肉。」

他話鋒一轉，聲音微微降低。

「追溯起源，是以前在大加持山生活的獵人，深信獵捕到野獸後，吃牠們的肉、喝牠們的血，就能擁有野獸的特性。」

吃了山犬，腳程就會變快；吃了野兔，聽力會變好；吃了貓頭鷹，會有絕佳的夜間視力；吃了熊，就能具備如同山中之王的蠻力。

「這當然只是求好兆頭。不過，因爲他們個個勇猛健壯，漸漸就連平地的町村，也會在武家男子的冠禮儀式中加上這項習俗。」

原來如此，這習俗聽在外人耳中，也覺得淺顯易懂。富次郎心想，如果是我的話，該選哪種野獸好呢？如果吃了就能長出翅膀翱翔天際，那我要選燕子。

「在千疊敷町，家人不可能爲了家中要行冠禮的男子而一一去狩獵。所以都由和山中獵人有關的製炭商或木材商居中介紹，幫他們獵來野獸。」

「中村大人，您選何種野獸？」

「我是亥年生，所以選擇野豬。因爲山邊老爺子極力跟我說……」

——像這種時候，如果因爲太貪心而做不出決定，那就太貪婪了。

「他建議我選自己所屬的生肖，而且我也很想吃大嫂煮的豬肉鍋。」

有道理——富次郎笑了起來。

「我最後也這樣決定。」

為了慶祝小叔行冠禮，阿佳大展手藝煮了一鍋豬肉鍋，果然風味不同凡響。

「我大哥大嫂之後過沒幾日就搬往大加持山的茅野本家，所以那鍋豬肉鍋，是我最後一次吃到大嫂親手做的菜。」

千疊敷町外郊的中村家變得無比寂寥。阿佳在的時候那芳香的氣味已隨風消散，柳之助散發的活力盡皆消失。

「山邊老爺子變得無精打采。我每天執行勤務，學會城內的規矩，有時會到道場上練武揮汗，排遣心中的落寞和不安。」

就這樣過了三個月左右，大月由壽之介拎著祝賀的酒桶前來中村家拜訪，向他說道「我這前浪都被你這後浪追過了」。由壽之介並非正式來訪，他穿著一身便服。

「我當時大為吃驚。自從那次山中行之後，我再也沒見過大月大人了。」

不過，在之後的這四年時間裡，新之助增廣不少見聞，他已明白由壽之介的出身及在藩內的身分。

「大月大人是大加持藩前任江戶留守居役（註）與小妾生的兒子，那位小妾似乎是江戶市內一位有名的藝妓。」

由壽之介長相柔美，在文武兩道上皆有過人造詣，頗受看重。他八歲那年，他擔任留守居役的父親將他託付給現任藩主加持衛門。他也不負期望地長大成人，升任為深獲信任的隨身侍從，同時成爲加持衛門男色的對象。

啊哈！富次郎心裡豁然開朗。原來是那位氣度恢宏、膽識過人的藩主寵信的年輕愛人啊。

「不論主君去哪兒，他都隨侍在側，片刻不離。不過，他還是一位忠心不二的家臣，深獲主君的寵愛。」

所以加持衛門親自登上大加持山，面對藩內機密的那趟山中行，由壽之介雖然身分只是個馬迴役見習，卻仍可隨行。而在下山的路上，他明知只要稍有閃失，馬上有喪命之危，卻還說——像這種時候，爲了守護主君，就該由我來。

他將沼之主的指爪抱在懷裡，不肯退讓。

「大月大人說，這四年來，我變得成熟許多。年過二十的大月大人，他那柔美的面容看在我眼裡，似乎也更加細緻了。」

因爲兩人曾共同擁有那難得的體驗，這份親近感緊緊包覆猶如兄弟般的兩人。事實上，少了柳之助後，新之助心底破了個大洞，而由壽之介則以兄長般的可靠和親近感填補這個大洞。

由壽之介這次並非正式登門拜訪，兩人就這樣在廚房旁的小房間裡，圍著家中現有的酒菜熱絡聊了起來，也不管聊了多久。

註：常駐於大名江户藩邸裡的外交官，負責處理與幕府和他藩的聯絡、協調事項，並蒐集情報。

「大月大人在江戶出生長大，當時更是主君的心腹，在藩內與江戶藩邸來回奔忙。因此，當時他仍不熟悉大加持領地的風土、氣候、產物、食物、領民的脾氣、獨特的地方口音，常會對此感到驚訝，而他津津有味跟我談到這些事，沒半點嫌棄，也沒出言批評。」

新之助開懷大笑。因爲心情開朗，話匣子跟著打開。

——話說回來，像憨懶沼之主那樣的罕見之物，可說是絕無僅有吧。

這話脫口而出，他急忙壓低聲音。不過不打緊，廚房和走廊都沒人，就只有他和由壽之介兩人獨處。

——沒錯，打著燈籠也找不到了。

由壽之介呵呵輕笑。

——我還在江戶時，主君跟我提過這項軼聞，但在親眼見識之前，我根本就不相信。我滿心以爲是主君在吹牛，想嚇唬我。

這可不是吹牛，當太鼓大人出事時，可是吹海螺啊（註一）。現在憶起，再度無比懷念。

「我當時在遙想那天的事。所以大月大人接著說出的那番話，我一時倒沒特別留意。」

大月由壽之介到底說了什麼呢？

——四年前我們拜見的沼之主，聽說是上上代旗奉行（註二）稻森大人家的三男。如果他一直維持人的樣貌，現在應該將近五十歲。不過，只要徹底變成沼之主，就無法從外表看出年紀。

「當時我十四歲，剛行完冠禮，不過才喝了點酒，不會因爲這樣就醉了。大月大人也好酒量，不管喝再多都不會醉。」

不過，他比新之助更敞開心房，變得口無遮攔，相當危險。

只要徹底變成沼之主。

新之助屏息注視著大月由壽之介。由壽之介沒發現新之助正凝望著他，繼續把酒杯湊向脣前，接著往下說。

——哎呀呀，正因爲大加持領內，流傳著吃了野獸的血肉就能得到力量的習俗，才會出現這種奇蹟。

這時他才發現新之助望著他的眼神。

兩人之間的時間就此凍結。

由壽之介那形狀柔美的嘴脣開啓。

——中村大人，這事你不知道嗎？

儘管他如此反問，新之助卻無法回答。他無言以對。甚至不知道當時自己是什麼表情。

註一：日文的吹海螺，另有吹牛的意思。
註二：原本是在戰場上掌管旗幟的職務。

另一方面，由壽之介那人偶般的臉蛋，逐漸浮現壓迫感。那是美，是妖豔，同時隱隱散發鬥氣。

——既然你不知道，那今後就這樣，沒必要知道。就當我什麼也沒說。你也什麼都沒聽見。你看，剛好夜空傳來月亮滴下夜露的聲響，所以聽不清楚人們的說話聲。

「我接受了他的提議。」

什麼也沒聽到，什麼也不知道。

「將這一切封印在自己心裡，但還是無法停止思考。」

新之助坐在黑白之間說故事者的位子上，緩緩說道，就像在細細回味。此時他的雙眼正遙望過去，凝視自己往昔內心的顫動。

「我們家臣大都不知情。」

沒讓家臣們知道。

「主君知道。這被視爲藩主家代代相傳的祕密，他知道沼之主是怎麼一回事。所以四年前發生那次事件時，他才親赴憨懶沼，想向沼之主問候。」

因爲他已聽聞，沼之主的眞正身分，原本是普通人，是藩內的武士。

此舉表現出大加持加持衛門的善良和慈愛。他不是將家臣當道具看待，用完就丟的主君。

雖然心裡這麼想，但戰慄怎麼也停不下來。富次郎持續聆聽，全身僵硬。

「當然，茅野家的人們也很清楚這個祕密，而且守口如瓶。這是其他人無從得知，也沒機會得知的祕密。」

大月由壽之介知道，是因爲他備受加持衛門寵愛，身分特別。他會洩露這個祕密，想必因爲新之助和他親暱談心，出於對新之助的同情，加上夜深人靜，幾杯黃湯下肚。

「很久以前，一隻原本棲息在熔岩裡的神奇生物，誤闖進大加持山深處的地底湖。」

這是事實。牠是第一隻生物。拜這隻沼之主之賜，得以做出「太鼓大人」。大加持城和千疊敷町免於遭受各種火災威脅。

但這並非永遠。

「對人們來說，堪稱是火神的沼之主，其實也是生物。」

既然是生物，就會年邁變老。總有一天會壽命終結。

「要是憨懶沼之主死了，就再也做不出太鼓大人了。」

到時候，一度獲得的祕密非得放手不可。只有死心一途。就和其他土地上的城堡和市町一樣，將因火災的恐懼而擔心害怕。

這樣實在太可惜了。

如果要潛入地底的熔岩，再抓來一隻神祕生物，憑尋常人的血肉之軀，絕不可能辦到。

然而——

倒也不是完全沒有辦法——最先想到方法的人是誰呢？

就算只有沼之主一部分力量也好，人們有沒有辦法繼承沼之主的力量呢？至少值得一試。藉由吃沼之主的血肉，而成爲沼之主。就像吃了山犬、野兔、貓頭鷹、熊的血肉，得到牠們的力量。

在難得的偶然機會，憨懶洞的那隻奇妙生物即將壽命終結時，他們進行這項嘗試，結果大獲成功。

這根本是孤注一擲。富次郎傻眼。這是一場就算失敗也是理所當然的賭注。他希望這麼想。這場賭注最後賭贏了。

之後，大加持山的憨懶沼之主便用這種方式更替。

「我一直遵守與大月大人的承諾。」

中村新之助那平靜的聲音，令富次郎打了個寒顫。這位美男子面容端正，若無其事地坐在原地，呼吸不顯一絲紊亂。

「可是由壽之介這傢伙，他在二十四歲那年，突然將職位歸還，逃離大加持領地。」

在他逃離前不久，與大加持加持衛門之間出了點狀況。

「眾人都發現，他們之間常爭風吃醋。但由壽之介走得這麼乾脆，主君沒生氣，反倒還笑著說自己被他擺了一道。」

聽說沒過多久，便又另結新歡。

「由壽之介原本就是私生子。沒有家業要繼承，相對的，也沒有家人可以保護他。就像那次的山中行一樣，他的步履如此輕盈，天不怕地不怕，這次他肯定也是一派輕鬆離開大加持領地。甚至有人傳聞，他前往江戶投靠他的生母，過著安逸的生活。」

當時，美男子新之助暗自在心裡思索一件事，沒向任何人透露。

「由壽之介會不會是與主君走得太近，知道太多祕密，因而覺得自己處境危險呢？」

聽新之助這樣拐著彎說，富次郎直接深入追問。

「也就是說，他害怕自己要是再不快點行動，等到沼之主換下一個替代者時，自己會被選中，因此馬上逃離藩國是嗎？」

中村新之助目光筆直望向富次郎，點了點頭。

「沒錯。當時我也暗自思索。要是選中我當犧牲者，我能平心靜氣接受這樣的結果嗎？」

要打造下一位沼之主時，會犧牲藩內的哪個人呢？人選又是如何決定？

藩主挑選？徵求自願者？賜予獎賞？還是挑選罪犯來爲自己贖罪？一概不知道做法爲何。

新之助對此也不清楚。話說回來，就連沼之主現在究竟是陽壽將盡，還是暫時不會有問題，他也一無所知。

「當時我十七歲，正好有婚事上門，準備迎娶新娘。」

弟弟繼承的中村家，一切安泰。

「聽說在奇異百物語說的故事，一定都會聽過就忘。」

「是的。這我可以確切向您保證。」

「那我也坦白說吧。當時不管我再怎麼想破頭，還是做不出決定。後來漸漸不再去想。」

逃避不去思考。這對我平日職務及生活不會帶來特別的影響。我今後要娶妻生子，守護這個家……

黑白之間就此陷入一片沉默。明明沒風，壁龕的合歡花苞卻一陣搖曳。就像在打盹。

富次郎望向說故事者身後畫軸上所貼的半紙。這個故事最後會怎樣歸結，我又會在上面畫些什麼呢？

「前年春天，山邊八郎兵衛在我家庭院昏倒，然後在剛開的梅花全部散落前辭世。享壽八十七歲。」

話鋒再度一轉。中村新之助平靜口吻還是沒變。

「自從我大哥一家遷往大加持山上的茅野本家後，我們兩家還是會在季節更替時書信問候，但與大哥大嫂沒什麼交流。而且我大哥要從茅野本家下山，相當費事，而山邊老爺子要上山，更是難上加難，他們兩人就這樣沒再碰過面。」

山邊八郎兵衛一直到臨終前，都還很掛念中村兄弟。他鼓勵新之助，懷念柳之助，得意洋洋暢談往事，怎麼也說不膩。

「我想見大哥一面，當面告訴他老爺子臨終情況。下定決心，請求主君同意我上山。」

這次登山不同於先前那次穿越岩地獄，前往憨懶沼的急行軍。走的是原本就整建好的山路，途中還有幾個可供休息的村莊。大加持領地氣候溫暖，而大加持山在梅花花季結束時，冰雪都隨之消融。

這趟山中行，新之助獨自一人絕對沒問題。然而……

「主君聽了我的請求後，不知為何，沉默不語。當時我拜倒在地，只看得到主君的膝頭，以及擺在膝上的雙手。」

他微微握拳的雙手，似乎在顫抖。

——新之助，抬起臉來。

「歷經歲月累積，主君也上了年紀。兩鬢變得花白，比起年輕時的過人膽識、恢宏氣度，現在更顯風範不凡。」

大加持加持衛門雙眼微帶溼潤，接著他下令。

——我准許你這趟山中行。你一定要回來。

不管發生了什麼，看到了什麼。

新之助一聽此言，頓時感覺到，許久以前在他心底漂蕩，一直無法成形的疑問，這時候有了清楚的形體。

同時，他找到了答案。

「做完登山的準備，隔天天還沒亮，我便獨自走進大加持山。」

爬上五合目後，很幸運地遇上正準備下山的茅野本家的人。拜此之賜，接下來都由對方帶路，春天的太陽還沒下山，便已抵達茅野本家。

「是一座很大的宅邸，茅草屋頂的茅草厚實。」

更令新之助驚訝的，是本家旁有好幾座小屋。砍伐森林開闢出的斜坡滿是登窯。

富次郎提問：「這就是加持燒用的窯對吧？」

「沒錯。就是我們藩國當初因爲發現沼之主而展開燒製的粗獷陶瓷。」

小屋是作爲製炭室、工具倉庫、揉和陶土的工作間，從事這些工作的人都住在茅野本家。

「登窯的形狀全都像小船，船頭朝向山頂，相當於船頭的部位會立起煙囪。當時窯室並未運作，也沒半點餘火或輕煙。」

新之助仰望頭頂。大加持山聳立天際，將暮色漸濃的黃昏天空占去一大塊。

應該是在山頂下方八合目和九合目中間那一帶，覆滿山壁的樹叢縫隙湧出白色蒸氣，隨風流動飄散。

——那是沼之主散發的蒸氣。

新之助聽到溫柔的女人聲音，因此轉頭。阿佳就站在茅野本家的木門旁。

阿佳已落髮為尼。

啊，果然──新之助心想。

「小新左先生十歲時攀登的那座岩地獄所在斜坡，從這裡看去，就位在山的背面。」

阿佳抬起寬鬆的披風衣袖，指向大加持山。

「當時真虧您爬得上去。您大哥不時想起那件事，對您讚譽有加呢。」

新之助知道該問什麼，但遲遲開不了口。他不想說出已經知道的事，讓阿佳徒增悲傷。

但他猜錯了。望著阿佳臉上的微笑，他知道是自己想錯了。

嫂嫂深深引以為傲。就像以前哥哥柳之助誇讚年幼的小新左，大嫂也在誇讚丈夫。她並未因悲嘆而鬱鬱寡

歡。

新之助用平靜且不帶半點動搖的聲音道：

「現在的沼之主右手掌，有三顆變軟的水疱，以及磨得光滑的繭吧。」

那是短槍能手柳之助的標誌。

「我大哥什麼時候走進憨懶沼的？」

五年前的夏天——阿佳回答。

「前一位沼之主變得衰弱，沼澤的水逐漸變冷。」

柳之助志願前往。

——我一直希望有一天能像這樣貢獻自己的身體。當初我們兩人一同來到茅野本家時，妳應該也是抱持這樣的想法。

的確，阿佳早已下定決心。夫妻倆的獨生女，會以茅野家女人的身分長大。沒什麼需要擔心的。

「一旦沼之主辭世，之前獲賜其指爪所製成的太鼓大人也會失去功效。」

因此，沼之主的替代，是必須馬上執行的儀式。

「這次因為柳之助大人決心堅定，而且他人就在茅野本家，所以舉行儀式的過程可說是前所未有順利。」

甚至沒必要吹響海螺，通報大加持城這裡發生的狀況——阿佳臉上滿是笑意。

這樣啊。新之助閉上眼。難怪五年前的夏天，望火高臺的太鼓大人變新了。

——那是我人在江戶的那段時間。

就算人在藩國內，想必注意力也都放在平日的忙碌與幸福上，不會發現這件事。

「我看著柳之助大人變成沼之主，之後跟著落髮爲尼。柳之助大人在舉行儀式前切下的髮髻，奉城下茅野家的命令獻給主君，並向主君詳細稟報他頂替成爲沼之主的可喜之事。」

一切都是暗中進行。和過去一樣，眾多家臣和領民都不知情，繼續接受火神的守護。

新之助向阿佳說出來訪理由。他想向大哥通報山邊八郎兵衛的死訊。

但阿佳搖了搖頭。

「您大哥已不在這世上。您看看我。我現在是爲亡夫祈冥福的女尼。」

阿佳對他說，你就在本家休息一晚。當初我在千疊敷町外郊的宅邸裡做過許多菜，小時候小新左喜歡吃的菜，我到現在還記得。

「我就再次大展廚藝吧。請好好享用。」

新之助並未生氣。現在的他也不覺得可怕。就只有悲傷像冰水般，盈滿他的內心。

「……這是老早以前就仔細規畫好的事嗎？」

猛然回神，他正向阿佳問起這件事。

這裡是茅野本家屋內，一處佛龕占滿整面牆的寬敞房間。採摺門設計的佛龕門緊閉，裡頭連一盞燈也沒有。就只有阿佳與新之助各自身旁擺放用來烤手取暖的木炭發出微微紅光。這小小的烤火盆，是造型粗獷簡樸的加持燒。

「身爲茅野家之女的妳會嫁給我大哥，是因爲打從婚事上門的那一刻起，主君就有意日後要讓我大哥扛起這個責任嗎？」

沼之主是神。能成爲神的，就只有忠心不二，品行高潔，勇氣過人的武士。中村柳之助早在人生的一開始，就被這樣的命運選中了嗎？

還是說……新之助想到的，是更可怕的另一種可能。

「還是說，當初要不是我大哥因燙傷而失去雙腳，獻身給沼之主的這個角色，將由身爲家中次男的我來承擔？」

新之助這句話語音未歇，阿佳已霍然起身。新之助才納悶她想做什麼時，只見她緩緩打開佛龕的摺門。

在山中的黃昏時分，黑暗正步步朝佛堂內近逼。新之助從裡頭看見了，在黑漆和金箔裝飾得金光閃閃的佛龕內，十幾個牌位一字排開。這些牌位都有塗漆，全是紅色，上頭以金泥寫著名字。

「這些人並不是茅野家的祖先。」

而是成為每一代沼之主的大加持領地勇士牌位。

「我茅野家確實肩負著守護這些英靈，以及祭祀、守護沼之主的責任，但我嫁給柳之助大人，就只是因為已故的婆婆殷切期盼我們能結為連理。」

——周遭人都只會欣賞柳之助的傑出耀眼，加以吹捧，所以他需要阿佳小姐這樣的媳婦。

「柳之助大人也明白婆婆的用心，相當珍惜我。」

夫妻之間沒有虛假。並非有人心存圖謀。真要說的話，只能說這是命運的安排。

「這是生在這塊土地上，知道沼之主存在的人們所面對的命運。」

說到這裡，阿佳的聲音才開始顫抖。新之助想起之前穿過岩地獄的那次山中行，阿佳那陰沉的表情。

當時見到的那位前代沼之主，以前還是普通人時，是哪戶人家的人呢？茅野家的阿佳守護著牌位，她應該知道。難怪當時她不時沉默不語。那種情況下，不可能露出開朗的表情。

不過，就算是阿佳也萬萬沒想到，十幾年後，自己的丈夫竟然會成為沼之主。

「你放心吧。」

阿佳轉身面向新之助。她那頭巾包覆下的臉無比瘦削，顴骨高聳。以前千疊敷町那些口無遮攔的人們稱她是「地藏王」，嘲笑她肥胖的身材，現在她已不再有厚實的體態。

「中村家獻出柳之助大人如此有為的人才，今後不用再背負這個責任。請您守護中村家、珍惜妻子、好好養育孩子。」

新之助很想馬上出言辯駁。說這什麼話！這份熱愛藩國、熱愛領民、熱愛家人的心，我自認不輸大哥。只要主君命令我獻身給憨懶沼，不管何時，我都不會有片刻猶豫——

這些辯駁鯁在喉中，在舌尖顫動。

「這樣就行了，小新左先生。」

阿佳如此說道，簌簌淚下。

「翌晨，我走下大加持山。」

新之助進城報告這趟山中行，大加持加持衛門什麼也沒多問。

他就只說了一串話。

——看到那列登窯了嗎？當那些煙囪全一起冒煙時，憨懶沼的蒸氣也會變濃。因爲沼之主就是喜歡看山裡有火。

之後新之助的勤務和平日生活依舊，就像什麼都沒發生過。

「我隨主君一起參勤交代（註），今年四月中來到江戶時，雖是離開藩國，卻完全不會感到心神不寧。」

他當自己全然忘記這一切。

「然而，當我和那位性急的同僚聊到這次絕對要買到江戶伴手禮時，三島屋那金光閃閃的眾多提袋，以及奇異百物語的事，突然在我心中甦醒……」

眞希望能說完就忘。心裡這個念頭無法壓抑。

「故事一開頭，我講得彷彿一切都是遙遠的往日回憶，我沒說謊，在我心裡，感覺這就像過了數十年之久。」

無比遙遠模糊。

富次郎當場端正坐好，雙手撐向榻榻米上，低頭行了一禮。

「在下三島屋的富次郎，對於客人您說的故事，會確實做到聽過就忘。」

「感激不盡。」

那就拜託您了——中村新之助說。要連同他名字一併忘了。就記得是位美男子就行了。

這故事還沒結束，至今仍在上演。宛如現宰生魚片般鮮活的故事，阿近可曾聽過？

雖然嚇得直打哆嗦，但有個很想問的問題，富次郎還是忍不住問了。

「在下回頭問這樣的問題，實在很失禮，不過，您故事一開頭提到的令堂和令妹，是您夫人那邊的嗎？」

啊，對——美男子展露笑容。

「我在中村家成了孤零零一人，但內人那邊親人眾多，時常在我家出入。」

現在這位美男子過著熱鬧的生活。富次郎就想知道這點，鬆了口氣。

那麼，等他帶江戶伴手禮回去的，是他丈母娘和小姨子。他的夫人可有吵著要他買什麼？

「內人說，只要我平安回到藩國，就是最好的伴手禮。」

說得有理。實在教人羨慕得緊。

*

要爲這聽過就忘的故事結尾，可是怎麼也畫不出來。

富次郎整整呻吟三天。

到第四天，這天下午，店主伊兵衛和掌櫃八十助雖然人在帳房裡，卻像合歡的花苞一樣打起了瞌睡，富次郎獨自回到黑白之間，搬出書桌，坐在桌子前，這次卻突然嗚咽起來。他簡短嗚咽幾聲，旋即恢復平靜，但向來直覺準確的阿勝前來看他時，他的雙眼和鼻子下方泛紅。

「您怎麼了？」

經阿勝這麼一問，他自己也很認眞思考起來。難道是在試著作畫的過程中，大加持山沼之主的悲傷在他周身跑了一圈，逐漸產生作用？

這當然也是原因之一。但不光是這樣。

「我實在是太沒出息了。」

富次郎開口想跟阿勝解釋，卻又忍不住哭了起來，聲音變得沙啞。
「怎麼說沒出息呢？」
阿勝像在哄孩子般，向他問道。
「因為，我、我沒辦法像那位美男子一樣，擁有那樣的心性。」
只是個遊手好閒、沒背負任何責任、對未來完全沒有方向的木頭人。
「是個成天只會吃飯睡覺的米蟲。如果真是蟲子的話，還會自行繁衍，比我來得強。」
富次郎沒有讓他想要奉獻生命去守護的事物。不過，這世上也沒有哪項事物，是他一旦犧牲了生命，便無法守護，所以也沒人會替他感到惋惜。
對，就是這樣，所以才難過。
「小少爺您有老爺和夫人在，但您想說的不是這個層面吧？」
您說的我懂——阿勝露出沉穩微笑。
「一個小小的米蟲，聽了那麼偉大的人物說出內心的故事，怎麼會有能耐聽過就忘呢。」
「有沒有能耐，要試過才知道。」
說到這裡，阿勝突然雙目圓睜。
「我想到了。」
要是富次郎在某個地方犧牲奉獻，肯定會替他感到惋惜的人。

「那就是畫師花山螳螂師傅。或許勝文堂的活一先生也很賞識您。」

阿勝很開心地說了這番話，富次郎聞言，頓時如釋重負。他拿起畫筆，重振精神。

——阿勝眞是不容小覷啊。

富次郎就此完成了這幅畫。

在山中森林一處小沼澤裡，有個像人形的影子在當中嬉戲。他在水裡伸展手腳，一顆毛茸茸的頭微微抬離水面。

在沼澤邊，立著一尊小小的地藏王石像。

頭戴斗笠，披著披風的地藏王石像，手裡拿的不是手杖，而是一把短槍。

如果沒加注釋，想必沒人看得出這兩人以前是對琴瑟和鳴的夫婦。畫完後，富次郎清洗畫筆，再度哭起來。這是我第一次這樣子哭，也是最後一次，日後我要成爲一個更堅強的聆聽者。他暗自在心中立誓，拿起畫失敗作廢的半紙擤了把鼻涕。

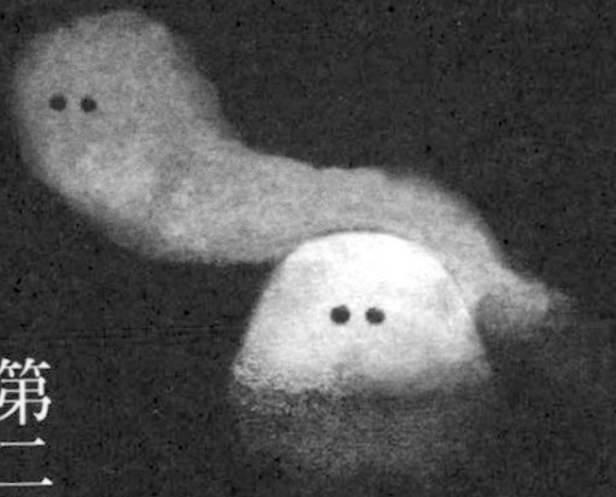

第二話

一往情深

富次郎愛吃美食，但這不表示他喜歡奢侈。

例如木戶番（註）每到冬天就會販售的甕烤地瓜，還有在江戶市內遠近馳名的日本橋通町花野屋賣的地瓜洋羹，他覺得都一樣好吃。邊吃邊誇讚，同時深感自己能吃到這麼可口的東西，眞是幸福之人，甚至很想向爲人世帶來這種美食的天神，以及在人世間做出這些美食的人們鞠躬道謝。

在他過往的生活中，有時也會上料理店光顧，不過他身爲三島屋這種店家的兒子，始終都只是在「適當」的場合前往「適當」的店家光顧。要四處品嘗評鑑，是不可能的事。之所以四處找租書店的《評論記》來看，對美食知之甚詳，並非爲了想擺出箇中行家的架子，就只是想針對自己喜歡的美食多增加一些聽聞。

經這麼一提才想到，當初阿近擔任奇異百物語的聆聽者時，因爲某位邀請至黑白之間的說故事者所說的故事內容，而必須前往某家高級的料理店，富次郎則是透過某個管道取得票券，一同前往（料理店的票券算是一種使用券，常當作贈品）。那難得的經驗，他至今仍牢記在心，所以希望大家能當他是個可愛的人物。

這樣的富次郎，在所有的「美食」中，特別喜歡路邊攤小吃。

註：在市內的各個要處，以及各個市町交界處設置的關卡，會派人戒備。

三島屋所在的神田三島町，就位在筋違御門和八小路前方，沿神田川往東走，走過和泉橋和新橋後，就能看見淺草御門。是很熱鬧的一條街道。不論白天還是黃昏，這附近的小路、河川沿岸、橋邊、御門前廣場，都會有各種路邊攤在這裡做生意。

每到月初、月底、節慶之日、舉辦各種市集的日子，都不禁讓人懷疑，是否江戶各地的美食幾乎全部往這裡聚集。從六月五日起，會舉辦神田明神的天王祭，到時候更是熱鬧，不是「幾乎全部」，而是所有美食和鎖定美食的人們都往這裡聚集，令人眼花撩亂。

在路邊攤能吃到的美食，首先是炸天婦羅和握壽司。賣這兩項美食的路邊攤，一旦決定好地點，就不會四處移動。所以自然會形成熟客。關東煮的路邊攤也一樣，有時還會向做其他生意的店家或住家租屋簷下做生意。這不是一般的路邊攤，而是採路邊攤形態的店家——路邊小店。路邊小店中，也有賣溫酒的酒販，富次郎不喜歡在外頭喝酒，所以不曾光顧過。

另一方面，攤販拉著路邊攤四處移動，路上遇到的客人自己過來光顧，這才是眞正的路邊攤，當中最多的就屬蕎麥麵攤，而且都很可口。富次郎認爲，單就蕎麥麵來說，比起在町內掛上暖簾的店家或路邊小店，這種四處流動的路邊攤蕎麥麵更可口，難道只有他這麼認爲嗎？他問過父親伊兵衛、大哥伊一郎、出嫁前的阿近、可靠的女侍阿島和阿勝，得到的答案全都是「才沒這回事呢」。

可是，我就這麼覺得。富次郎就像是個頑固的孩子般，鼓足了勁說道。

「我也喜歡吃路邊攤的蕎麥麵店呢。在戶外吃，感覺醬汁的氣味會從碗裡擴散開來。」

說這話的人，是與富次郎抱持同樣看法，在路邊攤賣丸子串一位叫美代的姑娘。

美代的路邊攤沒有店名。她的路邊攤屋簷都會掛上暖簾，春天是櫻色、夏天是青草色、秋天是楓紅、冬天是藍色，這是它的特色。這裡只賣烤丸子，一串有三顆。現場用陶爐烤，會依客人的喜好抹上砂糖醬油或醬油再大致火烤。

富次郎是去年秋初發現這家路邊攤。當時他一如平時，爲了買點心請店裡的夥計們吃，就這樣踩著木屐，手插懷裡，嘴裡哼著歌，往淺草御門的方向走去，這時，一名路過的行商客傳來一陣撲鼻芳香。

——這是醬油的焦香味。

這種時候絕不會有片刻猶豫，這正是富次郎的強項。他旋即轉身，朝那名行商客追去。

「不好意思，你是不是懷裡放了什麼沾有醬油、氣味芳香的好東西，或者是你剛吃過這樣的東西？」

他步步近逼，那名行商客就像被無賴給纏上般一臉怯意，指著他走來的方向，告訴他位置。他說走進前方豐島町一丁目和神田富松町中間，往郡代大人宅邸的方向走，順著巷弄左轉。走到盡頭處，就是那家路邊攤了。

富次郎一路跑，任憑秋風吹得他棉襖的下襬翻飛。這樣實在不像是個大男人該有的行徑。他自己也心知肚明。

——可是這香氣實在教人忍不住嘴饞嘛！

行商客告訴他的地點，確實有一間賣丸子串的路邊攤，背靠著郡代宅邸長長的土牆。賣丸子姑娘有張和丸子一樣圓的圓臉。她就是美代。

富次郎很快便成了常客。不管什麼時候，他都能隨興站著就吃。想請三島屋的眾人吃丸子串時，他會事先請美代烤好，事後再親自去取，或是派人前往。

美代的丸子串很有咬勁。據說是將稗子和小米磨細後，拌進米粉中。富次郎最愛的砂糖醬油，用的是上好的黑砂糖，所以香味濃郁。

美代一經客人誇讚，便毫不保留地將這麼重要的事全說了出來。

「這是妳這家路邊攤的祕方，還是別讓人知道比較好吧？」

「是嗎？」

「而且黑砂糖很貴吧？妳要不要稍微調高一下丸子串的價格啊？就算調高一倍也行喔。」

「是這樣嗎，哈哈哈。」

見富次郎替她擔心，美代就只是哈哈大笑。

美代有對細眼，鼻子也有點塌。因爲她有張像丸子般的圓臉，所以不是很顯眼，不過她其實腮幫子很大。就算要講客套話，也實在沒辦法說她漂亮。不過，她一直都待客親切，「歡迎」「謝謝惠顧」的問候聲充滿朝氣。笑聲也很悅耳。

富次郎雖然能很爽朗地和美代談天，但還是無法開口問她芳齡。要是一個沒問好，美代比他想的還要年輕，或是更老，到時候可就尷尬了。其實富次郎平時也不是會在意這種事的人。

今年阿近從三島屋嫁入同樣位於神田多町的租書店，出嫁隊伍在街上走了一小段路。美代似乎也目睹了那一幕。婚禮後過了幾天，富次郎去她攤位吃丸子串時，她特地走出攤位外，深深行了一禮，額頭幾乎都快貼向膝頭了，對富次郎說「三島屋先生，恭喜啊」。

「謝謝。」

「我從一起參觀的人們那裡聽說，新娘子是少爺您的堂妹。」

「我扛著吊滿提袋的細竹在街上走的英姿，妳也看到了吧。」

「看到了，眞是帥氣十足啊。看了都想免費送您砂糖醬油丸子串呢。」

「不錯喔。順帶一提，以後請叫我三島屋的小少爺。少爺是我大哥。」

「是當時和您同行，長得更帥氣的那位對吧。」

「哼，今天不捧場了⋯⋯開玩笑的。醬油和砂糖醬油的丸子串各一根。」

兩人相視而笑，美代一邊替富次郎烤丸子，一邊說道：「我今年十六歲，小少爺您的堂妹，是我這十六年的人生當中，見過最漂亮的新娘子了。」

終於知道她的歲數了。才十六啊。過年時才多加一歲，剛滿十六不久。

富次郎感到心頭一震。是何種含意的「一震」，連他自己也不明白。

路邊攤做生意，最重要的是地點。在富次郎發現這家路邊攤的兩個月前，美代才剛從一位在這裡賣了十多年滷味，名叫阿三的老太太手中接下這個地點，所以就這點來說，打從一開始她就相當幸運。

「眞的很感謝，不管再怎麼叩拜感謝都不夠啊。」

不過，這裡是從神田川沿岸的柳原通轉進來的小巷弄深處，一個不起眼的地方。而且在平價的路邊攤小吃當中，又是最便宜的滷味和丸子，所以才能經營下去。阿三婆婆的滷味攤旁，也曾有人擺過炸天婦羅和溫酒的攤子，但都維持不了太久。

由於「地點」就是這麼重要，所以地點的爭奪牽涉了錢財，往往會糾扯不清，演變成麻煩事。有時地痞流氓爲了收保護費，會大剌剌跑到攤位上來。所以往往都要有一位能穩定場面，令他們不敢胡來的人物在，例如町名主、町役人、商家聚會的主事者、掌管附近地盤的捕快等，每個町情況都不一樣，由他們居中調停或管理。

神田町是人稱「紅半纏（註）半吉」的捕快老大所屬的地盤，此人臉上有顆明顯的黑痣，爲人可靠，路邊攤小販都能放心做生意。美代也說「眞的很感謝他，我總是向他叩拜感謝」。

附帶一提，三島屋也受過半吉老大關照，而且他與阿近也算有緣。所以阿近出嫁時，半吉老大還落下男兒淚。

早上、中午、黃昏，不管什麼時候去路邊攤，美代總是獨自一人做生意。因爲有半吉老大做後盾，所以就算是十六歲的姑娘自己一個人，應該也沒問題吧。但還是會擔心，這不是用一般常理能夠解釋，所以就算是不太想吃丸子串的日子，富次郎還是會到美代的攤位看她。

「小少爺，您這麼常到我這裡打混，不會挨店裡的老爺、老闆娘罵嗎？」

「妳這是月圓之夜還小心提防，瞎操心。」

目前在父母底下學做提袋生意的富次郎，每個月會視工作情況領取零花。若以一年份來看，甚至比一般二掌櫃的工資還高。他攢下這些零花買好吃的東西吃，只要覺得「這東西好」，就會大量買下，請店裡夥計們吃，所以大家都覺得辛苦他了，他非但沒挨罵，還討得眾人歡心。每當富次郎爲了請大家吃而自掏腰包，花太多錢時，阿民甚至塞錢給他，對他說：

「我這不是以娘的身分，而是以老闆娘的身分，給你工錢。」

——我這身分也未免太好了吧。

他自己也很明白。

「月圓之夜還小心提防是瞎操心？這本意到底是得小心提防，還是可以不用提防呢？」

註：半纏是外褂簡化而成的短上衣。

「這只是一句俏皮話。給我一根砂糖醬油丸子串吧。」

此時美代露出的笑容，對富次郎來說，跟丸子串一樣可口。

不管再怎麼勤奮開朗，再怎麼精力充沛，美代的生活中應該不可能全都是笑容。這點富次郎也很明白。美代幾乎不會提到自己的事，所以她有沒有父母兄弟姊妹、住在怎樣的屋子裡、生活過得怎樣，全都一無所知，但富次郎刻意不問。透過丸子串歡笑聊天的美代，是他所知道的美代。

過了合歡花季的小暑後，江戶市街的夏天，氣溫開始一路朝盛夏攀升。每個商家都想盡辦法不讓陽光直射店門前的商品。三島屋也拉下一整排竹簾，但這竹簾的顏色暗沉，實在很不討喜。富次郎想到，爲了讓店裡像是個賣漂亮提袋的地方，乾脆黏上一些漂亮的飾品如何。

「要有夏天的感覺，例如牽牛花，煙火之類的。」

他在工房裡與工匠和裁縫女工們熱絡討論後，這裡果然不愧是個聚集了許多巧手的地方，馬上便做出好看的成品。當中有紅色摺紙做成的金魚，模樣著實可愛。

「這個可以給我嗎？」

「好啊，請。」

「小少爺，如果你是想討好女人，可千萬別用這種廉價的紙金魚喔。」

哈哈哈！

「前不久，我不是請你們吃好吃的丸子串嗎。我要拿這個送給那位烤丸子的女老闆。」

他手拈著紅色金魚，漫步在夏日的涼風中，朝丸子串的攤位走去。

在巷弄左轉後，暖簾的青草色映入眼中。醬油的香味令他肚裡的蟲子咕嚕咕嚕叫個不停。

「喂！丸子老闆。」

他悠哉叫喚，這才發現，路邊攤還在，但沒看到美代。

因爲賣的是烤丸子，天氣熱時生意會下滑。不過還是希望熟客買來吃，所以美代一樣沒停業。比起吃著熱呼呼丸子的客人，烤丸子的人更是熱得難受，但美代從不露出疲憊之色。

但現在不見她蹤影，這是怎麼回事？

「喂，美代！」

富次郎朝路邊攤跑近，繞向一旁，往攤位後方窺望。

美代就蹲在那裡。雙手掩面，身子蜷縮。

「怎麼啦，美代！」

富次郎大聲叫喚。

美代抬起臉，依舊全身蜷縮，卻像皮球般跳了起來，與富次郎保持距離。那敏捷的動作，猶如一隻遭受驚嚇的貓。

她雙眼上挑。明明蹲在地上，卻氣喘吁吁。她的呼吸聲顯得非比尋常。不知道是不是沒認出他是富次郎，眼神像錐子一樣尖銳。

美代的臉就像潑了水似的，完全溼透。她雙眼泛紅，眼皮浮腫。

她在哭泣。

「發、發、發……」富次郎的聲音卡在喉中出不來。「發生什麼事了？」

我不能站著俯視她。富次郎搖搖晃晃地蹲下身。

「是我啊。三島屋的小少爺。」

他指向自己鼻頭，柔聲說道。

美代倒抽一口氣，注視著富次郎。

那睜得老大，幾乎都快掉出的眼珠，逐漸湧出淚水。源源不絕地淌落。她嘴巴顫抖，嘴角垂落，接著全身顫抖，從雙唇間露出牙齒。

「哇！」

美代放聲號啕。

「我娘死了。」

我娘。我娘。

「她終於死了。終於解脫了。」

先是一陣嗚咽，接著嘔吐。將她堆積在體內的黏糊之物——諸如憤怒、怨恨、悲傷，無法一言道盡的情感，全部嘔個精光，並說出心中想法。

「我娘她……之前瘋了……想用手指……刨出自己的眼珠。」

她緊緊咬牙，一面哭，一面做出刨出眼珠的動作。她的手在顫抖，所以指尖胡亂插向額頭和鼻梁。

「所以就此失明，精神一直都沒恢復正常，就這樣過了五年。儘管瘦成了皮包骨，但還是怎麼也……」

死不了——美代痛苦地扭動著身軀，低聲說道。

死不了、死不了、死不了。那是宛如在一再重複的過程中，將靈魂撕碎般的叫喊。

「現在我娘終於死了！」

富次郎直打哆嗦。怎麼辦？要怎麼做，才能讓這姑娘冷靜下來，加以安慰？是該輕撫她的頭，還是輕撫她的背？

「啊，眞是的。對不起，小少爺。」

美代伸手撐向郡代宅邸的土牆，踉踉蹌蹌起身。她一低下頭，淚水旋即像雨水般滴落。

「我太丟人了。竟然告訴小少爺這種事，我乾脆也死掉算了。」

美代抽抽噎噎，想一頭撞向土牆。富次郎急忙一把抓住美代的肩膀和脖子。

「快住手！」

美代就像個鬧脾氣的孩子，全身死命掙扎，想從富次郎的臂彎中逃離。

「我娘，還有我娘生下的我們，都不是好東西。我爲什麼要哭呢。」

攤位的售臺上，陶爐裡的木炭正燒得火紅。要是因美代大哭大鬧，不小心一手打了過去，打翻陶爐，木炭掉到身上，那可就糟了。

富次郎手臂環向她肩膀，牢牢抓住她，接著對她說話。將自己第一時間浮現腦中的想法，直接朝美代耳畔說道：

「有許多和妳一樣，外表看起來很正經的人，他們對我說『說出這樣的事給您聽，眞是羞死人了，請您見諒』，悄聲向我講出他們的故事，我聽過許多。」

這時，原本掙扎抵抗的美代突然停了下來。太好了。富次郎提高音量說道。

「妳在這一帶做生意的話，不可能沒聽過我們店裡的風評。我們正是主持奇異百物語的三島屋。我擔任聆聽者。所以妳現在是對一位最合適的對象說出妳的遭遇。如果妳想多說一些關於妳娘的事，我都願意聆聽，妳就說來聽吧。」

說完就忘，聽過就忘。

美代全身的力量洩去。兩人走出攤位外，美代抓著富次郎，勉強站起身。

她眼皮浮腫，臉頰和鼻子紅通通，但嘴脣卻沒有血色。臉色大變。

「……最合適？」

美代小小聲說道，吞了口唾沫。掛在右眼邊緣處的淚水，順著臉頰滑落。

美代抬起右手拭淚。朝沾在手背上的淚水細看。富次郎就這樣凝視她的臉龐。美代連脖子也滿是溼汗。富次郎同樣一身冷汗。

有個小小的紅色物體掉落在兩人身旁的地面。是摺紙做的金魚。不知何時掉落，已被踩扁。

美代也順著富次郎的視線，望向地面。富次郎朝她莞爾一笑。

「這原本是隻可愛的金魚呢。我會再請人做一隻，重新拿來給妳。」

「謝謝您。」

美代彷彿這才從噩夢中醒來似的，眨了眨眼。接著長長吁了口氣，放鬆緊繃的雙肩。

雖然哭過了頭，顯得無精打采，但那是美代平時的聲音。這次她改用雙手手背擦拭臉上的淚水，以平時的聲音說道：

「我得先將我娘安葬才行。」

之後美代來到三島屋說故事，正好隔了十天。這十天來，不見美代蹤影，也不見她開的路邊攤。

富次郎曾對她說過，妳什麼時候想來都可以。等整理好思緒後再來。如果將妳娘安葬後，一掃胸中的陰霾，覺得可以不必說，那不來也行。只要妳能繼續賣好吃的丸子串，我就很滿足了。妳想怎麼做就怎麼做。

其實富次郎是在逞強。這十天無比漫長。

美代先是來到三島屋的後門。帶著一包丸子串。應門接洽的阿島，已聽富次郎提過此事，知道事情始末，但就算富次郎沒說，光聞這丸子的氣味想必也猜得出來。

儘管坐上黑白之間的上座，美代仍是和之前在路邊攤做生意時一樣，一身很簡樸的服裝。就只差沒繫上束衣袖帶和圍裙了。頭上也是平時那隨手一綁的髮髻，她沒閒工夫梳理頭髮，也沒閒錢。

儘管如此，就只有臉蛋很潔淨。包括額頭、眼睛周邊、臉頰、下巴。富次郎猛然一驚，心想，她膚色這麼白嗎？

之前顧路面攤時，成天都受陶爐煙熏。抹過醬油或砂糖醬油的丸子，火烤後會直冒煙。因爲這個緣故，美代總像煙熏過似的，一張髒兮兮的臉。

阿島將美代帶來的丸子串裝在盤子上端來。茶壺裡滿滿的番茶，散發茶香。

「妳帶來這麼多好吃的烤丸子啊，美代姑娘。」

阿島朝美代嫣然一笑，將盤子和茶杯擺向她手邊。

「小少爺，在奇異百物語中，端出說故事者自己帶來的禮品招待，這還是第一次呢。」

阿近那時候不曾有過嗎？

「是嗎？美代，謝謝妳。」

美代猛然一驚，手指點地，低頭行禮。「我只能送上這種東西，眞的是太丟人現……太羞愧了。」

富次郎與阿島互望一眼。美代那說不慣的客氣用語，當眞可愛。

她穿著一件褪色的條紋和服，搭上邊緣都快磨光的黑色襯領。正面比較顯眼的地方沒有大塊補丁，或許就算不錯。美代現在這套服裝大概就是她的外出服。

「要是我們自己想擅自加熱，把它烤焦了，那可不行，所以就原封不動端上桌了。」

聽阿島這樣說，美代縮起身子。

「我、我想，應該還沒變涼。因爲我是從兩國的米澤町過來的。」

那是面向兩國廣小路的熱鬧市街。

「我哥在那裡擺路邊攤。我們用一樣的醬料。」

「這麼說來，一樣好吃嘍。我們來好好品嘗一下。」

阿島快步離去，現場只剩富次郎和美代兩人隔著裝有香噴噴丸子的盤子而坐。

隔著隔門守在隔壁房間的阿勝，應該也聞到這氣味了。眞不好意思。阿島應該會保留阿勝的份吧？

「這裡就是這樣的廂房。」

富次郎開口向縮著身子而坐的美代說。他微微敞開雙手，朝周圍比了一圈。

「雖然在這裡主持奇異百物語，但並未特別安排什麼奇怪的設計。是很普通的客廳。擺在壁龕的蜀葵正好盛開呢。」

那是阿勝插的花。花瓣有淡紅和淡紫兩色。坐上座的美代轉動身子望向花朵。

「掛軸上不是貼了一張半紙嗎？」

「啊，對。」

「只有那個……請當它是一種咒術。」

富次郎本想說，他事後會在那張半紙上作畫，但來到嘴邊的話，他又吞了回去。要是美代因此不方便說出她的故事，那就太可憐了。

「咒術是嗎？」

「嗯。因爲白紙有淨化的作用。」

富次郎用他的三寸不爛之舌信口胡謅，爲了將心中的內疚蒙混過去，富次郎從盤子上拿起一串丸子。

「從那之後已有十天都沒吃到了呢。那我就不客氣了。」

一口咬下後，砂糖醬油的味道在口中擴散開來。

「眞好吃。果然是一樣的味道。」

見富次郎大快朵頤的模樣，美代緊繃的神情和身體都略微放鬆。

「有您的誇獎，我哥一定很高興。」

哥哥是吧。之前在攤位上和她聊天時，美代從沒提過家人的事。

「這醬料是妳哥自己想出的嗎？還是跟誰學的？比如說是某人代代相傳的祕方，或是口耳相傳的做法？」

富次郎邊嚼邊提問，美代隔了一會兒才回答。

「原本是我娘的味道。」

富次郎口中的丸子差點鯁在喉中。美代馬上補充道。

「上次眞的很抱歉。我竟然那樣說我娘，我那樣子，就像我自己才瘋了一樣。」

現在我沒事了。就算說我娘的故事，也不會再像那樣慌亂了。美代很謙遜地縮著脖子，一本正經說道。

富次郎喝了口茶杯裡的番茶。入口微溫。阿島做事總是這麼周到。

見富次郎拍打著胸口，美代急忙離開上座，走到他身旁，用茶壺替他倒了杯番茶。

「嗯……唔。」

「還讓客人替我服務，我可眞是位糊塗的小少爺啊。」

美代微微一笑。從中看得出些許她在路邊攤連同丸子串一起販售的開朗笑容。

「美代也吃嘛。妳要是客氣的話，會被我一個人吃光喔。」

美代頷首。

「小少爺，之前您跟我說，上好的黑砂糖很貴，所以要我提高丸子串的價格。」

嗯，我是說過。

「不過，我從來沒花錢買過砂糖。」

美代說她和專賣奄美的砂糖和黑砂糖的批發商說好，會收取他們用過的空袋。

「那是裝有整整一貫（註）的大麻袋。我們收取麻袋，浸水洗乾淨晾乾，哪裡破損就縫補，再還給批發商。」

富次郎聽得目瞪口呆。因爲張著嘴，正好又能拿一串丸子送進口中。

那味道令他腦中靈光一閃。

「原來如此，關鍵是浸過麻袋的水。沒錯吧？」

美代眼睛爲之一亮。「沒錯，這就是關鍵」，她的聲音顯得興奮。

空麻袋內還沾有砂糖或黑砂糖。如果連同麻袋一同浸水，就全會融出。

「將融出的水濾篩，經過熬煮便能做成糖蜜。」

將一整盆甜水熬煮成一碗黏糊的糖蜜。

「如果用木炭，費用會升高，這樣就沒意義了。我都到附近四處找尋能當柴燒的東西，但這樣會變成和澡堂的鍋爐工你爭我奪。最近好不容易達成協議，鬆了口氣。」

這麼耗時和費力做出的糖蜜，就是砂糖醬油醬料的祕訣。

「醬油的醬料，可不光只有醬油，用來增添風味的佐料不是隨便摻混而成，用的是中規中矩的材料，每一種醬料都是我哥……呃，我說的是我大哥，他統一調出醬料，然後分給我們。這裡所說的我們，是指其他哥哥和路邊攤的同伴。」

美代講得有點零亂，就此停頓下來，面露沮喪之色。

「抱歉。我不擅長說故事，講得顛三倒四的。」

這同樣是月圓之夜還小心提防，瞎操心。

「爲了避免混亂，就分別叫他們太郎哥、次郎哥、三郎哥吧。地點和店名，沒用眞名也沒

註：三點七五公斤。

關係。只要妳方便講就行了。要是想不出適合的假名，就我來幫妳取吧。」

富次郎擺出十足奇異百物語聆聽者的模樣。雖然還是位火候不足的聆聽者，但此刻為了引導眼前這姑娘說出她的故事，就全力以赴吧。

「好了，說來聽吧。」

十六年前，美代出生在千駄谷的料理店「松富士」。正確來說，是在松富士所擁有的廣大占地裡，一處位於角落的老舊灰泥倉庫內，就連白天也照不進陽光，陰氣濃重的地方。

美代的父親伊佐治，從小就在松富士工作。起初是當童工，淨是打雜工作，但他個性認真，手又巧，頗受老闆娘賞識，因而慢慢開始學作料理，為了成為獨當一面的廚師，他潛心修習。

美代的母親阿夏是個孤兒。才剛出生，就用骯髒的襁褓裹著，丟棄在市谷某禪寺的門前。她在寺內住了一陣子，到三歲時，被寺院一位施主——一家蠟燭店老闆收養。

從市谷到四谷一帶，有像尾張家（註一）那樣的氣派宅邸，也有好幾座寺院，同時有整排的先手組（註二）公宅。這家蠟燭店有不少好客戶，就此成為富裕的店家，但小老闆夫婦始終為膝下無子苦惱。

不過，他們收養阿夏，並非是想當自己的孩子來養育。聽說領養孩子後，孩子就會招來弟妹，母親就能受孕，他們只是相信這樣的傳言罷了。

對阿夏來說著實不幸，這傳言竟然在蠟燭店這裡應驗了。收養阿夏不到半年，那位小老闆娘便有身孕，足月產下健康的男嬰。順勢隔了一年又懷上第二個兒子，蠟燭店內幸福洋溢。這麼一來，阿夏便算功成身退。不過，雖然阿夏就像吉祥物，但蠟燭店這邊對她無比冷漠，可能是怕她會對自己得來不易的兒子們帶來不良影響。他們沒將阿夏逐出家門，而是繼續讓她留在同一個屋簷下。當然，她的身分不再是養女，就如同是家中的女傭，不過阿夏從未有任何怨言，一直都安分工作。她有智慧，明白自己處境，是個不辭辛勞、工作勤奮的女人。

而且她天生是個美人胚子。就算平日都簡陋穿著，束起衣袖，終日操勞，但她那油亮的黑髮和晶瑩剔透的雪肌，到了十三、四歲的年紀後，相當引吸引眾人的目光。

「用這樣的美女當女侍，讓她滿臉煤灰，實在太糟蹋了。可以將阿夏讓給我嗎？」

向蠟燭店如此提議的，是松富士的老闆娘。儘管因為上了年紀，視力衰退，但老闆娘看人的眼光依舊精準，就像她看出童工伊佐治有

註一：是尾張地方的德川家分家，爲德川御三家之首。

註二：江户幕府的組織之一，負責維護治安。先手有前鋒之意。

料理的才能，她也看出阿夏的才華。一來也因為松富士是蠟燭店的大客戶，這事很快說定了。

對阿夏而言，這樣的發展簡直就像一場夢。松富士是大有來頭的料理店，尊貴的大名和江戶市內知名的富商，個個都是他們的座上賓。料理就不用說了，就連家具、器具、盤子、碗等，各種容器的品味都與眾不同，頗獲好評。

經營松富士的商家，原本就是千駄谷的地主。他們持有的土地廣闊，包括一座坡度和緩的山丘，料理店的建築就設在山丘的山腳下。有厚實的屋瓦、足以一個人環抱的頂梁柱、阻擋陽光的直欞窗、反彈月光的格子窗。庭園裡有池子和小瀑布，布滿山丘斜坡的竹林裡，整年都有充滿綠意的清風吹過。千駄谷雖是個偏僻之地，但正因為這樣才保有一份靜謐，而這也是松富士的賣點之一。

除了有水源充足的一口深井，山丘裡到處都有湧泉。在這處占地裡，有店主一家的住處、夥計宿舍、老舊的灰泥倉庫和全新的灰泥倉庫、木炭小屋、道具小屋、前任店主住的隱居所、稻荷神的小祠堂，各自的建築中間都有踏腳石相連。

市谷的蠟燭店也相當富裕，但與松富士的財力相比，還是差了一大截。這也令阿夏感到有點眼花撩亂。

體型富態、儀表不凡的店主，以及有做生意長才的老闆娘底下，有一群廚藝高超的廚師。首席廚師是料理店的招牌，特別尊稱為「庖丁人」，不過當時松富士的庖丁人嘉久造剛年過四十，在《江戶市東西庖丁人排行》中名列西張出橫綱（註）。

阿夏十五歲那年春天，在紅白兩色梅花盛開的時節，阿夏改名「夏榮」，開始以松富士接待女侍的身分工作。

「我們店內的接待女侍並不光是端盤子。」

老闆娘親自教導夏榮茶道和花道。這麼一來，她的儀態會更美。另外，關於松富士提供的酒菜、料理及食材，爲了讓她在客人詢問時有辦法回答，這方面則由嘉久造親自指導。

嘉久造是位很有修養的男人，符合松富士這家店的格調。廚師當中有不少無賴或是好賭貪色之徒，不過嘉久造和這些人天差地遠，就像一位把「料理」當菩薩服侍的僧人。

在這位老闆娘和庖丁人底下工作的夏榮，邂逅了伊佐治。伊佐治當時十八歲，俊俏猶如劇場演員——不，甚至長得比那些三流的劇場演員還要俊美，所以和夏榮可說是郎才女貌，兩人站在一起，就像戀愛故事讀本裡的插畫人物。

他們各自都還在學藝，不能隨便暗自私語。在松富士這座大宅院的屋簷下，他們聽聞目睹彼此的工作態度和上進的模樣，滿心雀躍。就此成爲鞭策自己的助力，伊佐治因此廚藝精進，而夏榮也闖出了名號，成爲人們口中松富士的女侍西施。

註：橫綱原則上是東西各一人，但有三人同時並列時，會記載於排行欄外，此稱之爲「張出」。

松富士的店主和老闆娘，以及庖丁人嘉久造，都知道他們兩人彼此互有好感。心想，當他們兩人都能獨當一面時，乾脆就將兩人送作堆吧。店主和老闆娘膝下無子，嘉久造因爲全心鑽研料理，至今仍打光棍，所以伊佐治和夏榮要是能日益精進，日後成爲配得起這塊招牌的夫妻，要將松富士交給他們經營也行。已來到人生後半段的三人，私下悄悄聊到這個話題。

然而，天不從人願。

伊佐治二十歲，夏榮十七歲那年的正月二日。松富士坐滿了慶祝新年的客人，好不熱鬧，在忙得不可開交的廚房裡，伊佐治正在烤臺上烤鯛魚，突然一陣狂咳，接著開始嘔血。

伊佐治原本就身子孱弱，尤其這幾年更是常感染風寒，動不動就咳嗽。廚師咳嗽或打噴嚏是一大禁忌，所以他本人也都很注意，會喝治咳的湯藥，或是小心保護喉嚨不受寒。

眼下正是手忙腳亂的時候，嘉久造無暇替他擔心，反是先訓了他一頓，將伊佐治趕出廚房。什麼時候不挑，偏偏選在做年菜時咳血，這是莫大的疏忽，可能會動搖松富士多年立下的根基。挨罵的伊佐治自己也很明白這點，爲了不妨礙廚房的工作，不讓客人看到，他走過踏腳石，步履踉蹌回到夥計宿舍。

可喜可賀的新年時節，正是貴客臨門，出手闊綽的賺錢時機，如果能端出用心準備的年菜，讓客人發出「果然名不虛傳」的讚嘆，便會讓松富士這塊招牌更加光輝耀眼。眾人都忙著使出渾身解數。就連夏榮也是一直等到客人盡皆散去後，才知道伊佐治出狀況的事。

「咦，他吐血？」

當她提著燈籠，小跑步前往宿舍查看時，伊佐治平時起居的房間裡卻不見他蹤影。夏榮一面叫喚他的名字，一面四處找尋時，在燈籠的亮光下，發現通往宿舍後方廁所的方向，地上浮現點點黑色汙漬。順著汙漬往前走，終於找到了伊佐治。他就像蹲在廁所前似的，倒臥地上，嘔了不少血，連想扶他起身的夏榮，手掌都沾滿溼滑的鮮血。

仔細一想，伊佐治每次咳嗽，他往往都只當「又感冒了」而不當一回事，但這其實是更嚴重的病兆。藉由這次嘔血，這場病的眞面目逐漸現形。

老闆娘喚來町內的大夫，診斷結果是肺病。

「他還年輕，只要好好調養，有機會痊癒。總之，請好好休息，多吃些滋補的食物。不能待在陰冷的和室房。得讓他住在日照充足的地方暖和身子。」

雖說從小就在店裡工作，但伊治佐畢竟只是名夥計。松富士沒理由厚待不能工作的病人。

夏榮向店主和老闆娘磕頭懇求。

「請讓我和伊佐治先生結爲夫妻。我會養他，照顧他。絕不會給松富士添麻煩。」

店主一臉爲難，百般不願，但老闆娘倒是當場便同意了。

「既然要當夫妻，那就非得有個住處才行。」

老闆娘說道，提議將前任店主的隱居所租給他們兩人居住。這處隱居所位於平緩的山丘南側山腳，日照確實比夥計宿舍充足。

「房租就從妳的工錢裡扣除。夏榮，妳要是膽敢整天惦記著丈夫的病，在客人面前擺出陰沉的表情，我絕不饒妳。」

這語氣雖然強硬，但聽在夏榮耳裡，卻像是菩薩的慈悲言語。

就這樣，伊佐治與夏榮展開新生活。由於兩人都工作勤奮，秉性率真，所以在松富士工作的人們都很和善地對待這對年輕夫妻，多所體諒。但絕不能因此得寸進尺。擔任女侍的夏榮，工作起來比以前更加幹練，而她照顧伊佐治，則是溫柔又有耐心。

這件事明明沒人主動提，但伊佐治的病，以及他和夏榮成婚的事，不知不覺間已在熟客間傳開來。他們甚至知道夏榮辛苦攢下客人包給她的賞錢，買藥給伊佐治服用。

治肺病的藥價格不菲。有的客人同情這對年輕

夫婦，什麼也沒說，自動多包了一些賞錢給她，而另一方面，也有客人偷偷將金幣塞進夏榮手中，向她打啞謎。意思是要和她一夜溫存。

松富士是老闆娘投注心血栽培出的名店，對於那些把這裡當妓院的客人，她深惡痛絕。庖丁人嘉久造更是有過之而無不及，如果有醉客緊纏著女侍調情，他甚至會一把掐住對方後頸說道「你來千駄谷這裡，搞錯地方了。如果是想玩女人，請到新吉原去吧」，將對方扔出店外。附帶一提，這時在腋下夾著鹽罐追向前，朝那名被嘉久造扔出的客人撒鹽的，是年事已高的女侍總管阿三。也就是說，這家店自豪的風氣，已深植在松富士工作的每個人性情中。

拜此之賜，夏榮可以不受任何誘惑苦惱。就算有人捧著大筆銀兩在她面前引誘她，夠她買朝鮮人參來治肺病還有剩，或是在她耳畔低語道「只要妳肯點頭，我有管道可以送伊佐治去小石川的療養所」，她都可以態度堅決，又面帶微笑婉拒對方：

「這不符合我們松富士的作風。」

伊佐治的肺病還不到致命的程度，但就像溼手巾一樣緊黏著他，持續展開需要耐性的調養。夏榮就不用說了，就連伊佐治本人也一樣，雖然偶爾會受喪氣侵蝕，但絕不會被喪氣吞噬。我一定會戰勝病魔。他始終不忘展露笑臉。

然而，命運根本就不把人們的笑臉當一回事。

伊佐治臥病的第二年歲末，發生了一起不幸的事件。嘉久造夜裡遭人襲擊喪命。

嘉久造每天早上比任何人都早起保養菜刀。研判凶手很清楚這點，暗中埋伏等候他到井邊汲水時，下手偷襲。背後被連刺好幾刀的嘉久造，似乎還撐了一會兒才斷氣，留下搔抓地上霜柱的痕跡。

凶器是隨手可得的錐子，握柄處留有滿滿是血的手印，被扔進井邊的草叢裡。

嘉久造是松富士引以爲傲的庖丁人，也是江戶市內名氣響亮的廚師，他像僧人一樣處事嚴謹，爲了窮究料理之道，奉獻出他的一生，就像他嚴以律己一樣，對其他廚師也同樣嚴格，可能就是這樣，不自覺招來怨恨。不光是受人羨慕、景仰，也可能招人嫉妒、憎恨。

松富士的人們想不出誰可能是凶手，若說到唯一線索，就只有那隨處可見的一根錐子。最後，嘉久造遭殺害一事，官府也停止追查，就此含糊帶過。

失去嘉久造的松富士，由嘉久造最厲害的徒弟升任庖丁人的位置，他們帶著他四處拜訪重要的客人，還花了許多時間和金錢舉辦宣傳活動，但他終究只是徒弟，廚藝比不上嘉久造。客人們的失望全寫在臉上，並接連嘲諷和嫌棄，他一開始還很振奮上進，不斷追求精進，但客人還是不捧場，面對這掩蓋不了的事實，他可能心生厭煩，最後嘉久造過世不到一年，他便自行請辭離去。

底下的廚師都還不成氣候，當不了庖丁人。菜餚雖已不能像嘉久造在世時那樣收同樣價格，但要是現在馬上降價，臉面又掛不住。就算備妥更昂貴的家具和容器，保有外在的華麗，但最重要的料理口味下滑，終究還是掩飾不了。辦不到、達不到、事事不如人意、樣樣欠缺，此時的松富士就像身陷泥沼中的水鳥，愈是掙扎，愈是往下沉。

說來諷刺，伊佐治的肺病這時候略顯好轉，已能起床生活。但還是久咳不癒，所以別說廚房了，就連松富士的後門都不能靠近。

不管再怎麼焦急、不甘心、不耐煩，伊佐治還是不會顯現在臉上，他以一名打雜的夥計身分，打掃地面、維護庭園、撿拾燒洗澡水用的薪柴等，就算是大病初癒的身子難以承受的粗重活，他也都盡可能做到。趁著空檔時間，他將自己從嘉久造那裡學來的料理技藝記在本子上，在隱居所的廚房做菜，努力不讓自己忘掉刀工。

「老爺和老闆娘都在等你康復，成爲松富士的庖丁人。還說這也是嘉久造的期望。」

夏榮的勉勵，並非違心之言。嘉久造死後，要是伊佐治能健健康康在廚房工作，松富士應該不會衰敗得這麼嚴重。

「我也想早點重回廚房，一展手藝，好報答他們的恩情啊。」

然而，老闆娘可能是爲了重振日漸走下坡的這塊招牌，太過賣力。當松富士自豪的庭園因新綠而閃亮，柑橘的白花散發花香時，老闆娘突然倒下。某天她一早起床，突然跌了一跤，就此無法起身，店主派女侍請町內的大夫趕來時，已經氣絕。

包含老闆娘自己在內，都沒人在意過年紀，但其實她已年近七十。不久前，她也曾抱怨過，自己光在走廊來去便已氣喘吁吁，想必那就是這場大病的徵兆。送走老闆娘後，現在才想到這件事，只是徒增惆悵。

松富士的店主六十五歲，不論是做生意，還是自己的人生方向，全都是交由大自己五歲的妻子處理。就算不是這樣，一家料理店的好壞也全取決於老闆娘。地主一家心想，老闆娘的位置一直這樣空著也不是辦法，於是他們聚在一起討論後，急忙給店主添了一位三十二歲的後妻，名叫富美。

這是與松富士有多年生意往來的一家酒店所介紹，富美的娘家也是開料理店，她年紀輕輕便早逝的丈夫也是位廚師，能娶得這麼年輕的妻子，當然是求之不得的良緣，松富士方面也很高興。富美雖然守了十多年的寡，但仍是位婀娜多姿的美女，沒人對此感到不安，或是要求店主三思。

不過話說回來，就算有人反對，松富士的店主應該也聽不進去，因爲有這位年輕得幾乎都可以當他孫女的美人當續弦，他完全沉浸在這種喜悅中。

從伊佐治染上肺病開始，陸續出現各種大大小小不祥之兆的松富士，最後出現了一個最大的不祥之兆，那就是富美。她好排場，愛奢華，只熱中打扮自己，一有不順她意的事就完全無法忍耐，而她這樣的女人染上一種棘手的毛病，那就是愛和劇場演員廝混。

富美常和劇場演員廝混，有了情夫。那個男人在背後操控，策畫要讓松富士成爲他們的搖錢樹。富美花錢如流水，又是金錢的奴隸，要靠自己想出那樣的主意，並付諸執行，她可沒有這樣的腦袋和手腕。

而「那樣的主意」又是什麼呢？

雖然松富士現在大不如前，但至今仍未捨棄自己的格調，他們打算在這樣的歷史和格調下，除了賣料理和美酒外，還要兼賣「色」。

除了上好的酒菜，陪酒女人也可任君挑選，而且還配合客人的喜好，環肥燕瘦一應俱全。雖然不能公開四處張揚，但這是惠顧松富士的貴客才享有的全新生意。

原本松富士連醉客拿金幣塞進女侍手裡，向她們調情都不允許，但現在想掛羊頭賣狗肉，打著料理店的招牌，做起妓院的生意。

受過前任老闆娘嚴格調教的女侍們，個個臉色發白。而曾經朝噁心客人撒鹽的女侍總管阿三，更是氣得想直接將富美那纖細的脖子扭斷，但偏偏不能頂撞被這名年輕後妻治得服服貼貼的店主，最後只能眾人一同離開松富士。

富美對此倒也不當一回事，她馬上挑選僱用了一群適合松富士這項新生意的女人，而夥計們也都替換成外貌長得稱頭，適合料理店妓院的人。唯獨料理，非得增加美觀性不可，所以她支付原本廚師豐厚的工資，如果有人還是非走不可，她也不惜花錢僱人填補空缺。

富美和她的情夫算是有這方面的生意頭腦嗎？靠女色賺錢的生意穩賺不賠？還是說，加上有格調的料理店，會發揮超乎他們預期的功效？

這項新生意的傳聞，在暗地裡很確實地散播開來，松富士生意開始有了起色。店裡的收益扶搖直上。拜此之賜，更加突顯出店主的窩囊樣，就此成了一具擺設。

話說，在這種天翻地覆的局面下，伊佐治和夏榮夫婦過得怎樣呢？

美代洗去烤丸子的煤灰，變得潔淨白皙的臉頰，微微泛紅。這應該不是心裡某種想法的展現，而是單純因爲講到一半卡住吧。

「妳可以稍微潤潤喉。」富次郎說。「我幫妳重沏一壺溫熱的茶吧。」

美代拿起眼前的茶杯應道：「不用，喝這個就行了。」

她喝了一口後，莞爾一笑。「哇，就算涼了，還是一樣香。」

她雙手包覆著茶杯，指甲顯得髒汙。醬油的顏色染進指甲裡，看來光清洗還是無法清除。

「剛才講的故事，全都是我爹娘的遭遇。」

美代之所以知道得這麼詳細，全是太郎大哥告訴她的。

「那不過才三年前發生的事。我娘發瘋時，我年紀還小。」

像女人賣身這種成人的腥羶話題，她說不出口。

美代閉上眼，雙手合十，模樣像在拜佛，接著將茶杯裡的番茶一飲而盡。富次郎就只是在一旁靜靜守候。

「——眞的很不走運。」

美代抬起頭，將喝光的茶杯抱在胸前，小聲低語道。

「我爹娘眞的很不走運，處境堪憐。」

美代眼中微帶怒色。

「早在松富士的老闆娘過世半個月前，我爹的身體狀況再度惡化，一會兒發熱，一會兒發冷，還嘔血。」

肺病的確難纏。

「也許是他狀況好轉後，又過度勞累吧。」富次郎說。

我想早點工作，和以前一樣，是松富士的溫情救了我，是妻子夏榮在養我，我不能一直這樣拖拖拉拉。這樣的想法一直催促著他吧。

「是嗎？」

「一定是的。我也是個身分卑微的男人，所以妳爹的心情我感同身受。」

美代爲之瞠目，望著富次郎。富次郎避開她的目光，小小聲接著說：

「因爲這樣，妳娘沒別的選擇……」

要是不能在松富士工作，她有個身染肺病的丈夫要照顧，連住的地方都成問題。

「不得已，只能照富美所說，不單是當個普通的女侍……」

「她開始接客。」

就是因爲不想用這個字眼，富次郎才含糊其詞。結果逼得美代自己說。這更不是富次郎所願。他心想，我這個人也太不機靈了吧。

「我娘長得漂亮，也還算年輕，而且是有夫之婦，擁有年輕姑娘沒有的韻味。」

美代飛快地一一舉出這幾項特點，再度顯露惱容。

「而且大家都說她受過已故老闆娘徹底調教，儀態舉止就像宮殿裡的女侍。輕輕鬆鬆就成爲最受歡迎的女侍。」

那些有錢的男人，不論老邁還年輕，都在絲綢和服裡藏了包金銀（註一），趕著前往千駄谷來見夏榮。原本搖搖欲墜的松富士，就此東山再起。

「就在這樣的生活中，不知不覺間，我娘的肚子大了起來，這一點也不奇怪，甚至可說是理所當然的事。」

呵呵，美代暗自冷笑。那自暴自棄的笑容令人心痛，富次郎垂眼望向地面。

夏榮肚裡的孩子，到底是誰的種？回推來看，孩子的父親絕不可能是她身染肺病的丈夫。若是這樣，那表示這是某位客人的孩子。

「一定是我的孩子。既然這樣，我希望將夏榮留在身邊照顧。」

三位客人提出這樣的要求。甚至有人說，如果生出的孩子是男孩，要由他來繼承家業，由此可見夏榮多受歡迎。照理來說，女人賣身最慘的情況就是懷了身孕，但夏榮情況不一樣。

面對這意外發展，松富士的富美當然牢牢抓住機會。她煽動爭奪夏榮的三名客人，要他們不斷掏錢出來。還冠冕堂皇說道——如果沒能看清誰對夏榮最情深意重，我實在無法放心將她託付給別人。

經過十月懷胎，平安生下一個像美玉般漂亮的男嬰。替男嬰洗淨，以軟布將臉蛋擦乾淨後發現，這孩子和伊佐治長得如出一轍，令在場眾人都看呆了。

註一：俗稱「切餅」。江户時代，包著一百枚一分銀（相當於金幣二十五兩）的紙包。

註二：昔日的日本人認爲感冒的男人說話帶有濃重的鼻音，特別吸引女人。

比劇場演員還俊俏的男人。儘管惡疾削弱他的生命，他只能甘於這種委屈求全的生活，但他的俊美依舊無損分毫。這並非像俗諺「染風寒的男人，別有一番風情（註二）」的那種意思，不過，他憔悴的側臉散發出俊秀的氣韻。

那男嬰和這位美男子的俊俏臉龐長得一模一樣。

伊佐治抱著自己的孩子，喜極而泣。貢獻不少銀兩的三名客人，聽富美說明情況後，紛紛垂頭喪氣自行離去。命名爲太郎的男嬰，在伊佐治和夏榮的養育下，能喝能哭又能睡。

夏榮產後經過一番調養，過了半年，再度回松富士重操舊業。照顧家中的奶娃和伊佐治的事，富美已派女侍包辦，所以不必操心。

產下嬰兒後，夏榮的美貌不減反增。許多客人不惜砸下重金，只爲一親夏榮芳澤，松富士財源滾滾來，笑得合不攏嘴。

在這樣的情況下，夏榮當然又懷上第二胎。

人世間只要一扯上女人的事，總令許多男人盲目。這次又有許多男人爲了夏榮和她肚裡的孩子你爭我奪。富美又順勢煽動，從旁撈了不少油水，處之泰然，和當初懷太郎時一樣。

夏榮是個從未見過自己父母的孤兒，好不容易覓得心愛的夫君，但夫君又爲肺病所苦，爲了生存，只得賣身。雖然夏榮被迫過著不幸的人生，但產神似乎對她情有獨鍾，第二胎依舊順利生產，產下一名健康的男嬰。

這孩子次郎同樣和伊佐治長得一模一樣，沒人可以挑剔。已經走得很穩的哥哥太郎，那長相活像是伊佐治的縮小版，所以這對兄弟明明差了兩歲，卻像極了雙胞胎。

兩兄弟和睦長大，但伊佐治日漸病重。吐出帶血的唾液，身體日漸消瘦。為了給丈夫服用更好的藥，夏榮生產完，能自行下床後，便一面餵次郎喝奶，一面重操舊業。

說來眞諷刺，家中人口明明增加，但想向夏榮買春的男人卻逐漸減少。鐵壺裡沸騰的熱水，總有冷卻的時候。門庭若市的松富士，開始有比夏榮更年輕貌美的女人在這裡工作。

夏榮的收入減少後，富美便露骨表現出冷淡態度。在這樣的情勢轉變下，夏榮一心想要工作，但這時也不知是幸還是不幸，她又懷上了第三胎。

「要是讓料理店的客人們聽到伊佐治的咳嗽聲，那我可傷腦筋。」

富美如此說道。

「那邊比較安靜，而且離井邊很近，應該會比較方便吧。」

她向夏榮這樣解釋道，將他們一家趕出隱居所，讓他們住進位於家中占地角落的一座老舊灰泥倉庫內，而當時夏榮正為嚴重的孕吐所苦。

一邊要養育上面兩個孩子，並照顧生病的丈夫，一邊又懷著第三胎。原本在一旁幫忙的女侍，也不知什麼時候被撤走了。過著獨自一人撐起全家生計的生活，使得夏榮的美貌也日漸衰退。剛好這時有人向官府告密，說松富士暗地裡賣淫，於是松富士約莫有半年的時間命女侍們停止接客（不過，風波過了之後又開始營業）。因爲這個緣故，夏榮和這第三個孩子就此錯失自願貢獻錢財的客人。

這三男取名爲三郎，也長得很像伊佐治。而肺病日益嚴重，兩頰凹陷，臉色蒼白猶如幽魂的伊佐治，若沒有夏榮幫助，連抱起這嬰兒的力氣也沒有。

「那孩子長得很像我爹還有我哥哥們。」

夏榮莞爾一笑，接著瞇起眼睛，眼中泛淚。

自從沒能因三郎而大撈一筆後，身爲金錢奴隸的富美，一直在盤算著要什麼時候和夏榮切割。雖然夏榮已有三個孩子，但只要她還能吸引熟客上門，現在和她切割未免可惜。不過，得趕在她成爲賠錢貨之前將她掃地出門。

也不知道夏榮知不知道富美的盤算，生下三郎還不到一年，夏榮又懷了第四胎。到這第四胎，不管再怎麼主動引誘，都沒人出面想要夏榮和她肚裡的孩子。就連先前那些耐性十足、不離不棄的熟客，也在夏榮因孕吐等原因而時常請假的時間裡，就此沒再光顧。

富美就只給夏榮少許銀兩，供他們勉強生活。家中生計困頓，伊佐治的藥也用罄。肺病的侵蝕已直透伊佐治骨髓，他臥病不起。

生第四胎時，就連產神也變得對夏榮無情，她痛苦了一整天，死去活來。最後產下一名女嬰，明明是足月產下，體型卻很嬌小。而且長得一點都不像伊佐治，也不像夏榮。

「該不會是哪裡出錯，從別人那裡跑進妳肚子裡吧？」

富美就只是冷冷說了這麼一句。她原本抱著些許期待，等著夏榮把孩子生下，但最後連一份祝賀的禮金也沒收到。是該下手的時候了。

這第四個孩子，是頭一個女娃，伊佐治大爲開心，爲她取名爲「美代」。但他已經連抱美代的力氣也不剩了。

在飄散霉味的昏暗倉庫裡，他們爲嬌小的美代辦了一場小小的七夜祝賀（註），之後過沒兩晚，伊佐治便病逝了。

對富美來說，此事値得慶幸。久病的丈夫辭世，夏榮引人同情的依託已經沒了。要讓夏榮捲鋪蓋走路，帶著她的小鬼們一起滾出去。

說來可悲，沒人能阻止。不過，這時已超過已故老闆娘在世時的年紀，帶有輕微中風的松富士店主，他原本就不是個冷血的人。他逐漸明白富美的本性，略微認清眞相，覺得不能虧待曾經和已故老闆娘一同留下回憶的夏榮。

所以當他得知富美分文不給，要將夏榮一家逐出家門時，他大爲慌張。

「有人可以幫忙夏榮嗎？」

註：古時候日本的嬰兒容易早夭，所以出生後平安渡過七天，會加以慶祝。

他四處找人商量，此事傳進阿三耳裡。她是昔日在松富士裡，向那些想在店裡買春的客人撒鹽的女侍總管。如今雖已成了雞皮鶴髮的老嫗，但她的堅毅依舊不減當年，阿三毫不猶豫便決定對夏榮和她的孩子們伸出援手。

阿三是松富士元老級的女侍。深獲老闆娘信賴，甚至有店裡的熟客將庖丁人嘉久造和女侍總管阿三比喻成守護松富士的呵吽像（註）。

她與松富士不歡而散，離去時賞了後妻富美一鼻子灰，只說了一句「好啦，永不相見」，之後便再也沒從事料理店的工作。那麼，她是靠什麼營生呢？答案是路邊攤小吃。

阿三原本是淺草御門旁一家飯館的女兒。那是很久以前的事，如今她在那裡已無親人可以依靠。不過還是保有一點地緣關係和人脈。以前照顧過阿三一家的房屋管理員雖退休，但他的繼承人與阿三熟識，所以阿三常找他商量。

——既然這樣，做路邊攤生意如何？

最近這一帶最受歡迎的，就屬路邊攤小吃了。阿三多年來見識的都是一流廚師做的壽司和天婦羅，要在路邊攤賣一樣的東西，或許強人所難，但要是賣其他東西呢？只要能好好遵守商家聚會主事者的規矩，就算只有一個女人家，一樣可以放心做生意。

阿三心懷感激地接受這項提議。她請對方安排與主事者見面，讓她參觀當中幾家攤商做生意的情況後，她研判，能安穩做買賣又不會搶別人生意的，就屬賣滷味了。

這不是能當下酒菜的關東煮。而是只有白天時，以女人和小孩爲對象，將芋頭或蒟蒻刺成一串來賣。就靠一個陶爐和一個鍋子，調味採用當初父母經營飯館時的濃郁風味。口味特別甘甜，是其特色。

她選在郡代宅邸的巷子底做生意，可能是濃郁的風味接受度高，陸續有了常客。雖然只是和小孩子跑腿費差不多的小錢，但阿三從中感受到靠手藝賺錢的樂趣。

當時那一帶攤商的主事者，是當地一位富商。當初松富士開始暗中賣春，阿三直接自己請辭不幹，這骨氣深深獲此人賞識，這點著實幸運。

——我也是松富士的客人，我知道他們巓峰時期什麼樣子。那是堪稱天下第一的料理店。

當時聽到主事者這番話，阿三放聲號啕，哭得和老闆娘過世那天一個樣。

一個老太太獨力打點的滷味店，生意愈來愈興隆，也漸漸有了生意夥伴。不，也許正因爲阿三是位老太太，所以其他全是大男人的攤商才會毫無顧忌讓她加入伙伴行列。好在阿三可不是一個會仗著昔日榮華擺架子的愚蠢老太婆，加上她雖然多年來勤奮工作，攢下一些小錢，但生活過得簡樸。

註：日本宗教裡的一對石像。張口的是阿形，閉口的吽形。像神社的狛犬、寺院的金剛力士像、沖繩的石獅皆是。

就這樣，她擁有全新生活，活得神采奕奕。這時，她聽聞伊佐治病逝，夏榮亟需幫助。

這對夫妻的事，阿三不曾有一日稍忘。她深感後悔，儘管過了將近十年，還是怒火難消。因爲當初她離開松富士時，一再苦勸夏榮和她一起離開，但夏榮因爲太過掛念生病的伊佐治，始終不肯答應。

之後松富士完全墮落成以女人當主菜的料理店，夏榮在裡頭不知道過著怎樣的生活。想必是忍辱負重，最後還是賣身了。現在她心愛的丈夫被肺病奪走性命，她不知道遭受多大打擊。

阿三鬥志高昂。她請攤商伙伴當中，外表看起來最凶惡的大漢來當幫手（如果起衝突的話，可要好好嚇嚇他們喔），一起拉著大板車到松富士。

夏榮是已故老闆娘一手調教，引以爲傲的女侍。是以前在松富士最榮耀富貴時綻放的大朵牡丹花。

這朵花現在已半褪色乾枯。夏榮一見到阿三，馬上淚如雨下。儘管如此，在阿三主動伸手之前，她不會自己靠過來抱住阿三。她就是這麼有規矩，這全是老闆娘的調教。想到這裡，阿三差點落淚。

「我來迎接妳了，阿夏。」阿三說。

嘗盡人生甘苦的「夏榮」已不在了。她又恢復爲阿夏的身分。

因爲阿三還記得伊佐治有一段時間肺病症狀改善，看起來氣色很好，所以就算他們夫妻倆有孩子，她也不會太驚訝。但到這裡一看才知道，竟然有四個孩子。長男七歲，次男五歲，三男兩歲，這三兄弟長得都跟父親伊佐治像一個模子印的。要是年紀再相近一點，甚至以爲是三胞胎。她心底大感詫異。

另一方面，才剛出生沒多久的第四個孩子，么女美代，則完全沒半點伊佐治的影子。硬要說的話，就只有眼睛長得和阿夏幾分相似。

——這孩子果然不是伊佐治的種。

這點再清楚不過了。阿夏想必也很難過。伊佐治抱過這孩子便辭世，想到他的心情，就連身爲外人的阿三也不免難過。

長得一模一樣的三兄弟感情很好。聰明的長男都會照顧弟妹，也會幫母親阿夏的忙。就連應該還不太懂事的三男，都很聽哥哥的話，大家都很疼愛妹妹，用心呵護她。

「阿夏，妳得到很好的紀念品呢。」

阿三這番話，阿夏以哭笑難分的臉點頭回應。她不光姿色消退，就連身體狀況也大不如前，呆立原地的模樣宛如幽魂，引人鼻酸。

這母子五人，以及少許家當，全上了大板車。阿三請來的幫手，對於那長得一模一樣，都像人偶一樣漂亮的三兄弟大感驚訝，見到長男抱在懷裡的嬰兒，他開心得瞇起眼睛，忙著輕戳嬰兒臉頰加以逗弄。

「各位，我們回家嘍。」

那位幫手用很像那凶惡眼神會發出的嗓音說道，朝雙手吐幾口唾沫，便用力推起大板車。車輪承受了往後人生的重量，發出擠壓的嘎吱聲。千駄谷的森林目送往淺草而去的這一行人背影。

「那位外表凶惡的幫手大叔，大家都叫他政哥。」

雖然有一副宛如鬼瓦般的長相，但他擺攤做的是賣丸子串生意。他滴酒不沾，愛吃甜食，很會照顧孩子。

在黑白之間說故事的過程中，美代的語氣逐漸變得成熟。不過也僅只出現很短暫的一段時間。若沒親眼目睹，想必無法相信。但在這段時間，稚氣和逞強確實逐漸從美代身上消失。

「我們一家到阿三婆婆家投靠，一開始第一年，她獨力包辦我們吃住。」

阿夏等到美代斷奶，自己的身體逐漸康復後，開始和阿三一起做路邊攤的生意。長男太郎也邊看邊學，幫忙做生意，成了個小幫手。

「過了一陣子，我們勉強能自己支付房租，所以和阿三婆婆一樣，在同一棟長屋裡租了一間四張半榻榻米大的房子，一家人展開生活。」

聽說不光是模樣凶惡的政哥，阿三的生意伙伴們也都很親切地對待他們一家。

「阿三婆婆曾笑著說，這都是因爲阿夏人長得美。」

繼太郎之後，緊接著是次郎，再來是三郎、美代，大家都會幫忙路邊攤的生意。比美代大六歲的太郎，打從十五歲起，就能獨自打理路邊攤的生意。

「當然了，那還不是他自己出資開設的攤位。是借來的。」

借他的人是政哥，所以是賣丸子串的攤位。丸子製作方法、火烤的火候、便宜取得砂糖和黑砂糖的方法等，全都是政哥傳授。

「他一直看著太郎哥自己一個人的攤位能賺錢後，便像鬆了口氣，離開人世。」

他是個好人。直到現在仍教人懷念。美代的眼神泛起溫柔的淚光。

「太郎哥的丸子串，盡得政哥眞傳。所以我向太郎哥學的丸子串，也是政哥的丸子串。」

「難怪這麼好吃。」

說完後，富次郎莞爾一笑。這時候要對她展露笑顏——他心裡這麼想，浮現笑容。

其實他並非發自內心想笑。美代的故事底端一直有一股悲意在流動。

「我娘一直在阿三婆婆的滷味店幫忙，我很早就幫太郎哥的忙。但我次郎哥他……」

——我要做入夜後一樣能賺錢的路邊攤生意。

「於是他到一位做天婦羅和溫酒生意的人那裡當學徒。」

不久，懂事後的三郎，也和次郎一起當學徒。

「前年春天，次郎哥終於有自己的天婦羅攤位，三郎哥則在他旁邊賣溫酒。」

嘩。富次郎腦中浮現那樣的畫面，不自主出聲讚嘆。

「那一幕想必很值得一看。次郎先生和三郎先生就算身高有些許差異，但兩位都是長得和妳爹一模一樣的美男子吧？兩位像人偶一樣俊美的年輕人站在一起，賣天婦羅和溫酒……」

富次郎說到這裡，突然閉口不語。

因為美代臉部緊繃，眼角微微抽搐。

「抱、抱歉。這件事，我好像不該先講的。」

美代低下頭，緊咬著嘴唇。

這陣尷尬的沉默，壓得黑白之間喘不過氣。

「那地方有我的攤位。」

美代說著抬起頭。

「阿三婆婆開始經營路邊攤的地方，一直都是她的地盤。」

這幾年來，因為上了年紀，阿三身體不適的日子愈來愈多。

「她雙腳發腫，無法站立。因為路邊攤都是站著做生意，所以婆婆自己也說，她大概是沒辦法再做了。」

於是從去年初夏起，美代繼承了那處攤位。

「哥哥們和我終於都能自食其力了。這都是拜阿三婆婆所賜。當初要不是婆婆收留我們，我們絕不會有現在的生活。」

「我也就吃不到美代的丸子串了。」富次郎說。「我也得感謝阿三婆婆才行。希望她可以長命百歲，好好享清福。」

接著又是沉默了片刻。

即將到最難說出口的部分了。

就連光是在一旁聆聽的富次郎也感覺得出來，但他不知道這時該說什麼幫她才好。

美代靜靜深吸一口氣後，開口說道：

「之前在您面前失態，眞的很慚愧。」

美代縮起身子，低頭鞠躬。

「我一時慌亂，告訴了小少爺許多話。」

——我娘死了。

美代的母親阿夏，五年前的某天，自己動手想刨出眼睛，就此發瘋。

——她終於死了。終於能解脫了。

五年前的那天，阿夏到底發生了什麼事呢？

「有個男人來拜訪。」

對方看起來像某富商家的掌櫃，他不是前往美代他們做生意的攤位，而是通過他們一家人居住的裏長屋（註）木門，到家門口拜訪。

「對方不年輕，但膚色白淨，穿著一身上等華服。雪屐底部的鐵片踩得咔嚓作響。」

——有人在嗎？我聽說以前在料理店松富士當女侍的夏榮住在這兒。

「那是某個夏天的向晚時分，收拾好生意返家的我們，還有接下來正準備出外工作的次郎哥和三郎哥，剛好都在家。」

長屋木門的名牌上只貼出阿三和太郎的名牌。這名像掌櫃的男人，可能覺得沒什麼把握，四處東張西望。

「夏天做滷味生意，眞的很熱。身體鹽分大量流失。阿三婆婆和我娘先去井邊擦汗了。」

當這名像掌櫃的可疑男子與四名孩子交談時，阿夏正好返回屋內。

「那名男子似乎認出我娘了。」

——啊，眞的在呢。妳是夏榮吧。

他很沒禮貌地指著阿夏，不知道在高興什麼，朗聲叫道。

——果然蒼老不少，姿色大減啊。不過看妳身體健康，眞是太好了。

「我娘臉色發白，雙腳長根似的，呆立原地。」

但阿三就不同了。見對方刻意叫「夏榮」這個名字，她就明白這傢伙來者不善。

——我不知道您要找誰，但您認錯人了。請回吧。

這名膚色白淨的掌櫃，被阿三用力一推，很沒用地一陣踉蹌，但還是糾纏不休。

——哪來的臭老太婆啊。喂，夏榮，不，應該叫阿夏是吧。怎麼叫都不重要，妳總沒忘記我這張臉吧？

坐在富次郎面前的美代，雙眸蒙上一層暗影。

那眼神望向自己內心，凝望那深深刻在她心裡的過往。

「他說的話，我一句也忘不了。」

那傢伙說了這樣的話。

——妳當初在松富士接客時，我是同情妳，才一再買妳來陪伴。可別說妳忘了我這張臉還有恩情啊。

他大聲叫嚷，要讓全長屋的人都聽見。

——我家到了我這代，不知道爲什麼就是生不出孩子。現在得考慮收養子的事了，就這樣想到了妳。

註：位於大路旁的長屋叫「表長屋」，位於巷弄裡的長屋叫「裏長屋」。裏長屋房租較便宜，所以住戶大多是下層階級的人。

在呆立原地的阿夏和孩子面前，男子肢體動作無比誇張。

——妳不是生了三個男孩嗎？有一個是我的種也不稀奇。畢竟我花了那麼多銀兩疼愛妳。

他一一望向太郎、次郎、三郎的臉，就像要把他們全舔過一遍。

——他們叫我自己來挑一個看起來最稱頭的孩子。別老愣在那兒呀。不會叫孩子跟我問候一聲嗎？不過話說回來，怎麼個個都是髒兮兮的小鬼。就像猴子一樣。

——吵死了，誰是猴子啊！別用你那噁心的眼神看我心愛的弟弟妹妹和我娘。當心我把你眼珠刨出來！

那名模樣像掌櫃的男子，就像眞的挨猴子罵似地大爲吃驚。表情難看地扭曲。

——哼，眞狂妄啊。

他不帶半點顧慮和體恤，往下說：

——你們知道自己的父親是誰嗎？問過你娘沒？

這時他還故意矯揉作態，發出女人的聲音，用衣袖掩口。

——人家因爲接了太多客人，根本不知道哪個孩子的父親是哪個。

長屋的人們擔心發生了什麼事，紛紛聚在四周圍觀。太郎和次郎擋在阿夏面前要保護她，三郎和美代緊抓著阿夏。

阿三面如白蠟，不斷冒汗，雙手垂放身體兩側，緊緊握拳。

那名像掌櫃的男子猶如要下最後致命一擊，厲聲罵道：

——明明長得一點都不像，還說什麼心愛的弟弟妹妹，開玩笑要懂得適可而止吧！

就在那個瞬間。

「我娘放聲尖叫。」

那是以前從未聽過的聲音。讓人覺得從人的喉嚨不可能發出那樣的聲音。

「她一再大叫，奪門而出。」

甩開兩旁緊抓著她衣袖的三郎和美代，拋下想攔住她的太郎和次郎，對阿三的叫喚充耳不聞，直直朝井邊奔去，泥濘絆住她的腳，就此跌了一跤，她蹲在地上，繼續放聲大叫。

「接著，她用手指刨出自己的眼珠。」

阿三、孩子，以及長屋的住戶們，全跑向井邊想救阿夏。

「事後聽說，那個男人大吃一驚，夾著尾巴想逃。有一位和我熟識的孩子，叫阿金，乘亂絆那個男人一腳，讓他跌了狗吃屎，接著使勁踩他後背，順便踢他屁股一腳。」

阿夏失去眼睛，發了瘋。那名像掌櫃的男人，從此沒再來過。

「房屋管理員聽聞此事，火冒三丈，徹底展開調查，查出對方是市谷一家蠟燭店的老爺。」

富次郎將來到嘴邊的驚呼嚥回肚裡。

「那不就是阿夏女士小時候領養她的那家店……」

「是的。我娘招來弟妹，那家店生下的孩子就是那位老闆。」

他繼承店家，娶了妻子，但一直膝下無子。後來聽說松富士「買下」的阿夏生了三個男孩的傳聞，引起他的興趣。

「那傢伙說他曾經買……買過阿夏女士，那不是信口胡謅吧？」

沒錯——美代頷首。

「所以他說，孩子當中好歹有一個是他的種，這似乎也是說真的。我們的房屋管理員氣沖沖上門找他，差點痛毆他一頓，但他還是沒半點歉疚。」

美代嘴角垂落，重重呼出鼻息。那表情無比成熟，宛如深諳人情世故的女人。

「最令我生氣的是，他把我娘當成玩具一樣看待。」

雖然只有短暫的時間，但畢竟曾經是他父母的養女，如果這個人有良心的話，當他聽聞這女孩工作的店家生意走下坡，不得已只好賣身時，絕不會抱持好玩的心態前去買春；但他能不當一回事地前往，可見這個人要不是沒有良心，就是不把人當人看。

猛然回神，富次郎發現自己雙手發顫。他暗自握緊手指，不讓美代看出。

那個沒人性的蠟燭店老闆如此大喊。

明明長得一點都不像。

太郎、次郎、三郎三兄弟，不是和父親伊佐治如出一轍嗎？不是像三胞胎一樣相似嗎？

「那天在井邊……」

美代的聲音微帶顫抖。

「我們四人，有的抓住我娘，有的按住她，有的抱緊她，大家渾身泥巴，我娘就此昏厥。」

費好大一番工夫才把她帶回家，替她止血，讓她躺下休息，太郎、次郎、三郎、美代這四個兄妹這才望向彼此。

臉上濺滿泥水，留下淚痕，臉頰和耳垂有人沒有血色；有人充血脹紅，因憤怒和悲傷而滿眼血絲，雙脣發顫。

每個人的臉都不一樣。

「當我們互望彼此時，我差點感到一陣天旋地轉。」

因爲太教人難以置信了。

他們三兄弟異口同聲地開口問道。

你是誰？

「他們的長相全變了。」

曾經長得像三胞胎的三兄弟，彼此長得一點都不像。

「只有我還是維持原樣，但我哥哥他們都變了張臉，就像是陌生人。」

變了張臉。

富次郎想，不，不是變了張臉，而是恢復原來的樣貌。

恢復成三兄弟原本的長相。

之前應該就只是「看起來」像伊佐治吧？

在那名沒人性的蠟燭店老闆大搖大擺現身，高聲說出阿夏長期隱瞞的殘酷眞相之前。

夏榮一直都在松富士接客。

身染肺病的伊佐治知道妻子就在自己眼皮底下賣身，卻無能爲力。

不久，夏榮懷孕生下孩子。孩子就算長得像哪個來路不明的恩客，也不足爲奇。這樣反而自然。因爲夏榮就是在這樣的處境下過這種生活，懷了身孕。

但孩子像極了伊佐治。

看起來長得一模一樣。

這是咒術？是祈禱？還是大家都在作夢？

怎樣都不重要。唯一可以確定，這三兄弟長相和伊佐治一模一樣，是阿夏一往情深的力量。

她想讓伊佐治抱抱自己的孩子。

就只是這樣的一往情深。

「就只有我……」

美代的聲音，令沉浸在思緒中的富次郎回過神。

美代臉頰上掛著一道淚痕，如此說道。

「娘懷我時，我爹的肺病日漸惡化，想必他們兩人的關係不再是夫妻。」

要是美代的臉長得像伊佐治，那反而奇怪。夢想、幻影、理想的謊言，將就此戳破。

「所以我才會一直都是天生的這張臉。」

富次郎默默頷首。

美代吸著鼻涕，深深嘆口氣，雙手併攏置於膝上。

「妳的哥哥們突然變了張臉，不會引來很多麻煩嗎？」

「太郎哥的丸子串攤位有他的老顧客，所以會引來懷疑，向他問一句『你是誰啊』。」

兩人靜靜笑了。沒關係，這時候就笑吧。平靜地笑，用不著深入追問。

「阿三婆婆應該有她的想法，不過我不知道她和我哥哥們說了些什麼。太郎哥或許還記得許多當初在松富士的生活吧。」

聽說阿三就只有一次對美代這樣說過。

——妳要原諒妳娘。

「就算她沒說，我也不曾生過我娘的氣。」

美代瞇起眼睛嫣然一笑。

「我相信她現在一定和我爹一起待在一個好地方。」

那充滿慈祥的微笑，帶有堅韌剛強之色。

「小少爺，謝謝您聽我說這個故事。」

美代手指點地，低頭行一禮。富次郎則是朝丹田使勁，雙手伸進懷中，抬眼往上瞧，抬起下巴。

爲了不讓淚水流下。

畫下美代的故事，聽過就忘前，他都沒去位於郡代宅邸巷子底的路邊攤。

富次郎嚴格禁止自己，磨墨面向半紙。

儘管過兩天、三天、四天，還是什麼都畫不出來。

「眞懷念那烤丸子的味道啊。」

第五天時，阿勝嫣然說道。

「我代替小少爺去買吧。」

富次郎無法點頭說好，也沒說不行，更無法開口說要一起去，就只是終日守在書桌前。

不久，阿勝手裡拎著一個散發醬油焦香味的紙包回來。

「現在成了太郎哥哥的攤位了。」

富次郎瞠目。心裡暗自說一句「原來如此」，一方面明白曉悟，一方面感到失望。

「他很客氣向我問候，說謝謝我們對他妹妹的關照。」

今後請繼續惠顧——

「太郎哥哥長什麼樣子？」

阿勝思索片刻應道：「長得像不會太凹凸不平的八頭芋。」

富次郎莞爾一笑，吃起丸子串。是砂糖醬油口味。調味比美代的淡一些，但一樣芳香。

那姑娘不會再來顧店了。面對一位完全傾吐過自己身世的男人，當然想避而遠之。

當初要是別問就好了，但能問出這件事的人，就只有富次郎了。就像這丸子甜中帶鹹，人心同樣有正反兩面。

那天趕在傍晚前，富次郎畫下美代的故事。畫的不是路面攤，不是丸子串，也不是美麗的女子畫像。這些全都不對。

他畫一個裝滿水的臉盆，浸泡著麻袋。

這才是適合這故事的畫。

因爲這是祕訣所在。便宜又好吃的丸子製作祕訣。

美代。妳一定要健健康康，生意興隆，掌握住自己的幸福。

富次郎在心中祈願，就此擱筆。

第三話
魂手形

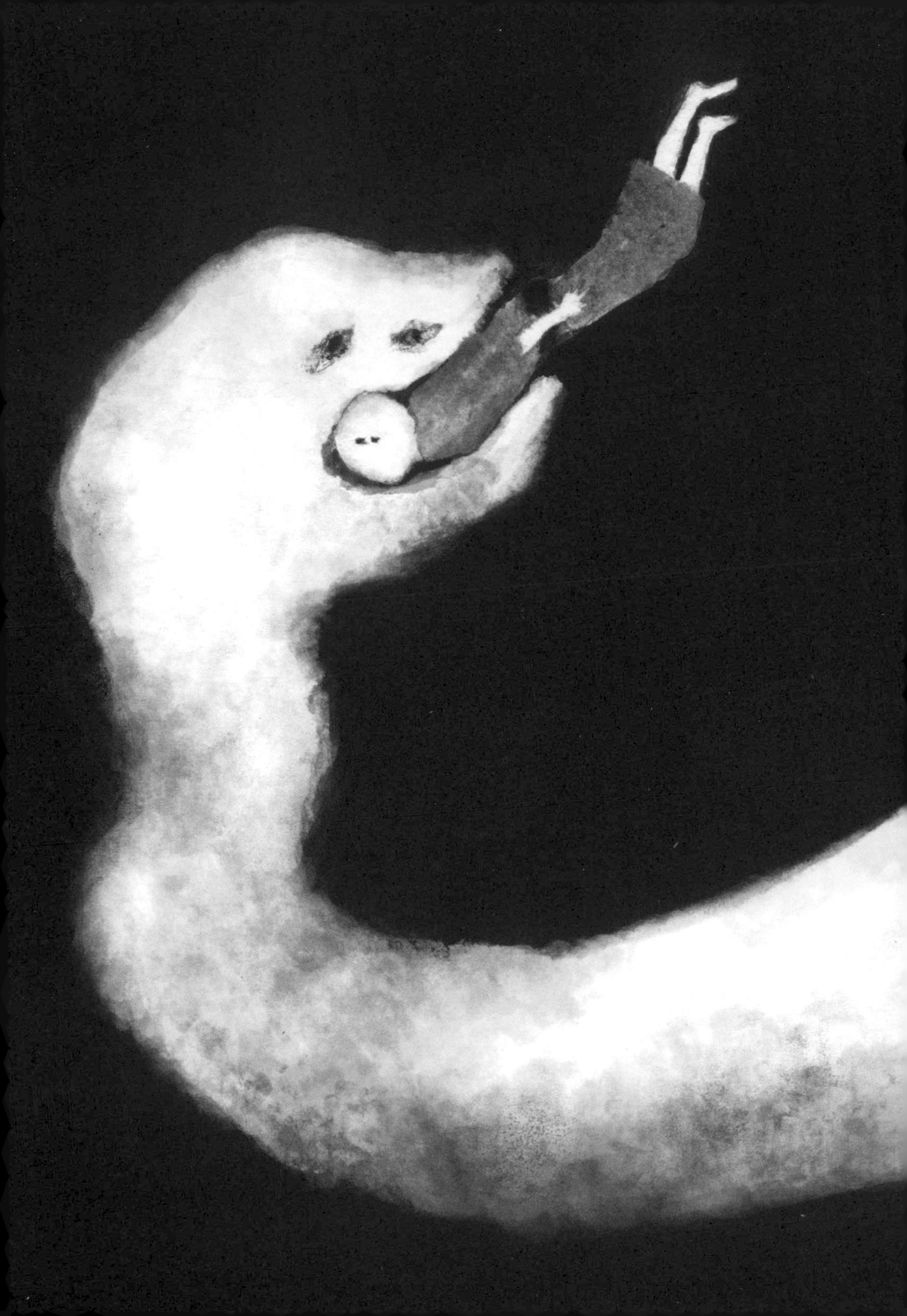

富次郎在巳時送商品到家住本石町三丁目的一位客戶家中，與對方閒聊了幾句，回程時發現一處攤位在晚夏時節販售消暑的西瓜，於是他買下一整顆看起來很香甜的西瓜，請老闆用麻繩綁好，滿身大汗的拎著回到三島屋後門。一走上廚房的土間（註），坐向一旁的小房間，便看到母親阿民在哭泣。

——娘？

富次郎不知發生何事，一時不敢開口叫喚。

阿民端正跪坐在地，身子往前彎，雙手掩面。她兩袖已事先用束衣帶綁好，所以露出很像她這個年紀會有的清瘦手臂，上頭浮現皺紋，但阿民對此毫不在意，哭得全身發顫。廚房和小房間裡空無一人，而且阿民背對著他，只要富次郎沒出聲叫喚，她應該不會發覺。

富次郎離開家，就只有半個時辰。這段時間到底怎麼了？

是三島屋的店主，亦即富次郎的父親伊兵衛怎麼了嗎？難道是昏倒？或者更嚴重，是突然猝死？難不成有女人？如果爹養小妾的話……不，娘不會爲了這種小事哭泣。要是有私生子的話，倒還可能哭……不過，在哭之前，應該會先大發雷霆吧。

富次郎就這樣拎著渾圓的西瓜呆立原地，展開思索。也許是大哥發生什麼事了。長男伊一

註：日式房子入門處沒鋪地板的黃土地面。

郎二十四歲，在通油町的一家雜貨店「菱屋」當夥計，學做生意。菱屋店主很希望留伊一郎在身邊，但三島屋現在覺得差不多該叫伊一郎回來了。

富次郎則是到別人店裡當夥計學做生意時，捲入一場打鬥風波中，身受重傷。草叢裡什麼地方躲著何種害人的毒蛇，冷不防竄出咬人一口，沒人知曉，這正是人生道路可怕之處。

菱屋的店面規模大，還有對外收租的房屋，是一戶富裕人家。而且向來都以此爲傲。難道是遭遇搶匪？三島屋也曾經差點遇襲，所以菱屋不就更可能被盯上嗎？

還是發生火災了？如果是日本橋那邊失火，只要不是小得像針頭般的小火，火警鐘都會傳到三島屋這一帶，也能望見黑煙，所以不會是火災。應該不是。

富次郎呆立原地。寒意從腳尖一路往上竄向髮漩。

阿民在小房間裡挺起身，從懷裡取出手巾，擦乾被淚水溼透的臉龐，深深嘆了口氣。

「啊。」

她立起膝蓋起身，轉身朝向富次郎。臉上泛著笑容。那是自然流露的溫柔笑臉。

絕不是富次郎看錯。剛才她明明哭得那麼傷心。

——娘精神沒問題嗎？

阿民發現直挺挺站在一旁的富次郎，嚇了一跳，移身向後。

「哎呀，眞是的，你怎麼了？」

富次郎此時還發不出聲來。往頭上竄的寒意化爲冷汗，開始從額頭往臉頰流淌。

「唔、唔、唔……」

他想叫聲娘，但話就是鯁在喉嚨裡出不來。

「你回來啦。你幫忙出門辦事對吧。那顆西瓜是怎麼了？是客人送你的回禮嗎？」

娘——富次郎終於發出聲音了。

「妳、妳爲什麼哭？還全身顫抖。」

哎呀，眞是的——阿民又說一次。此刻的聲音和剛才不一樣，像小姑娘，略帶嬌羞。

「既然你看到了，怎麼不叫我一聲呢。」

她笑得開懷，伸指按向眼睛四周。如果是知道阿民平時模樣的人，看到她此時眼睛浮腫的情形，大概會心想，咦，她眼皮是怎麼了？

「那是喜極而泣。發生了一件好事。」

好事？讓她哭得像淚人兒似的好事，會是什麼？

「抱歉，嚇著你了。富次郎，你先冷靜一下，好好聽我說。」

阿民雙膝併攏，朝廚房的入門臺階處坐下。

「剛才，葫蘆古堂的人前來通知，說阿近有寶寶了。」

富次郎感覺宛如有人朝他頭頂用力一扯，全身爲之緊繃，無法動彈，連話都說不了。

「好像是從上個月起開始害喜，當時就覺得可能有了身孕。而今天，當初幫勘一先生接生的產婆來看過之後說，確實是懷了身孕沒錯。」

預計是明年春天一月底到二月中那段時間會生產——阿民的聲音傳進富次郎耳中。他確實聽見了。阿近、懷了身孕、寶寶。

富次郎那如花似玉的堂妹阿近，與丈夫勘一，在今年年初成婚。現在是這世上最幸福的一對年輕夫妻。

如今這兩人更是喜上加喜。

——阿近要當娘了。

富次郎當場直挺挺倒下。

「雖然這西瓜也很甜，不過……」

富次郎對著庭院的樹叢吐西瓜子。

「我回來路上買的那顆應該更甜。因爲它拍起來的聲響很棒。就像鼓聲，咚咚咚。」

富次郎坐在黑白之間的外廊上，赤著腳擺在踏腳石上，大口啃著西瓜。黑白之間裡則有女侍阿島與阿勝並肩而坐，望著

富次郎的背影，形成這樣一幅構圖。

富次郎雖然直挺挺昏倒在地，所幸沒受重傷，但他拎在手上的大西瓜掉落土間，應聲破裂。加上店裡的人聽到阿民大聲叫喊，火速趕來，忙著對昏厥的富次郎施救，將西瓜踩得稀巴爛，所以現在變得慘不忍睹。

待富次郎甦醒，他急忙大喊一聲「西瓜！」。一把揪住身旁一名夥計的後頸，死命搖晃。

「西瓜！我得送西瓜去給阿近才行！孕吐的時候，吃這種水分飽滿的食物最好了！」

扶我一把，我要去買西瓜，說到西瓜，可不是隨便買都行，我發現的那個攤位，那裡的西瓜特別好！

不管他再怎麼鬧，還是癱軟無力，無法站起身。不得已，只好仔細說明那個攤位的所在處，派童工新太跑一趟。新太也一樣，聽到阿近懷孕的事，感動得哭了，所以他出門跑腿時，跑得一把鼻涕一把眼淚，附近的人們看了，都覺得像是遇見什麼難得一見的奇景。

機靈的新太，將整個攤位帶回三島屋。店主伊兵衛親自出面，將剩下西瓜全買下，而好不容易可以動的富次郎，從中挑一顆看起來頗甜的西瓜，由大掌櫃八十助親自送去葫蘆古堂。

至於剩下的西瓜，則由店裡的人一同分食，所以此刻富次郎才會在這裡吐西瓜子。

一直到剛才，他都獨自待在黑白之間。要獨自感受阿近懷孕的喜悅，選在這個房間最合適。這三年多來，阿近擔任奇異百物語聆聽者的房間。她親手打掃、在壁龕掛上掛軸、插花，與來訪的說故事者迎面而坐。

當他坐在外廊上發呆時，阿勝喚了聲「打擾了」，探出頭來。手裡端著墨壺。

「小少爺，您果然在這兒。」

她緩緩走進房內，小心不讓墨汁溢出。

「我要是不找點事做，恐怕會開心得跳起舞來，所以動手磨了墨。您看，滿滿一壺。」

富次郎很想看阿勝跳舞，但這麼一來，店裡的人可能會大吃一驚，好在阿勝最後是將墨水裝滿整個墨壺。

「要將您現在的心情畫下來嗎？」

「哎呀，現在就免了吧。因爲我手中的畫筆恐怕也會跳起舞來呢。」

兩人正在聊阿近的過往時，阿島捧著盆走來。盆上有個大盤子，裝著切成梳子形狀的西瓜。

「您果然在這兒。這西瓜看起來很甜喔。小少爺果然好眼力。」

「挑西瓜的眼力是吧。如果給蔬果店當贅婿，可能派得上用場。」

三人一同品嘗西瓜，富次郎吐著種子，阿勝優雅地瞇起眼睛，阿島頻頻吸著鼻涕，一同聊起阿近的種種。

阿近出生在川崎驛站。老家經營一家名爲「丸千」的旅館。家中有父母和哥哥，原本還有一位青梅竹馬的未婚夫。但眼看婚事在即，這位未婚夫卻橫死，阿近就此走向不同的命運。

阿近剛開始住進三島屋時，富次郎還在別人的店家當夥計，對於阿近經歷過怎樣的悲苦才逃離老家，未婚夫又是什麼緣由而喪命，詳情他並不清楚。不過他大致知道，有個嫉妒他們兩人幸福的男人，殺了阿近的未婚夫，犯下滔天大罪，他還作賊的喊捉賊，說這都是因爲阿近擺出一副對他有意的姿態，而這樣的說法，和未婚夫的死一樣，深深傷了阿近的心，在她心中刨出一大塊傷口。當然了，富次郎從沒和阿近談過這件事。

阿近背負的黑暗，只有她自己看得見。只有她自己感覺得出那份沉重。那股黑暗沒有實體，所以不管周遭人再怎麼替她擔心，向她伸出援手，也無從掌握，觸摸不到。

阿近得自己站起來，重新振作。一開始她能使用的力量，應該像一粒芥菜子一樣小。爲了不失去這粒芥菜子，不讓它被壓扁，她用心培育，阿近獨自含辛茹苦的這些日子，黑白之間的奇異百物語賦予了它意義。

富次郎眼中那位了不起的父親伊兵衛，絕不是個只會說好聽話的人。富次郎更了不起的母親阿民，可不是只會多管閒事，她的個性不愛向人說教。見阿近被悲傷和罪惡感傷得一蹶不振，起初兩夫妻苦思著怎麼幫她是好，不知所措。而這項困擾，後來因奇異百物語而得救。

奇異百物語的一開始，是因爲伊兵衛突然有急事，而由阿近代替他在黑白之間陪客人聊天。若不是拜這偶然之賜，阿近別說傷癒了，可能就連伊兵衛和阿民也受她影響，變得鬱鬱寡歡，店內生意就此走下坡。這樣說有一半是誇張了點，但一半也確實是實話。阿近過去就是背負著如此沉重又棘手的黑暗。

不，就算現在也還在背負。

想必會背負一輩子。阿近絕不會忘了自己背後的黑暗。不過，她已不會被黑暗吞沒，決定要重新過自己的人生。

她邂逅葫蘆古堂的少爺勘一，就此動心，嫁他爲妻。這是阿近自己所願，是她挑選的姻緣。這緣分肯定不會有錯。現在即將有孩子了。阿近的選擇沒錯。

「今天眞是個好日子呢。」阿勝溫柔說道。

「……眞的呢。」

阿島點著頭，淚溼雙頰，大口啃著西瓜。語帶哽咽說道——好甜啊。

「那是當然，因爲有我的好眼力啊。」

富次郎鼓起腮幫子，使勁朝遠處吐出西瓜子。

「不管再怎麼開心，在平安纏上束腹帶前，都不能太過張揚。因爲寶寶是上天所賜。」

阿民說過，只要不是葫蘆古堂主動邀約，就不能隨便前去慶賀或探望。老闆娘決定的事，三島屋沒人敢違抗。富次郎其實很想飛奔前去祝賀阿近，但眼下只能將這心思往肚裡吞了。

不過，他也有他該做的事。

「請下一位說故事者來吧。」

就像阿近選擇了她與勘一的姻緣一樣，富次郎同樣在自己的決定下，接下奇異百物語聆聽者的角色。對富次郎來說，這項選擇會不會是個錯誤呢？對奇異百物語來說，富次郎這個聆聽者會不會不適任呢？爲了確認，除了繼續聽下去，別無他法。

江戶市街即將迎接處暑（註）的到來，終於早晚都能聽見蟲鳴聲。但白天仍舊炎熱，全身溼黏。

可能就是因爲這樣，今天阿島請來黑白之間的說故事者，穿著一件白底的藍染浴衣。當然沒穿布襪，頭上罩著手巾，就像要遮掩髮髻般，懷裡抱著一個唐草圖案的包袱。包袱裡的東西看起來並不重……可能是衣服。

這浴衣就算是全新的，頂多只能當散步穿的便服。不能當正式的外出服。如果更嚴格一點，拿農民曆來對照的話，立秋過後，拿浴衣當外衣穿，也不合時節。

不過在聆聽者面前，富次郎腦中完全沒浮現這類的想法。因爲對方是位帥氣的老先生，令他不會往這方面想。

他爲了迎接賓客，身穿純絲綢服裝，腳下穿著白色二趾布襪。對方這身浴衣穿著，顯得無

註：二十四節氣之一，在八月二十三日前後，夏天的暑氣逐漸消退。

比愜意清爽，頓時令富次郎覺得自己這身打扮無比悶熱。

仔細一看，浴衣上的圖案是加入松葉的奇特龜甲條紋，擺頭上的手巾，兩端印有將松葉改成胡枝子的圖案。浴衣上有許多藍色圖案，手巾則以白色的部分居多。暗淡的抹茶色角帶（註），繫成往上翹的繩結，也相當帥氣。

他滿頭銀髮，眉毛近乎全白。在夏末稍微變白的黝黑肌膚襯托下，那張小臉更顯緊實。

——多瀟灑的老先生啊。

他朝阿島的側臉瞄了一眼，發現她並未露出陶醉之色。之前也來過一位帥氣的說故事者，說他年輕時當過跑步飛腳，當時明顯看得出阿島被迷得神魂顛倒。

——可能是因爲那個人比較年輕。

也許這位老先生的瀟灑所吸引的對象，不是女人，而是男人。

「天氣一直很熱呢。您要使用圓扇嗎？」

阿島勤快地想服侍，但這位坐上座的老先生微微抬手制止了她，那布滿皺紋的臉露出微笑，向富次郎行了一禮。

「很抱歉，今日明知失禮，但還是以這身打扮前來。」

這應該算是沙啞的嗓音。這聲音幾乎都能當下酒菜來享受了。

「啊，哪兒的話。」

這次換富次郎為之著迷了。實在沒資格笑阿島。

「感覺很涼爽呢。在我們奇異百物語，能讓前來的客人放鬆說出故事，是最重要的事。」

「哦，既然這樣……」

老先生重重點頭，並加上動作，將原本擺在一旁的唐草圖案包袱移至膝前。

「如果可以，少爺可否穿上這個呢？」

老先生解開包袱後，裡頭竟然裝了同樣顏色花紋的浴衣及胭脂色的角帶。浴衣的白色部分像透明一樣白，藍色部分藍得亮眼，摺痕清清楚楚。應該是新品。

「其實也沒什麼特別含意。不過，接下來我要講的昔日故事，會談到這顏色花紋的浴衣。」

老先生說，如果穿上這件浴衣的話，會覺得心情輕鬆，備感懷念，這麼一來嘴巴就能放鬆，舌頭也會靈活許多。

這可真有意思。這種情況還是第一次遇上。

「好吧。」富次郎朝膝蓋用力一拍。「這包袱借一下，我換個衣服就回來。阿島，請端熱茶和點心出來，招待這位……」

老先生馬上指著自己的鼻頭，很流暢應道：「請叫我吉富。吉祥富貴的吉富。意思是日後

註：男性腰帶的一種。

一定會吉祥又富貴的吉富。」

「那麼，吉富先生，我很快就回來。」

富次郎覺得開心，在隔壁的小房間裡匆匆換上浴衣。

阿勝在一旁幫忙更衣，並聳著肩強忍著笑。

「少爺，您穿起來很適合呢。」

吉富瞇起眼睛細瞧，出言誇讚富次郎。

「龜甲條紋是粗大清楚的圖案。像少爺您這種身材高大、肩膀寬闊的男人穿起來，更是顯得有派頭。」

富次郎聽了並不會不愉快，但有點難爲情。

「吉富先生，請別叫我少爺，叫我小少爺就行了。因爲繼承這家店的人是我大哥，我只是在家吃閒飯的米蟲。」

「哦，竟然有這麼俊俏的米蟲啊。」

說故事者背後壁龕所掛的掛軸，一如平時貼著半紙。塗黑漆的圓筒形花瓶裡，阿勝就像信手擺放般，插著麒麟草。

吉富個頭小，壁龕的半紙正好就位在他頭上手巾的上方，從他左肩露出麒麟草鋸齒狀的葉片。當這位老先生臉上有大動作的表情，麒麟草就會微微搖晃。麒麟草緊挨著這位時而發笑、時而瞇眼、時而鼓起腮幫子、時而吐舌做鬼臉的老先生。

在迎面而坐的說故事者和聆聽者面前，各自擺著麥茶的茶杯及裝著西瓜的小缽。令人驚訝的是，這西瓜也是吉富帶來的。聽說和浴衣一樣，都會在故事中提到。

爲了方便邊說邊吃、邊聽邊吃，西瓜切成偏大的方塊大小，一旁還附上竹籤。這種吃法很豪邁。一口咬下，入口香甜，富次郎心想，之前掉落土間，就此砸破的那顆西瓜，一定也這麼甜。這位老先生愈來愈不容小覷了。

就這樣，兩人暫時談論起西瓜來。要如何分辨甜不甜。哪個產地的西瓜好吃。吉富說，將西瓜當夏末時節的甜點享用，那是下總（註）以南的習慣，如果往北走，在過了這個季節後，人們會和一般瓜類一樣，將西瓜醃漬來吃。甚至充當味噌湯裡的配料。他這不是在炫耀知識，而是眞心覺得這樣吃西瓜很可口，這點令富次郎爲之著迷。

——這個人同樣見多識廣。

其實我以前也是飛腳——他該不會這麼說吧。不然還會有什麼可能？從事熟知諸藩風土的生意或營生；此人不像是武士，但如果是每次大名參勤交代的隊伍都會僱用的隨從或僕人，那

註：昔日的舊地名，相當於現今的千葉縣北部和茨城縣南部。

就有可能；此外，行商客、批發商僱用的馬夫或轎夫、船老大，也都有可能；或者不是小船的船夫，而是北前船（註二）上的船員。

富次郎左思右想，他面前的這位老先生則是白眉微微一挑道：「好了，小少爺，趁這缽裡的西瓜化成水之前，我們先吃光吧。」

兩人手持竹籤，將西瓜送入口中。沒有青草味，只有幾欲將人融化的香甜。

「……我不知道已經吃了多少顆西瓜。」

吉富將竹籤放回空缽裡，側著頭思索。

「就這樣迎來了古稀之年，真該謝天謝地啊。」

七十歲是吧。那一頭白髮，確實像這個年紀，但那清澈的雙眸，看起來實在沒這麼老。

「大概吃了七十顆西瓜吧，想到這樣的人生，就算西瓜變成的妖怪站在我枕邊，我也沒怨言可說。」

二十二歲的富次郎，要是受到二十二顆西瓜的詛咒，那也是沒辦法的事。

「謝謝您的招待。吃到這麼好吃的西瓜，就算今晚妖怪作祟，作噩夢，我也會忍耐的。」

哈哈哈。吉富放聲大笑。他抬起手，取下擺在頭上的手巾，輕輕擦拭嘴角後，很仔細地重新摺好，讓手巾的圖案可以漂亮地顯露在外。

「接下來我要說的，是五十五年前，我十五歲時發生的事。」

他很流暢說出開場白，沒半點滯礙。

「時節比現在還要早一些，大概是盂蘭盆節那時候。當時我家附近也不免俗，每到那個季節，就會擺出賣西瓜的攤位，不過價格昂貴。」

不是隨便就買得起。

「那年夏天，我家中有好多西瓜，有的是別人給的，有的是客人帶來贈送，有的是我爹自己掏錢買的，說要拿當盂蘭盆節的供品，所以接連著四、五天，我家廚房的西瓜沒少過。」

他每天吃，連西瓜皮的白肉部分，也用門牙啃來吃。

「我爹看了，罵了我一頓，他說別那麼貪吃，小心西瓜變成妖怪來找你喔，但我聽了之後，只覺得很傻眼。」

——世上哪有西瓜變成的妖怪。爹，你是不是中暑，腦袋不清楚啊？

「但我爹一臉認眞。說起來，或許只是他不肯就此收口，不過他很堅持說，西瓜也有生命，要是遭到殘酷的對待，就算化成妖怪也不足爲奇吧。」

那天正好是盂蘭盆節的中間日（註二）。

註一：日本近世時期開始活躍於海運界的船隻。

註二：七月十五日。

「談妖怪是很適合的話題呢。」

聽富次郎說這句話，吉富帥氣挑起單邊的白眉。

「那並不是一位四十多歲的父親和十五歲的兒子在鬥嘴。」

因爲內容可笑，又微不足道。

「但我記得清清楚楚。例如當時我爹的聲音、莫名嚴肅的表情、我生氣回嘴說的話。」

——難道只要是有生命的個體，全都能變妖怪嗎？

「不是只有人才會變成妖怪嗎？難道還有蔬菜或魚變成的妖怪？這未免也太蠢了吧。」

話說回來，妖怪又是什麼？

前往陰間，在盂蘭盆節回到人世的鬼魂，到底是不是妖怪？

經這麼一提才想到，陰間又是哪兒？

吉富望著富次郎，莞爾一笑。

「這只是一個小鬼提出的複雜問題，不過，事後回頭看，這正是引來一切的起因。」

到底引來了什麼呢？

「雖然當初因爲火災而燒個精光，不過當時在深川的蛤町北邊，有一處名叫『蛤仔河岸』

的小河岸，女人小孩都會在那裡販賣撿拾到的貝類。我也曾在那附近做生意。」
經營一家木賃旅館（註）。
「雖是只要來三名相撲力士，在屋內用力踏步，可能就會崩垮的破旅館，但空間不小，而且房間數多是其優點。」
名叫「龜屋」。是以吉富祖母的名字來命名，當初這家旅館就是由她開設。
「我爹娘、我，還有我弟弟。勉強讓我們一家五口得以餬口的這家旅館……」
說到這裡，吉富微微壓低聲音，接著說道。
「來了如假包換的妖怪，以客人的身分住下，這就是故事的開端。」

咚咚，在十六日的盂蘭盆節
要是想參拜閻王
包你念珠繩斷
木屐帶斷
南無釋迦如來　雙手膜拜

註：原文爲木賃屋。伙食、寢具幾乎都是住房客自行準備，只要支付燒柴的費用即可的便宜旅館。也可出錢請旅館幫忙張羅三餐。

一群同樣身穿浴衣的姑娘，一邊唱著歌，一邊從冬木町的方向走來。

離日暮還有一段時間的此刻，正是跳小町舞（註一）的時候。為了讓附近市町的可以全都在這裡圍成圓圈跳舞，會在材木町的防火空地上組建高臺。那裡應該很快就會朝切角燈籠和提燈裡點燃燈火吧。

吉富倚在「龜屋」二樓窗邊的扶手旁，望著從屋簷下走過的姑娘們。交錯複雜的水渠環繞的蛤仔河岸一帶，每當有微風吹過，便可聞到溼潤的海潮氣味。跳小町舞的姑娘們，穿的不是豔麗華服，而全都一樣穿浴衣，這也是因為在這潮溼悶熱的盂蘭盆節中日，穿這樣吸汗，比較方便。

在盂蘭盆節期間，旅館一樣營業，也有旅客投宿。明天十六日是藪入（註二），家中的兩名女侍（雖說如此，其實她們是住附近長屋的大嬸，每天固定到店裡工作）也會休假一天，所以吉富的工作量大增。能像這樣欣賞別人跳舞，也只能趁現在了。

而且吉富現在有點興奮。他自己不知道，不過，此刻他也滿臉泛紅。在外頭吹吹風之後，再回去工作吧。

為什麼會興奮？

因為剛才有人上門談婚事。

並不是媒人拿出家譜來討論的那種正經八百形式。就只是房屋管理人的妻子在他家中後門對他說「小吉，這件事你覺得怎樣」，但因爲對象的關係，吉富既開心，又興奮。

——我也要娶媳婦了。

是這一帶有名的美女。

正當他整個人飄飄然，陶醉其中時，小町舞的隊伍正好從面前路過。掛在龜屋屋簷下的大白燈籠，因爲嚴重潮溼，就算風吹，也一樣動也不動垂掛著。

這家只有房間多是唯一優點的木賃旅館，十五歲的吉富身爲撐起這家店的工作能手，已是獨當一面。不論是體格還是力氣，都早在父親伴吉之上。與向來態度冷淡的母親阿竹相比，他的應對方式更有生意人的樣子。

六歲和四歲的弟弟，整天吉哥長、吉哥短的跟在他身後。

阿竹是伴吉的續弦，與長男吉富沒有血緣關係，想到這點更覺得諷刺。

生下吉富的伴吉前妻，在吉富還沒斷奶時，就跟龜屋的一名常客——富山的賣藥郎中私奔，就此一去不回。將吉富養大的，是當時還健在的伴吉母親，亦即吉富的祖母阿龜。

註一：從江户初期開始流行的舞蹈。由七歲到十八歲這個年紀的年輕姑娘，穿著華麗服裝，在七夕的日子邊走邊跳舞。因爲七夕離盂蘭盆節近，所以也視爲盂蘭盆舞的前哨。

註二：住在商家工作的夥計和女侍，能在一月十六日及七月十六日兩天回家探親。這兩天稱之爲藪入。

祖母養大的孩子不值錢。人們之所以常這麼說，是因爲祖父母總會對自己的孫子過於溺愛。但阿龜完全不是這麼回事，吉富可說是從小被這位祖母拿曲尺打大的。

就算他沒做錯事、很認眞幫忙旅館的工作、在習字所受師傅誇讚，但回家後，如果阿龜心情不好，一樣挨揍。通常都是打屁股，所以幾乎不會留下傷痕，但只有他右小腿的部位會留下清楚的曲尺痕跡，如果定睛細看，甚至還能看出曲尺的刻度。

另一方面，後妻阿竹一開始原本是位女侍，在吉富八歲那年初春到龜屋工作。

她從小就輾轉在不同的店家當女侍，孤獨一身，早過了二十歲，已老大不小。雖然她工作勤奮認眞，但可惜的是態度冷淡，說話粗魯，相貌平平。就是這樣，無法在同一家店久待，所以能對她的工資砍價，阿龜這才僱用了她。沒錯，龜屋這邊也一樣，因爲阿龜向來都吝於給工資，所以店員也都做不久。可說是王八配綠豆。

祖母阿龜是位苛刻的老太婆，但外表看起來瘦小柔弱。相對的，這位新來的阿竹則是人高馬大的大妞。肩膀厚實，上臂渾圓有肉，腰身大概是那些柳腰女子的兩倍粗。豐滿結實的體格。照理應該是沒吃得多好才對，難道是前世做了不少善事？

當然了，阿竹同時是位大力士，那身力氣當女人實在可惜了。那厚實的身軀，說起話來聲音渾厚。雖然一再提到，有點囉嗦，不過她的態度眞的很冷淡，而且說話粗魯。

阿竹到店裡上工的第一天，從早便開始工作，上午在後院的曬衣場上看到阿龜拿著曲尺要打吉富。當時吉富從附近的習字所回家要吃午飯，正偷偷摸摸準備前往井邊。因爲他和習字所的同伴嬉鬧，袖子沾了一大片墨汁，想瞞著祖母洗去墨漬。

當場被阿龜逮個正著。阿龜背後的衣帶裡隨時都插著一把曲尺，想修理吉富時，便會俐落地從背後抽出，就像在表演拔刀術。

被打慣了的吉富就此死心，自己湊上屁股準備挨打。因爲昨晚碗裡留了一顆飯粒沒發現，直接就想洗碗，才剛被狠狠打了一頓，所以吉富很希望屁股能免一頓揍。不過，如果是打肩膀或背部的話，那會腫得不像話，要是打小腿的話，又會痛得無法走路。

南無三寶……當吉富閉上眼，全身緊繃時，一個從未聽過的粗獷聲音罵道：

「臭老太婆！」

傳來阿龜大叫的聲音。

「竟用這種東西打孩子，妳惡鬼啊？這打下去多痛，要不要改成打妳，讓妳體會一下？」

吉富大吃一驚，回頭望。阿龜嚇得腿軟，一個高大的女人從阿龜手中搶走曲尺，高高舉起，就像要壓在她身上。

「喂，妳倒是說句話啊。妳要是不解釋的話，打妳喔。打得妳屁股開花，皮破血流。」

那粗獷的聲音來自這名大妞。她兩眼筆直瞪著阿龜，緊握曲尺的手臂，手肘往後收，就像在說「要打妳嘍」。

「對不起、對不起。」

吉富趕緊擋在兩人中間。說得更正確一點，是前傾著身子跌進兩人中間。

「請別打我奶奶。是我不好，對不起，請饒了她吧。」

嗝！面對那與現場氣氛很不搭調的響嗝，連吉富也大吃一驚。手持曲尺的大妞同樣吃驚。打嗝的人是阿龜。她瞪大眼睛，就像不能呼吸，臉色慘白。

「嗝！」

有時當人過於恐懼，確實會打嗝。

擺好架勢的大妞，洩去手中緊綳的力氣，呵呵輕笑。她的笑聲充滿女人味，彎彎的眼形看起來備顯溫柔。

「眞是不好意思啊，老闆娘。」

阿竹沒拿曲尺的那隻手向阿龜伸出，向她賠罪。

「這就扶您起來，請抓住這隻手。小哥，嚇到你了，不好意思啊。本大爺叫阿竹。從今天起，要在龜屋工作。」

阿龜蜷縮著身子，無法動彈，所以阿竹直接扶她站起來。就像在帶小孩一樣，動作如此輕鬆自然。阿竹那對結實臂膀展現的動作，以及她自稱「本大爺」卻一點都不讓人覺得奇怪的風采，都令吉富感到著迷。

「小哥，待會兒你先把這把曲尺收好吧。」

阿竹將曲尺遞向吉富面前。吉富來回望著曲尺和祖母。一張臉白得像雪女般的阿龜，頑固轉過臉去，不看曲尺，也不看吉富，動作無比僵硬。

「小哥，你可以把它放手邊，每晚睡覺前想一想，今天一整天是否做過什麼壞事，得讓這個臭老太婆用這來修理你。這樣就行了。」

因聽聞阿龜的叫喊聲而趕來的伴吉，以及碰巧在場的附近一家油店老闆，聽到了他們的對話。阿竹將接過曲尺的吉富留在原地，扛著阿龜從曬衣場返回廚房後，油店老闆拍手讚嘆道。

「這位女侍，妳眞有一套。平常看阿龜打小吉，我們都想勸阻，但都沒妳這個膽量。」

這兩人個頭都比阿竹小。油店老闆興奮得鼻頭泛紅，但伴吉表情僵硬，滿身溼汗。

阿竹就此在龜屋待下，當起女侍。阿龜和伴吉都同意。附近人們雖然嘴巴上沒說，但大家心裡的想法就跟那位油店老闆一樣，想必是這形成一種無言的壓力，對他們兩人造成影響。

到這裡爲止，可視爲一種很自然的情感，還能接受。但接下來可就有點難以理解了。

阿竹來到龜屋三個月加十天後，阿龜中風倒下，睡三天三夜後嚥氣。

阿龜死後第一個盂蘭盆節辦完儀式後，伴吉把阿竹喚至骯髒的帳房，低頭懇請她當自己的後妻。並補充道，如果她願意，希望她以後別再稱自己是「本大爺」。

對吉富來說，幸運的是阿竹接受伴吉提議。阿竹開始稱自己「我」，稱吉富「小吉」。

伴吉和阿竹這對夫妻女高男矮。體格差距看了引人發噱。但兩人感情和睦。若從前後關係來看，伴吉大可認爲母親是受到阿竹驚嚇，折損陽壽，但他很疼惜阿竹，而阿竹將伴吉侍候得無微不至。

對當時還小的吉富來說，阿竹是半路殺出的救星，但她同時是閻王，如果惹她不高興，或是做了壞事，她便會嚴厲斥責，比祖母阿龜還凶。

不過，和阿龜不同，阿竹不是看心情罵人。她罵人一定有理由，而且不管罵得多凶，也絕不會動手打人。

不過，她說話既粗魯又毒舌。

——你肚腸長蟲是吧？

——如果連這種小事都做不到，不如去死算了。瞧我把你那顆空洞的腦袋摘下來！

——我講話你敢不聽，我就用麻繩套住你的脖子，把你吊在屋簷上！

——再不動作快點，我用柴刀砍掉你手臂喔！

她生氣時，會大聲吼出這駭人聽聞的話語，臉不紅氣不喘。吉富就不用說了，就連伴吉也嚇得直發抖。

「我們家中最高大，也最了不起的人，是我娘子。」

伴吉會對他親近的人這樣說，有時縮著身子說，有時很自豪地說，有時帶著難為情的笑臉說。

阿竹也是，她很清楚自己講話粗魯，也對此感到羞愧。她盡可能不大聲說話，盡量少說話，低調生活，但平時被木賃旅館的工作追著跑，而成了吉富這三個男孩的母親後，她實在無法嫻淑地默不作聲。先是故態復萌，然後反省，又故態復萌，然後再反省。另一方面，並未直接受到影響的左鄰右舍，每次聽到阿竹破口大罵，就會心想「來了！」，聚在一起偷聽，感到樂趣無窮，接連數日都拿來當喝酒聊天的話題，樂在其中。

隨著年紀增長，吉富逐漸有所理解。

——爹是個奇怪的男人。

——娘是個強悍的女人。

不過，大概是兩年前的事。當時吉富的弟弟們長了許多汗疹，阿竹前去向正好暫住的富山賣藥郎中請教，取得膏藥，開心不已，但伴吉沉著一張臉，晚飯也不吃，自己一個人睡悶覺。

當天深夜，父母哄弟弟們入睡後，在棉被旁小聲的交談起來，吉富聽到他們的談話內容。

雖然覺得偷聽不對，但他還是一面雙手合十，在心裡道歉，一面躲在悶熱的走廊上，聽他們全程談話。

伴吉向阿竹坦白說出前妻私奔的事。

阿竹說，我不知有這麼回事，不過，聽你這麼一說，你會對富山的賣藥郎中有反感也是理所當然，我向你道歉。咦？妳不知道嗎？我從沒聽說。我娘沒告訴過妳嗎？婆婆她很怕我，才不會跟我說呢。

聽阿竹這麼一說，伴吉忍不住笑了起來。

——說得也是。畢竟妳曾經從我娘手中奪走曲尺，還威脅她說，要打她一頓，讓她知道這樣多痛。

——你就別再提那件事了。現在想起來，覺得羞愧得要死。

——不不不，一點都不羞愧。妳那麼做，可是救了吉富啊。

伴吉繼續悄聲說道。

——吉富長得很像我那逃走的妻子。所以，我娘沒罵我那消失無蹤，讓我臉面無光的妻子，也沒罵我這個讓人在眼皮底下睡自己妻子的糊塗蛋，轉爲對吉富打罵來發洩她無從排解的滿腔怨憤。

好在妳讓她停手。要是再這樣下去，我娘死後眞的會下地獄。

——小吉現在仍長得像他親娘嗎？

——妳在意嗎？

——因爲這樣的話，小吉就太可憐了。

——如果是這點，妳不必擔心。他十歲後，長相慢慢有了改變，現在反而比較像我娘。

——有句話我一直都沒說，吉富這名字取得眞好。

——是我爹取的。是個很貪心的名字。

偷聽到這裡，吉富便回到自己床上。他蓋上棉被，哭了一會兒。

就這樣，龜屋一家五口，奇怪的男人伴吉、強悍的女人阿竹、長得像已故祖母的吉富、長得像阿竹，日後可能會個頭高大的弟弟們，一起熱鬧的過日子。

今年盂蘭盆節同樣到來，夏天將慢慢渡過。

——今年的盂蘭盆節我雖是單身，但明年我就有家室了！

吉富倚在窗戶的欄杆上，忍不住嘴角輕揚。而且還是個漂亮妻子呢！

房屋管理員妻子上門談的這門婚事，詢問吉富是否有意與佐賀町的炭屋之女由宇成婚。炭屋與龜屋以及這一帶的木賃旅館、商人客棧都有往來，所以知道他們是怎樣的性情。

由宇大吉富一歲，膚色白淨，瓜子臉，髮量豐沛，是個美人胚子。儘管幫忙店裡做生意，沾得滿身炭粉，但反而更突顯出她的白皙玉膚。她就是這樣的美人兒。

吉富和由宇沒有交情。不過由宇和阿竹曾向同一位三弦琴師傅學琴，兩人的年紀差距就像姑姑和姪女般，但不知爲何，兩人意氣相投，感情融洽。這樁婚事，其實起因是由宇的一句「如果阿竹姨能當我婆婆的話，我就能放心出嫁了」，換言之，她看上的是阿竹，不是吉富。

聽說房屋管理員夫婦也曾嚇唬由宇說，妳們身爲一同學琴的朋友，彼此合得來，可一旦成爲婆媳，可就未必合得來了，或許反而會難以相處。但由宇不願聽勸。

阿竹從前年秋天開始學三弦琴。阿竹說，我一個木賃旅館的老闆娘，哪能學什麼才藝啊，是伴吉極力說服，她才開始學琴。

——妳的手大，身體也結實，擁有一般女人所沒有的力氣。而且師傅也說，就算是太棹的三弦琴（註一），妳一定也彈得好，很想親自調教妳。

其實是伴吉與三弦琴的師傅有一腿，想以謝儀（學費）的形式向師傅奉上龜屋賺來的錢——當然沒這回事。這位師傅是滿臉皺紋的老太太，而且伴吉眞的很想聽阿竹彈三弦琴。

由宇對這對夫妻的相處深感憧憬。

——她說，我當然知道小吉爲人認眞又勤奮，如果要嫁人，就要選這樣的男人。

對吉富來說，當眞是天上掉下來的禮物。感覺就像呆呆站著，結果有塊像牡丹花一樣鮮豔美麗的牡丹餅從天而降，掉在頭上。

他不自主地色咪咪傻笑起來。

他不知道自己是否流下口水，急忙按住嘴角。小町舞的人群通過後，從二樓往下望，可以看見龜屋前的道路目前沒有行人。

這間二樓的大包廂，是龜屋裡頭最寬敞的房間，足足十二張榻榻米大。它當然可多人混住之用，所以壁櫥裡備有好幾組棉被、枕頭、枕屏風（註二）。在盂蘭盆節前，這裡擠滿大批房客，壁櫥裡的東西被搞得亂七八糟，所以他才上樓想整理，剛好聽到女孩們的歌聲傳來。

因此，這處大包廂現在空無一人，只有吉富在。

但他總覺得有人在某處盯著他瞧。

會是誰呢？是爹、娘、還是女侍阿姨們？不管是誰，要是剛才那差點流口水的傻笑模樣被瞧見，那可就尷尬了。

——小吉現在樂得就像身處夢中呢。

那盯著我瞧的人是誰呢？吉富迅速轉頭。沒人。猛然轉身望向另一側。同樣沒人。

我多心了嗎？還是一時太興奮，頭腦不清楚？吉富啊，你滿腦子都是由宇的事，心跳加速，渾身發燙，兩眼水亮，未免太難看了吧。

註一：琴杆較粗，琴身也較大的三弦琴，通常都用來演奏浪曲、義太夫等。

註二：立在枕邊的低矮屏風，作爲擋風或保有個人隱私之用。

「別那麼興奮。」

他大聲告訴自己，雙手朝臉頰輕輕一拍，著手收拾壁櫥。

這時，他又感覺背後有一道視線。他清楚感覺得到，在工作時還兩度轉頭看。

他開始心裡發毛，碰的一聲將壁櫥門關上，穿過大房間來到走廊上。往右走便來到樓梯。扶手有損傷，而且微微鬆動，如果抓得太緊，恐有連同扶手一同滾落一樓的危險。店裡常客都明白這點。

他抓住扶手，發出嘎吱聲。接著一腳踩向樓梯最高階。

就在這時，阿竹一次捧著好幾個疊放在一起的飯盒箱，從樓梯底下路過。

吉富往下望。他娘抬眼往上瞧。

「啊，小吉，你來得正好。這飯盒箱……」

阿竹話說到一半突然打住。吉富的繼母雖然生了兩個弟弟，還是一樣身材豐滿，是個身材高大，精力幾欲滿溢而出的女人。她一停下腳步，便占去樓梯下方那處狹窄的角落。

阿竹突然全身顫抖，使勁將飯盒箱抛出。

「妳這個臭娘兒們！」

阿竹拋出的飯盒箱還在空中飛舞時，她大吼著衝上樓梯。

「妳想對小吉怎樣！開什麼玩笑啊，妳這個臭婆娘！」

就連向來對阿竹那豪邁的罵人粗話知之甚詳的吉富，也被嚇破了膽。娘兒們？婆娘？咦？不是在說我吧？娘在生什麼氣？

跑上樓的阿竹，就像要護著吉富般，將他拖下樓梯，改爲自己站向前。因爲一時用力過猛，吉富差點被推落樓梯。

「娘，危險啊！」

他抓住阿竹，將阿竹拉住。阿竹目光緊盯著樓梯上，也就是剛才吉富所站的位置，齜牙咧嘴，一副要張口咬人的模樣。

到底怎麼了？

吉富順著阿竹的視線望去，嚇得魂魄差點從嘴巴跑出來。

樓梯最上頭的天花板上，有個身穿白袍的女人，四肢落地，緊貼著天花板。就只抬起她的頭部望著他們，零亂的長髮垂落，將她上下顛倒的臉遮去了一半。

剎那間，那在頭髮縫隙間綻放光芒的眼睛，與吉富對上了眼。

「小吉，小吉，你振作一點！」

吉富被阿竹粗大的手臂和身軀抱住，就此口吐白沫，當場昏厥。

「雖然我活到這把歲數，做過許多丟臉的事，不過……」

吉富將重新摺好的手巾放回額頭上，一本正經往下說。

「像螃蟹一樣口吐白沫，仰身暈倒，這麼窩囊的事，當眞一生就只發生過那麼一次。」

聽說他從昏迷中醒來時，父母、兩位弟弟、每天挑擔來做生意的魚販大叔，全都圍在他身邊低頭看著他。

「我聞到一股奇怪的魚腥味，心想，這是怎麼回事，結果發現我竟然頭枕在那位魚販大叔的大腿上。」

與女鬼四目交接，聽起來是駭人聽聞的故事，但這位老先生的說話口吻輕鬆又好笑，富次郎忍不住嘴角輕揚。

「我才在想，爲什麼不是枕在我娘腿上，只見我兩個弟弟分別從左右兩旁緊抱著我娘。兩人一副死也不肯放手的表情。」

「阿竹夫人將發生的事情全都告訴了大家對吧。」

「對。我娘一臉歉疚，顯得很無精打采，我爹是像燙過的酒壺般，頭上直冒熱氣。」

「咦？他在生氣嗎？」

面對富次郎的反問，吉富因苦笑而放鬆緊繃的神情。

「就像我之前說的，因爲我爹和我不久前才爲了妖怪的事起過爭執。」

——之前才對我說的話頂嘴，不當一回事，現在是怎樣，竟然說你看到了女鬼。

「哦，伴吉先生當您是在開玩笑對吧。」

「對，他滿心以爲這是我自己在鬼扯。」

「阿竹夫人明明也親眼目睹啊……」

「話是這樣沒錯。我爹是位好父親，但他確實也是個怪人。得看他心情而定，有時只要他心裡這麼認定，話一旦說出口，就不管別人怎麼說他都不聽。」

正因爲是這樣的脾氣，才會不顧周遭人極力反對，堅持娶阿竹當續弦。

「一旦出現這種情形，只能等過幾天他自己也累了，自然心情便會轉好，不然任誰好說歹說也沒用。」

雖然是個好人，但有時也很難相處。就是因爲明白這點，被夾在中間的阿竹才會這般安靜，無精打采。

「那幾位女侍阿姨可能剛好到其他地方去了，沒見到她們。挑擔的魚販大叔前來，幫了我一個大忙。要是只有我們一家人，我爹一定會更光火，到時候將一發不可收拾。」

不過——吉富瞇起眼睛。

「那位大叔向我說教，他說，小吉，做旅館生意，講到鬼的事會帶來不良影響。你也是店裡的繼承人，不能亂開這種玩笑。現在回想起來，還是一肚子火。」

因爲吉富眞的看到女鬼，還嚇得當場昏厥。而和他經歷了同樣的事且還想挺身保護吉富的繼母阿竹，在他面前挨罵，想必看了也令他感到很不甘心。

「我爹爲了懲罰我開這種無聊玩笑，命我今晚不准參加盂蘭盆舞會，要自己一個人留下來顧店。」

那天，在龜屋留宿的房客只有一人。就算女侍阿姨全回家，店裡留一個人就夠了。

「不過，圍著材木町高臺跳舞的人群中，應該也會有我那位結婚的對象由宇才對。」

當然會很想見她一面。

「我爹明知如此，還刻意命我不准參加盂蘭盆舞會，所以我擔心極了。」

「是擔心伴吉先生有可能一時氣頭上，取消您的婚事吧。」

「小少爺，您可眞清楚。」

吉富老先生臉上一時浮現年輕時的鮮活表情。

「如果要笑我是杞人憂天，就儘管笑吧，但當時我可是差點嚇得沒命啊。」

雖然很能體會他的心情，不過富次郎還是開心地笑了。吉富也聳著肩笑。

「不過，我說這話一點都不誇張，拜那次自己一個人顧店之賜，讓我遇上了真的讓我差點嚇得沒命的東西。」

在木賃旅館，飲食或寢具等住宿所需的物品，全部由房客自行攜帶，大概就只需支付燒柴費用即可，所以才有「木賃旅館」這樣的稱呼。

每家旅館的做法都不盡相同，不過，大部分旅館都不會花時間嚴格檢查通行證。因爲會在這種便宜旅館投宿的客人，往往都是前來江戶市內做生意的行商客，大多是熟客。旅館方面，只要客人開口請託，通常都會給客人方便。雖是小本生意，但也是因爲有旅館與客人之間的情誼才做得起這門生意。

然而，在盂蘭盆節這天，那唯一住在龜屋裡的男客，卻是罕見的生面孔。他在昨天十四日傍晚，突然跑來說要投宿。

這位客人的樣貌奇特。雖然身高普通，但瘦得離譜，只剩皮包骨。他的臉和手腳就像煙熏過，無比黝黑，頂著一頭短髮。他的額頭像缽底一樣寬，鼻梁挺直，不過他那一口白牙更是顯眼。他沒像一般行商客一樣揹著行囊，就只是行李一前一後掛在肩上，相當輕便。

正因爲這樣，猜不出他多大年紀，做何營生，所以讓人覺得可疑，與他接洽的不是阿竹，而是伴吉。他難得用一本正經的口吻問道：

「請問是否有通行證（註一）？」

「有，在這邊。」

膚色黝黑的男子從懷裡取出一封將紙卷摺成好幾折的文件。外頭以紅蠟封住，上面浮現複雜圖案。

「這不能打開。要是番屋（註二）問起，可就麻煩了。」

「我曉得。」

客人露出一口白牙微微一笑，低頭行禮。

「如你所見，我什麼也沒帶，我多付你一些銀兩，可以幫我張羅吃的和寢具嗎？」

對方出聲後，聽起來相當年輕。頂多二十五歲左右。很爽朗的聲音。

吉富爲了端臉盆供客人洗腳，一直守在一旁。所以清楚聽到對方的聲音。

——咦，這人是怎麼回事？

明明又黑又瘦，就像烤焦了，唯獨聲音像劇場演員般好聽。

伴吉可能也嚇了一跳，重新朝客人的臉打量了一番。

「這倒是無妨，不過這位客官，您既然有錢，大可住更好的旅館不是嗎？」

「我的身分容不得我那麼奢侈。我原本沒打算在江戶投宿，但身體狀況不佳。」

「您生病了嗎？」

「不，我是雀盲眼（註三）。」

「哦，這樣確實諸多不便。」

雀盲眼指的是光線一暗就看不清楚的症狀。當時由於糧食不足，這種症狀在江戶市內不常見，但在地方上司空見慣。能從行商客那裡聽聞各種地方風土民情，當作是他們送的伴手禮，也是這項生意的樂趣之一，所以伴吉也算見多識廣。

「還有，我這顆頭看起來很怪對吧。」

膚色黝黑的男子，抬手朝他那沒有髮髻也沒鬢髮的腦袋摸了一把。

「我在之前旅行投宿的旅館得了頭虱。一直都處理不好，索性把頭髮全剃了。現在好不容易長出一點頭髮了。」

註一：通行證的日文原文為「手形」。

註二：江戶時代，由町人自己組成類似義消、義警的組織，他們值勤的地方稱作番屋。

註三：夜盲症。

「我們店裡沒有頭虱。」伴吉冷淡說道。「那麼，客官您住一樓的房間可以吧？」

膚色黝黑的男子問道：「這家旅館沒其他同住的客人吧？」

「嗯？」

「應該沒其他投宿的客人吧。房間全都空著呢。」

「現在正值盂蘭盆節，之後或許會有客人入住。平時的話，大概一半房間會住人。」

伴吉這話並非全是謊言，不過說會有一半的房間住人，可就誇大了點。

「這樣啊。老闆，如果剛才的話冒犯了你，我跟你致歉。」

男子這次收起笑容，恭敬地低頭行禮。

「我有個麻煩的習慣，當有其他同住的客人在，我就睡不著。所以我才選了這家旅館。如果接下來會有新客人入住，那我想盡可能住遠一點，房間又小又髒也無妨，請幫我安排一間位於邊角的房間。」

由於對方的口吻坦率又正經，伴吉也鬆了口氣。父親當時的神情，別說躲在暗處看了，就算離半條街那麼遠，吉富也看得出來。

「爹，既然這樣，就選松之間吧。」

吉富拎著臉盆，來到客人面前。

「我來替您帶路。客官，您先解開布質綁腿，清除腳上的土灰吧。」

說什麼松之間，這裡根本沒有名字這麼典雅的房間。他說的是位於北側一間三張榻榻米大的空房，因爲裡頭潮溼，不堪使用。去年梅雨季時，雨水不知從哪裡滲入，在灰泥牆上形成大片汙漬。那汙漬形狀如同一株枝葉繁茂的松樹，他們便戲稱那間房爲「松之間」，當家人間的笑話。

那名膚色黝黑的男子，對於那間三張榻榻米大的房間不顯一絲嫌棄，還很開心地說這裡他能住下。對吉富也彬彬有禮。

「我自己突然跑來，還提出任性要求，深知自己是個無禮的莽漢，不過，我有個很有意思的名字，叫七之助。」

男子說話時，帶有語尾下沉的獨特口音，不過聽了不會讓人感到在意，甚至覺得他遣辭用句品味獨具。

吉富小心不讓對方覺得他是在打探，刻意拐著彎詢問他做什麼營生，結果對方很直接了當地告訴了他。

「我是筆店的大掌櫃。」

聽說他的故里是毛筆知名產地。沒錯，當時七之助說的是「故里」，沒提到地名或藩國的名稱。接下來對話也都是如此。

「我們在江戶的藩邸，藩主夫人、少主、小姐習字所用的毛筆，多年來一直都由我們店裡直接供應，平均一年都要送交幾次。」

現在是送完返回的路上，所以兩手空空。這次他說的是「我們店裡」，同樣沒說屋號。行商客或是爲了生意而旅行的商人，也是形形色色皆有，有人就算住旅館，也想喋喋不休地爲自己的店家宣傳，想做買賣；有人則是小心謹愼，少言寡語。七之助算少言寡語的這類，但如果是這樣，他說自己才剛從江戶藩邸送貨回來，這就過於輕率了。

——他應該沒說眞話吧。

吉富當時好歹也到了可以娶妻的年紀。幹木賃旅館這一行，也累積了不少資歷。一聽就知道不對勁。話說回來，那封通行證看起來很可疑，而且不管七之助這名字有沒有意思，這是否眞是他本名，也令人存疑。

——這話我沒說，因爲實在太麻煩了。

「這麼說來，您明天就會啓程嗎？」

「原本這麼打算，但我的眼睛狀況實在不太放心……」

仔細詢問後得知，七之助並非一直都患有雀盲眼，而當他雀盲眼的毛病犯了時，就連白天也視力不佳。有時看事物會有兩個重疊影像，或是視線模糊，遠近難分。

「這種病無藥可治，只能靜養直到恢復。如果得連住幾天，我會提早告訴您。」

他似乎眞的視力不好。事實上，走過蜿蜒的長廊，前往松之間的這段路上，七之助一會兒手扶牆壁，一會兒因地面高低落差而差點絆倒。

「這點您不必擔心。只要客官您不嫌棄這裡，要住多久都行。」

「謝謝你，這可幫了我一個大忙。」

「不過客官，您怎麼知道今天我們店裡沒其他客人呢？」

見吉富重新問到這件事，七之助可能感到驚訝。他斜眼望著吉富。

——哇，黑眼珠眞大！

就近細看才發現，和七之助本人說的不一樣，他有一雙大眼，似乎可以看得很清楚。

七之助露出一口皓齒，對他回答道：

「因爲晾衣場和窗戶欄杆上都沒晾衣服啊。」

連一條手巾也沒晾。

「所以我只是說出我的猜測而已。」

這樣啊。原來如此。吉富還特地到大門外查看確認。的確，龜屋的正面沒看到半件晾曬的衣服，就只有掛在屋簷下的白燈籠顯得氣勢十足。

——只是猜測嗎？

吉富還是覺得他沒說眞話，對此，連他自己也覺得奇怪。

一夜過去後，今天龜屋還是沒有客人上門。七之助在那只有三張榻榻米大，徒有美名的松之間，舒服渡過一夜。

「您要不要換一間通風較好的房間？住比較明亮的房間，對眼睛比較好吧？」

吉富送來早餐時，向他建議道。

「這裡正是我理想的客房。」七之助面帶微笑，無意換房。

「這樣啊。那麼，您如果改變心意的話，再跟我說一聲。」

吉富知道這間三張榻榻米大的房間很潮溼，但向來都這麼冷嗎？他暗自納悶地離去。

七之助吃光了早餐。他不是都躺著睡覺，而是靠著摺好的寢具而坐，閉著眼睛打盹。一旁擺著掛肩上的行李和斗笠。他的護手和布質綁腿都已經髒汙，且託阿竹洗清晾乾。這些裝備都相當老舊，還不如買新的。

過午後，阿竹送來甜酒，並問他晚餐有什麼想吃的。

「謝謝您的招待……」七之助再次低頭行禮。

「因爲您給了不少銀兩。雖然端不出像樣的佳餚，不過這帶位於河岸邊，鮮魚和貝類很可口喔。」

瘦得皮包骨的七之助，與手臂如圓木粗的大個子阿竹湊在一起，感覺很滑稽，引人發噱。

「江戶這一帶，人稱深川對吧。深川可有什麼在盂蘭盆節特別會吃的菜餚？」

或許有，但阿竹不是在這裡長大，並不清楚。伴吉也沒從阿龜那裡聽說過這類的事。

「夏天我們常吃淋飯，不過，並非只限於盂蘭盆節才吃。」

「淋飯？是指白飯淋上湯汁吧。湯裡都加什麼料？」

「通常是貝類。像貽貝或蛤蜊。我們家的做法，是將油炸豆腐切細，放進去一起煮，吃的時候再拌上蔥花。」

好像很好吃呢——七之助聽得都快垂涎了。

「那麼，可以請您幫我做一份淋飯嗎？」

「沒問題，小事一樁。」

阿竹馬上就前往蛤仔河岸買貝類。並對家人說，你們準備一下，好趕在傍晚出門參加盂蘭盆舞會前，大家一起吃淋飯。

「小吉，我問你。」

這時，阿竹順便對吉富說道。

「那間三張榻榻米大的的房間，有那麼冷嗎？你早上去的時候，感覺怎樣？」

吉富馬上頷首。「我也嚇了一大跳。因爲出奇的冷。」

「我們自己人開玩笑叫松之間是沒關係，不過那牆上汙漬，或許不該一直放著不管。」

「或許會對客人的身體造成影響。」

「應該也沒辦法馬上清除……」

「我待會兒再去看看情況。」

「那就拜託你了，小吉。」

因爲有過這麼一場對話，當下午時光過去，可愛的小町舞隊伍經過後，發生那起女鬼的風波時，龜屋一家人的氣氛頓時變得緊繃詭譎。

吉富一方面想和大家一起圍著圓圈跳舞，但又不想讓弟弟們害怕。要是下次女鬼出現在弟弟們面前，那該怎麼辦——他內心惶恐不安。而阿竹也是同樣心思。吉富在廚房的爐灶旁煮飯，阿竹則用擺在陶爐上的鍋子煮淋飯用的湯，兩人都悶悶不樂。

這時，七之助走進。

「不好意思，我可以要杯水喝嗎？」

他單手支著門口站立。太陽還沒下山，所以吉富可以清楚看見，七之助的黑眼珠顯得迷濛，就像蒙上一層霧。

「您眼睛看不清楚嗎？」

「對，正爲此傷腦筋……」

七之助抬起空著的另一隻手，在面前擺動。

「就連手擺在面前，一樣昏暗迷濛。連眼前有幾根手指也看不出來。」

雖然嘴巴上這麼說，但似乎不顯一絲沮喪。他鼻翼抽動，轉向阿竹燉著料理的那口陶爐。

「這味道可眞香啊。」

「今天買到大顆的蛤仔，會煮出鮮美的高湯喔。」

吉富從水甕裡裝出滿滿一杯水，來到七之助身旁。「喏。」

「啊，謝謝。」

七之助依舊支著門口，咕嘟咕嘟喝完杯裡的水。吉富一直注視著他。阿竹離開鍋邊，正起身準備切蔥。

這時，突然一陣冷風吹進廚房，從煙囪吹向外頭。那明明是風，不是煙，但動向卻一清二楚，吉富爲之目瞪口呆。剛才那是怎麼回事？

猛然回神，才發現他以束衣帶捲起衣袖的手臂，正雞皮疙瘩直冒。

他想看阿竹的反應，轉頭望向她。只見她正起身到一半，定住不動，雙手緊抵著胸前。

「啊……眞是傷腦筋。」

七之助垂落雙肩。他拿著茶杯的那隻手抵向臉部，蓋住眼睛。

「眞抱歉。偏偏在盂蘭盆節這時候，在出差的外地，我的眼睛老毛病犯了，所以才會出這麼多狀況。」

啥？這個人在說些什麼啊？

「兩位剛才覺得一陣寒意襲身吧？不過，那不是什麼邪惡的東西。正値盂蘭盆節，那可能是和你們龜屋有淵源的好兄弟。」

好兄弟？

「也就是靈魂。如果說亡魂的話，可能會更好懂吧。在盂蘭盆節從陰間回到陽間。」

七之助將茶杯交還到吉富手中後，突然站起身，挺直腰桿。

「我們每個人早晚都會到陰間，成爲亡魂。現在我們在人世的姿態，不過只是暫時的樣貌罷了。」

吉富望向阿竹。阿竹兩眼緊盯著七之助。她雙手緊抵著胸前，壓低聲音說道：

「剛才感覺到那陣寒意時，我耳邊聽到已故婆婆說話的聲音。」

啥？娘，妳在說些什麼啊？

「是嗎，果然是這戶人家的好兄弟。她對妳說什麼？」

太、太、太。阿竹說得吞吞吐吐。「太奢侈了。」

「哦，這指的是？」

「一定是因爲，我想朝淋飯裡面多放一點蛤仔。」

七之助嘴角泛起笑意。「她想必是位嚴厲的婆婆。」

「是的，一點都沒錯……一位像地獄牛頭馬面般可怕的婆婆。不過，比起我……」

阿竹話說到一半，七之助猛然轉頭，望向吉富。他的眼珠明明顯得迷濛，但眼神很犀利。

吉富受到震懾。

「怎、怎、怎樣嗎？」

「吉富先生以前都挨打對吧？」

阿竹就像被人掐住脖子般，發不出聲音。

「您怎麼知道？」

七之助神色自若應道：「剛才那個鬼魂手裡拿著不知是鞭子還是曲尺的東西，像這樣高高舉起。」

曲、曲、曲尺。

「您看得到嗎？」

阿竹問了這麼一句，癱坐在原地。

「看得到，也聽得到。」七之助答。「我就是靠這行吃飯，驚擾到你們，真的很抱歉。」

要追問的事多得數不清，不過這時率先浮現吉富腦中的一句話是——

「你到底是什麼人？」

七之助別過臉，避開吉富及癱坐在地的阿竹投來的視線。「剛才小町舞的隊伍通過後，嚇到你們兩位的，是我的同伴。」

嚇！那個女鬼嗎？

「因爲受到年輕姑娘的歌舞吸引，她自己跑了出來。平時絕不會有這種事發生。要不是我變得虛弱，我的同伴是沒辦法打破封印的。」

對，絕對沒辦法打破。他又重複一遍，這樣反而更引人懷疑。雖然不知道那是怎樣的封印。

「我現在眼睛這副德行，又正值盂蘭盆期間，常會因其他好兄弟而注意力不集中，使得思緒紛亂，封印的圓出現缺口，這是我不對。」

的確，想到阿龜亡魂手持曲尺的模樣，吉富便感到注意力渙散，甚至都快尿褲子。不過七之助說的注意力不集中，應該是不同情況。

七之助對吉富內心的慌亂假裝不知道，重拾原本和藹的眼神，向阿竹說道：

「今晚各位都會參加附近的盂蘭盆舞會吧。這樣正好，如果只留我和我的同伴在旅館裡，我會好好勸說她，重新封印，不會再給各位添麻煩。」

吉富與阿竹面面相覷。發現彼此的眼神都游移不定。

「我、我、我婆婆她……」阿竹問。「她的亡魂要是手持曲尺，像野獸似在我們店裡四處亂飛，那我們可就傷腦筋了。她現在這個樣子，又沒辦法打死她。」

七之助一怔，下巴往內收。「老闆娘，您這話也太駭人了。難不成妳婆婆是妳打死的？」

「這種事不重要吧。請想辦法處理我奶奶的亡魂。」

「怎麼會不重要呢。」

七之助突然擺出盛氣凌人的態度。

「要是那位好兄弟對你們當中的某人懷恨在心，成爲怨靈，事情就沒這麼簡單了。」

「我奶奶是中風死的。我娘一直在一旁照料她，直到她過世。沒道理遭她怨恨吧！」

吉富爲了阿竹大聲駁斥。

「哎呀，是這樣子嗎？」

七之助宛如歌舞伎裡的女角般，姿態嬌柔說道。

「既然這樣，那就不用擔心了。只要我的同伴乖乖聽話，那位好兄弟也會恢復成普通和魂的樣態。剛才因爲我同伴的關係，我有點激動，眞的很抱歉。」

眞教人搞不清是怎麼一回事！不，倒也不是完全不懂，只不過，懂這種事眞的好嗎？

「總之，等太陽下山，請各位都出門吧。你們不在店裡這段時間，我會辦妥這件事。」

「這可不行。」

待回過神來，吉富回了這麼一句。

阿竹瞪大眼睛望向吉富。「小吉，你在說什麼啊？」

「我們都不在店裡時，這傢伙要是亂來的話，那我們就傷腦筋了。雖然不知道他要做些什麼，但我要留在店裡監視。」

「可是，這樣你又得遇上那可怕的東西……」

「我不怕了。那女鬼不是這個人的同伴嗎？把我嚇得那麼慘。要是不跟她打聲招呼，這口怨氣難消。」

吉富逞強道。這是在虛張聲勢。因為吉富也遺傳了伴吉話一說出口絕不收回的頑固個性。他大可就此打住，但偏偏他就是逞強，不肯退讓。

「是嗎。那就太感謝了，請吉富先生留下來幫我的忙。」

七之助的口吻聽起來很客氣，但有點等著看好戲的味道。

「其實我的同伴會擅自跑出來，似乎也是因為她對吉富先生感興趣。如果你肯幫忙的話，那就好談了。」

聽他這麼一說，吉富差點往後退，但他極力撐住。

「這樣正好。」

儘管放馬過來吧！雖然撂下豪語，但晚餐吃的淋飯，明明裡頭加了許多彈性十足的蛤肉，但吉富吃得味如嚼蠟。

那一刻終於到來。原本阿竹一直放心不下，但吉富請她陪在弟弟們身旁，她這才讓步出門。剩吉富一人在龜屋顧店。為了守護旅館和住家，不受那膚色黝黑的怪異男子及與他同行的女鬼侵害，吉富前往那空有美名的松之間。

甫一打開面向走廊，不好開啓的隔門，他呼出的氣息旋即凍成白霧。

比隆冬還冷。哇。

「吉富先生嗎？請進。」

我已恭候多時——傳來七之助的聲音。不知爲何，在那三張榻榻米大的房間正中央，故弄玄虛擺了一盞瓦燈。它形成一輪黃色光圈，但四周仍一片漆黑。

吉富跨過門檻，往房內走一、兩步，就此呆立原地。

有人站在他身後。

一隻女人的白皙手臂從後方伸來，纏向吉富身軀。他肩後傳來一陣白檀木的香氣。

「吉富，眞是個好名字呢。誰替你取的？」

女子披著長髮的白皙臉蛋，像在黑暗中優游般出現他面前。

那對黑眼珠像針尖一樣細。眼光綻放光芒。飄動的頭髮，長得幾乎都可以掃地了。脖子也很長。怎麼看都不像是正常人的長度。

「請叫我水面。」

那嬌媚的聲音朝吉富耳畔細語。她口中傳來墓地泥土的臭味。

七之助坐在房內牆邊，強忍著笑，低頭望著地面。他那顆光頭的影子，浮現在汙漬像松枝的那面灰泥牆上，那渾圓模樣像極了海坊主（註）。

眞不甘心——吉富連緊緊咬牙的力氣也完全散去，這次沒口吐白沫而是一聲不吭當場昏厥。

——我作了個夢。

吉富望著自己幼時的模樣。約莫六歲。個頭矮小，手臂細得像枯枝，手肘骨關節浮凸。年幼的吉富，對著廚房爐灶裡的小火，用竹筒吹氣，想燒得旺一點。但一直弄不好。他心裡急，死命吹，結果小火就這麼滅了。

喂，吉富，你還在拖拖拉拉什麼啊！

響起一陣如雷般的怒吼。正在作夢的吉富，就像有人在他耳畔大聲嚷嚷。夢裡那又瘦又小的吉富，光是聽到這聲怒吼，便嚇破了膽。

——唉，眞可憐。

剛閃過這個念頭，便從夢中醒來。儘管已經清醒，但還是被夢裡的情境牽絆，感到心神不寧、呼吸急促。

那是在阿竹來到龜屋前，還沒人挺身保護吉富時的回憶。吉富整天都有做不完的事，不斷被使喚，事情沒處理好，就免不了一頓罵，阿龜會以曲尺伺候。啪！

當初伴吉這個做父親的，也不像現在這樣。妻子和客人私奔，他懷著遭背叛的內心傷痛，光是要過日子就很勉強，根本沒餘力管吉富的事。

——眞虧我還有命活到現在。

就像伴吉怨恨她那逃跑的妻子，阿龜也恨那位媳婦，會生氣是理所當然。而那名妻子生的吉富，縱使是繼承家業的長男，有個吉利的好名字，但對阿龜來說，應該只會覺得他是那可恨媳婦遺留的東西。

在朦朧的黃色光圈中，吉富仰躺在地。兩頰濡溼。我在哭嗎？

「你作了個可怕的夢呢。」

一陣高雅的白檀香。甜膩的女人聲音，聲音微帶細紋般顫動。

那位名叫水面的女鬼靠向吉富右手邊。

此刻她伸出細長的白皙手指，正要拭去吉富眼角的淚水。

她的手指和脖子一樣都長得很離譜。每根手指都像白蛇扭動。

哇，饒了我吧。吉富屏住呼吸。女鬼伸長脖子，那紅得很不自然的雙脣，差點就要碰到吉富的臉頰了。

「……脖子長的女妖，世人都稱之爲『轆轤首（註）』。」

七之助在吉富腳邊說道。

「水面她並不是因爲知道轆轤首才變成這副模樣喔。她也不屬蛇。她變身成這副模樣，是個難解的謎。許多事連我們這些幽魂之里的渡船人也不清楚。」

註：又叫海法師、海入道，一種居住在海中的妖怪。特徵是像和尚一樣光頭，身材高大。

幽魂之里。渡船人。

「你說的渡船人，是船夫對吧？難怪你皮膚曬得這麼黑。」

吉富想坐起身。水面的手指纏向他脖子和肩膀。

「我、我不要緊。可以自己起身。」

他想將那扭動的手指往回推，這才發現，水面的兩顆眼睛幾乎都是眼白，黑眼珠像針尖一樣小。她的眼中微微泛淚。

咦，這感覺是怎麼回事？彷彿感受到水面傳來的溫柔。唉，眞可憐。剛才我對夢裡年幼的我所抱持的情感，似乎水面心裡也有同樣感受。

「小吉，那是因爲你作噩夢，醒不過來。」

水面叫吉富「小吉」，似乎已猜出他的困惑，替他釋疑。

「一直喊著奶奶對不起。」

想藉由道歉來保護自己。

「很難過吧。既然這樣，我就趁住旅館這段時間，將你祖母的鬼魂吃了。」

「水面，別亂說話。」

七之助平靜訓誡，走進光圈。

「吉富先生，有沒有哪裡覺得疼？」

「咦？沒有，我沒受傷。」

「太好了。水面，妳後退一點。妳全身都是寒氣，要是太靠近，吉富先生會受凍。」

全身都是寒氣？松之間裡這麼冷，都是因爲水面？

「吉富先生，抱歉，嚇著你了。」

頂著一頭零亂短髮的七之助，就像修行中的僧人，一本正經地重新坐好。

「我沒有要嘲笑你的意思。不過，不好意思，因爲你實在太有天分了，所以忍不住想測試一下您。」

當對象只有吉富一人時，七之助的口吻就變得比較率性。

「測試我？」

七之助下巴往內收，重新打量吉富的臉。

「你沒有見魂之相。不光是你，你們一家人都沒人有這樣的面相。但你和你母親卻突然就見到水面的模樣。」

他應該指在樓梯處，阿竹與吉富第一次見到水面時的事吧。

「我知道水面摸過你，你也摸過水面。而且你剛才碰過水面的手指對吧？」

註：轆轤是指像井裡取水用的這一類滑輪繩索。

七之助說，這都是很罕見的情況。

「這二十年來，我雲遊四方，這還是第一次遇到有人未經鍛鍊就辦到這點。」

七之助一臉感佩。轉頭一看，水面也對他說的話頻頻點頭。但吉富聽得一頭霧水。

「可以再講得更清楚一點嗎？」

「嗯，也對。眞抱歉。」

七之助聳著肩，歉疚地搔抓著他那顆光頭。

「對我來說，這是很理所當然的事，和同伴之間也不會特別談這件事。對於故里外的人，往往都瞞著不說。所以能不能跟你說明清楚，我也沒什麼把握……」

這時，水面甜膩插話道：

「就用你跟我們說話時一樣來說明不就行了嗎。」

說完後，她朝吉富嫣然一笑。你放心。我會讓你搞懂的。

「我們這些靠近故里的鬼魂，全都會請見魂者跟我們講道理，接著創造出形象並安分下來。我們最後會成爲迷魂、哀魂，或是怒魂、怨魂，這都端看見魂者如何說教，以及渡船人怎麼照顧了。」

不，聽不懂的詞彙又增加了。見魂者？迷魂？怒魂？怨魂？

「啊，妳是哪一種鬼魂？」

吉富想到這件事，隨口發問，水面突然收起笑容，一臉尷尬地別過臉。

「我是怒魂。如你所見，變成妖怪的形象。」

「怒的意思是……」

「就是生氣的意思。」七之助回答。

「生氣的亡魂。說得更仔細一點，是因爲對某人，或是某件事感到怒火中燒，以致無法前往西方極樂，就是這樣的亡魂。」

啥？聽得似懂非懂。

要是任由他說，只會愈說愈亂，所以吉富決定主動逐一提問。

「首先，你說的故里是哪個地方？七之助先生的故鄉，還是你現在的住處？」

「嗯。」

「到底是在哪兒？離江戶很遠嗎？」

「嗯……不，應該不算遠吧。」

到底是怎樣。

「抱歉，吉富先生，如果用你所說的遠近這樣的語詞，無法正確表示。」

「那麼，是在箱根山的這頭，還是另一頭？」

「這也不知道該怎麼說好呢。說是這一頭，就是這一頭，說是那一頭，也算對。」

比猜啞謎還難應付。

「不過我可以告訴你一件事，我的故里是天領。」

所謂的天領，是幕府直轄的土地。

「所以幕府會指派代官來統治領地，不過對於故里裡頭最重要的職務『魂番』，官員一概不會干涉。其實是無法干涉。因爲魂番有魂番的工作，有魂番特有的秩序。」

在那塊土地上允許這種特別的做法。

「我們的故里沒有名字。因爲沒必要取名。如果說到鬼魂的故里，就只有我們那個故里。不過，位在大海另一頭的異國，或許也有他們國家鬼魂的故里。」

那麼，鬼魂的故里又是什麼？

「那是去不了另一個世界，留在人世間的鬼魂聚集的土地。」

去不了另一個世界的鬼魂收容所。

「人死後都會化爲鬼魂，升天前往另一個世界。亡魂各自有不同的人生回憶，但已完全跳脫出善惡的道理之外。」

沒有善惡之分。一切都得到原諒，就此解放，升天前往另一個世界。

「前往另一個世界的鬼魂，有時再也不會回到人世，有時則是在盂蘭盆節或彼岸（註），回到子孫身邊。」

就像剛才手持曲尺的阿龜回到龜屋。

「其實鬼魂會不會回來，與善惡無關。並非因爲勤於供養才回來，反之亦然。簡言之，死者和在世者都不會輕易忘了彼此，但也並非永遠不會忘。」

就算死者沒回來，一樣不會忘，而就算一再回來，還是抵抗不了歲月流逝，逐漸遺忘。

「不過……極少數的亡魂無法前往另一個世界，就此在陽間徘徊。」

爲什麼會發生這種事呢？

「當中原因，我們故里的人們至今還沒弄明白。不過，不知何去何從，就此來到魂之里這處收容所的亡魂，一定都會忘了他們的名字和記憶。」

自己家住何方，叫什麼名字？是誰家的孩子，誰的丈夫或妻子，誰的主人，奉誰爲主？以何爲業，過怎樣的生活，珍惜的事物是什麼？

註：春分、秋分的前後三天，合起來七天的時間，稱作彼岸。人們會在這段時間舉辦法會。

「甚至連自己怎麼死都忘了。有關記憶的一切都被移除。」

連親人的記憶也全都消失，所以就算有人爲他積德，也不知道對方是誰。就算誠心請人替他祈冥福，也感覺不到。

「魂番的職責，就是找到流浪到魂之里的這些不幸亡魂，一一與他們交涉，讓他們重拾往昔記憶。」

要成爲魂番，得先看得到亡魂，不然一切都白搭。而「看得到」亡魂，稱作「眼覺」，而擁有眼覺之力者，會顯現在他的面相上，所以稱爲「見魂之相」。

「就算是在我們故里出生長大，現在仍住在那裡的人們，也不見得人人都有見魂之相。平均十人當中只有一人。」

有時候，擁有強烈的見魂之相並擔任傑出魂番的人，他的子孫卻完全沒有這種面相。不過，也有人一家原本代代都沒人有這種面相，但某天突然出現一個擁有此等強烈面相的魂番出世，之後優秀的見魂者代代傳下。

「我說過，你和老闆娘明明都不是見魂之相，但你們看到了水面的模樣吧？這種情況當眞罕見。」

就吉富來看，他寧願自己不是這種罕見的人。

「爲什麼我和我娘都看得見呢？」

他偷瞄水面的模樣，發現她已退至牆邊，很隨興地側身而坐。側臉面向吉富，用她那像蛇般扭動的手指緩緩梳理長髮。

看得很清楚。十分駭人。不折不扣的妖怪。雖然並非一點都不害怕，但至少現在沒那麼驚悚駭人。因爲她幫我拭淚，對我笑嗎？

「水面，妳可眞安靜呢。」

七之助平靜喚道。水面朝他瞄一眼，再度梳起頭。

「吉富先生，水面很喜歡親近你，應該和面相無關，而是你有吸引鬼魂的特質。」

有這樣的特質，才能碰觸水面，讓她碰觸。

「老闆娘是你母親，應該體質和你很相近。」

不，這不可能。

「我娘……我們店裡的老闆娘阿竹夫人，並不是我的生母。」

吉富此話一出，七之助瞠目，發出「咦」一聲驚呼。拜此之賜，儘管他身處在瓦燈那昏黃的光圈裡，吉富還是看得很清楚。

七之助的左眼，與水面的眼睛一樣。幾乎都是眼白，黑眼珠縮得像針尖一樣細。右眼雖然沒那麼誇張，但眼白還是占去很大部分，黑眼珠很小。

——所以才會看不到。

吉富不自主發出「啊」一聲驚呼。七之助似乎察覺，抬起單手，遮住自己的眼睛。

「抱歉，嚇到你了。」

「不，我才不好意思。」

「渡船人當久了，身體會慢慢出現各種狀況。因爲我們得和非陽間之物交涉。」

那麼，「渡船人」又是什麼？

「在魂之里，這是僅次於見魂者的重要職務……」

七之助的口吻微帶自豪。

「在告訴你之前，我問你一件事。」

失去生前回憶，甚至連名字都忘了的亡魂，他們透過與見魂者交談而慢慢恢復記憶時，會想要什麼？想做什麼？

經他這麼一問，吉富毫不猶豫回答。

「會想回家嗎？回故鄉。」

七之助發出「哦」的讚嘆。

「你說中了。」

「我設身處地想，覺得應該是這樣。」

忘了自己的名字和住家，流落到陌生土地，感覺既寂寞又不安。如果能憶起往事，一定會興起思鄉之情。

「帶這些亡魂前往他們想去的地方，這就是渡船人的工作。」

扮演引水人的角色，同時負責揹行李。用小船載著不安的亡魂，前往目的地。基於這樣的比喻，七之助他們稱自己爲「渡船人」。

划著小船，載運四處徘徊的鬼魂，爲了讓他們日後能前往另一個世界，和善陪在他們身邊，助其一臂之力——

吉富悄悄查看靜靜退向牆邊的水面。她長長脖子像蛇一樣盤繞，眼睛微張，紅脣微閉，手指併攏擺在膝上。

「大部分的鬼魂都不會像水面這樣。」七之助平靜說道。

迷魂對於憶起的陽世之事，心存眷戀，難以斬斷，因而產生迷惘，無法前往另一個世界。

哀魂對於自己喪命一事感到哀傷，因過度悲嘆，無法前往另一個世界。

「就普通人來說，這兩者的情況其實很自然。他們想起自己的名字，想起祭拜自己的那些人面容，逐漸接受自己死亡後，便會漸漸平靜下來，很自然變成和魂。」

比較棘手的是怒魂和怨魂。

「當重拾記憶後，發現自己是含冤飲恨而死、遭人殺害、被逼得死狀悽慘……」

得知這樣的事實，就此變身成怒魂或怨魂。

「水面小姐也是這種情形嗎？」

吉富悄聲問道。

靠在牆邊的水面，手指和頭髮皆一動也不動。可能睡著了。

「你剛才還加上『小姐』的尊稱對吧。謝謝。」

七之助也壓低聲音低語。

「坦白說，她是很難應付的怒魂。我在想，我眼睛狀況會突然惡化，可能是因爲之前一直都擔任水面的渡船人，疲勞一再累積所致。」

然後和水面一樣，變成亡魂之眼。

「我因爲見魂之相較弱，原本應該不會有這種事才對。」

因爲一再看到在盂蘭盆節回到人世的和魂，使得七之助分神，這讓情況更加糟糕。

「你不是說你事先將水面小姐封印了嗎？」

「嗯。我將她裝進竹筒，用紙捻圍成一圈封印，但那紙捻形成的圓圈斷了。」

竹筒是吧。因爲是鬼魂，所以能封印在那麼小的地方。

「……她是睡著了嗎？」

兩人在交談時，水面動也不動。

「亡魂不會睡覺。不過，就算是怒魂和怨魂，也無法一直維持像妖怪般的可怕模樣。尤其是和活人接觸時，得耗費力量。」

說完後，七之助豎起手指。

「你看仔細了。」

吉富屏息望著水面。

不久，水面的身體開始變得模糊。不知道該說是逐漸縮小，還是逐漸變淡，她的輪廓瓦解，與後方牆壁的分界變得模糊不清，黑髮和紅脣的顏色隨之脫落，肩膀變得渾圓，手臂消失。

「哇……」

她化爲像西瓜般大小的半透明圓球。從松之間的地板上微微浮起，輕飄飄搖晃。

「這麼一來，就能輕鬆封印了。」

七之助手伸入懷中，取出一個長度和粗細都和食指差不多的小竹筒。

啪嚓。竹筒應聲折成兩段。中間銜接處有特別設計，能重新嵌合在一起。

七之助將其中一端朝向水面，另一端像在吹笛般湊向嘴邊，用很快的速度唱誦起來。

「白蛇忘卻之地、水面平坦之地、與渡船人約好一同赴往之地，歸來吧，在此停留。」

突然間，那半透明的圓球被吸往竹筒一端，一下子就被吸了進去。

啪嚓。七之助將竹筒合而為一。單手牢牢握住，空出的另一隻手，這次改為取出鮮紅的紙捻，以牙齒咬住一端，將它拉緊，纏向竹筒。

「呼。」

他朝繩結吹了口氣，收回懷中。

七之助顯得神色自若，但在一旁觀看的吉富，額頭汗如泉湧。

「吉富先生，這樣就沒問題了，你可以參加舞會了。這次驚擾你了，為了致歉，我可以留下來顧店。」

七之助的話就像信號般，吉富旋即聽到旅館外的聲響。從材木町的方向傳來高臺太鼓聲、活潑歌謠聲、人們喧鬧聲、眾人腳步聲。

剛才他都忘了這一切。一直都沒傳進他耳中。

眾人一起圍著圓圈跳舞，由宇一定會來。今晚若能和那位美人見面，在圓圈舞裡和她手牽手，那會是多麼珍貴的回憶啊。

明明應該這麼想才對，明明應該感到滿心雀躍才對……

但不知為何，水面那眼白特別顯眼的雙眸、像蛇一般扭動的手指傳來的冰冷觸感，在吉富心中如此鮮明。

「之後，圓圈舞結束，我娘回到家中，她直接跑來找我。她那雙大手一把抓住我肩頭，如釋重負鬆了口氣。」

——小吉，你沒事眞是太好了。松之間的那位客人情況怎樣？

此刻坐在黑白之間的吉富，隨著年紀增長，累積比龜殼還厚的德性。他散發出的暖意，連迎面而坐的富次郎都感受得到。

但每當談到往昔，尤其談到和她沒血緣關係的後母阿竹，吉富的眼神和神情都會變得像一位思戀母親，十歲左右的男童。不是十五歲，而是「十歲左右」，這是其特別之處。要是能把他這張臉畫下來就好了，富次郎忍不住幻想起來。

「詳情我沒跟我娘說。」

魂之里、見魂者、渡船人的事，就藏在我自己心裡——

「我也不知道爲什麼，就只是隱隱覺得這麼做比較好。」

富次郎頷首。「還是順從自己的直覺比較好。」

吉富露出略顯尷尬的神情。他此刻的表情當然不是對富次郎，而是對記憶中的阿竹。

「因爲我覺得就算跟我娘說，她也不見得聽得懂。我就只對她說，沒事了，那名白衣女子不會再出來，七之助先生也睡了。說完後我便上床就寢。」

話雖如此，在滿是補丁的蚊帳內，小吉輾轉難眠。

「因為松之間一直安靜無聲，所以我也就此放心。」

一夜過去，藪入這天的一大清早，吉富在托盤裡擺裝滿白開水的茶壺和茶杯，前往松之間。

「我睡醒後，突然很擔心七之助先生的眼睛。」

「因為他的眼睛變得和水面小姐一個樣對吧。」

「如果一直是那樣的話，他連要出來走動都有困難。」

松之間入口的那扇隔門，開著一道約手掌寬的門縫。吉富往內窺望，發現七之助坐在墊被上，而他發現吉富後，轉頭面向吉富，那雙又大又黑的眼珠已恢復正常。

「我看了之後鬆了口氣，不過，和七之助先生小聊幾句，便感覺得出他的尷尬。」

昨天七之助雖然是情勢所逼，但終究還是對吉富和阿竹說了太多，讓他們看了太多。想必經過一晚沉澱，現在意識到這點而覺得尷尬。

向人坦言一切，往往都會這樣。所以吉富沒鉅細靡遺跟阿竹說，這是正確的決定。

「而且他向我道早安時，突然一陣狂咳。昨天明明還沒這種情況。」

——眞是抱歉。俗話說笨蛋才會染上的夏日風寒，我似乎是染上了。

吉富覺得松之間內的冷度改善許多。可能因為寒氣來源的水面已被封進那神奇的竹筒。但寒氣還是滲進肉身之軀的七之助體內，加上旅途疲憊，這才染上風寒。

——水面小姐後來情況怎樣？

——一直都很安分。

「那就不用擔心了。七之助先生好好休養就行了。風寒是百病之源，不過，只要吃點滋補的東西，好好睡覺，就能痊癒。我替他拿出棉被，讓他換下一身冷汗的浴衣，很勤快照顧他。順便對他說……」

——做我們這種生意，從客人那裡聽故事，算是住房費的一部分，所以聽到的故事，我會收進心裡，不告訴別人。請您不必擔心。

「經我這麼一說，七之助先生就像原本纏繞的絲線鬆開似的，他鬆了口氣，所以我也跟著高興。」

從客人那裡聽來的故事也算住房費，所以聽到的故事，我會收進心裡，不告訴別人。多識趣的說法啊。小吉打從十五歲起就有深厚素養，看得出日後上了年紀會是個帥氣的老先生。他機智、體貼、風雅。

「我娘也猜出我不願多說的原因。她只說夏天感染風寒很棘手，很用心地照顧七之助先生，其他事則沒多過問。」

小吉母親也是個聰明人。

「不過……」

吉富說著說著，神情突然緩和許多。額頭深邃的皺紋及眼角的魚尾紋，看起來像在微笑。

「有件事，我倒很想說給我娘聽。」

那就是七之助滿心以為阿竹和吉富是眞正的母子，所以體質才會如此類似。而在知道他們兩人沒有血緣關係後，他大吃一驚，雙目圓睜。

「您說了吧？」

「說了。趁我娘在廚房為七之助先生煮蛋花稀飯時。」

阿竹聽了後，眼眶泛淚。

「她還說是因為稀飯熱氣跑進眼裡，蒙混過去。」

吉富瞇起眼睛，一副懷念遙遠過往的神情。

「我會像我娘，是因為她管教我，把她的優點全傳給我。十個誇獎我娘的人當中，有十個人都會說，唯獨說話粗魯這點，實在教人很傷腦筋。」

——當心我宰了你喔！

「就連這點，也在重要時刻派上了用場。」

七之助非但愈咳愈凶，還發高燒，阿竹一直忙著照顧他，加上數入當天回家探親的兩位女侍阿姨原本工作，這天吉富一人便扛下四人工作。

他拿著掃把和畚箕到旅館外面打掃，打水時雙膝發顫，一時不懂怎麼回事。難道是中暑？

不，是餓過頭了。他直到盂蘭盆節的太陽微微西傾時才意識到這點。

再不吃點東西會餓得無法動彈。圍在脖子上的手巾，滿是溼汗，感覺很不舒服。他想從後門走進屋內，繞向龜屋側面時，隔壁樹籬處傳來叫喚聲。

「小吉。」

吉富體內空蕩蕩的胃整個往上竄，撞向喉結後又掉回原位。發出「咕嘰」一聲。

「哎呀，你在學青蛙叫嗎？」

是由宇。她穿著一件藍底加上松葉的奇特龜甲條紋浴衣，繫著一條白褐色加深紫色的片瀧縞（註）的細腰帶。這是阿竹與由宇學三弦琴的那位師傅，為了今年要在跳盂蘭盆舞的高臺上彈三弦琴的弟子們特地準備的統一服裝。

這一帶的盂蘭盆舞，町人們聚在一起，配合太鼓和三弦琴熱鬧的跳舞，就只有十四、十五這兩天。盂蘭盆節的首日十三日以及最終日十六日，會在高臺的四周擺設篝火，人們就只是在運河邊或橋上焚燒迎火和送火（註），引領亡魂。

但此刻由宇穿著整套的服裝。

「妳剛才在妳師傅那裡複習琴藝嗎？」

註：一種直式的條紋圖案，條紋照粗細採大、中、小排列。

面對吉富的詢問，由宇羞赧點著頭。插在髮髻上的小花髮簪隨之搖曳。

「嗯，阿竹姨要是也能來就好了。」

三弦琴師傅相當嚴格，當弟子們在這種重要節日展現琴藝時，都會充分事前練習，不過事後複習同樣不可少。

「我娘說，她的琴藝還不足以在眾人面前表演。」

事實確實如此，不過，就算她琴藝提升，師傅准許她上場，阿竹大概不會在眾人面前彈三弦琴。

——像我這種沒姿色的大妞，上臺實在太難爲情了。我家那口子也會不高興的。

前妻與人私奔的傷還未痊癒的伴吉，對後妻一樣醋勁頗大。所謂一見鍾情，就是這樣。

由宇就像因朝露而水亮的牽牛花般，飄散出嫻淑清雅的女人香。

「小吉，昨晚你沒來參加舞會對吧。」

「因爲店裡有客人。」

「有一段是我獨奏呢。」

「咦，太厲害了！」

由宇臉上浮現一抹紅霞。「謝謝。師傅也誇過我，還給了我這個，所以我拿來送你。」

由宇手伸進浴衣衣袖裡，取出一個東西。用小綢巾包裹。打開後，裡頭的東西在夏日豔陽的照耀下閃閃生輝。

是念珠。像烏鴉羽毛般烏黑晶亮的黑珠子，宛如炭火般散發微光的紅珠子串在一起。

「它沒附垂纓裝飾，小小一串。聽說是戴在手腕上的念珠。平時戴著可以驅邪。」

小吉你家有各種客人會上門——由宇說到這裡，嫣然一笑。

「謝謝……不過，妳師傅不會是要給妳父親吧？」

這珠子粗獷的造型，明顯是男性用的念珠。

「不。」由宇頭上的小花髮簪再度搖曳，發出輕盈聲響。「師傅知道我們兩人的婚事，所以送我這個。」

吉富耳根為之一熱。「這、這樣啊。」

「所以說這是師傅送你的盂蘭盆節贈禮。師傅還說，今後希望你能繼續讓我和她學琴。」

一邊開吉富和由宇玩笑，一邊祝賀他們。未免太急了點。

「既然這樣，那我就不客氣收下了。」

「嗯。」

註：盂蘭盆節的儀式，在盂蘭盆節的初日燒火，迎接親人的靈魂回來，稱爲迎火，在盂蘭盆節的終日燒火，送靈魂回到另一個世界，稱之爲送火。

由宇呼氣變得急促，細緻的雪白肌膚浮現一粒粒晶瑩的汗珠。吉富感覺到，由宇和他一樣興奮，胃部膨脹，整個人都快騰空浮起。

他和由宇就只是因爲兩家有生意往來而認識彼此。既不曾兩人單獨交談，也不曾外出同行。不是情人關係。

但才一談到婚事，就馬上進展神速嗎？這表示兩人情投意合嗎？

「那就改天見了，吉富先生。」

由宇兩頰泛紅，就此轉身，小碎步離去。那包裹在浴衣下的苗條背影及渾圓臀部。從衣服下襬露出纖細的腳脖子。腳脖子纖細，是好女人的證明。

吉富差點因過度興奮而頭昏眼花。由宇一開始叫他「小吉」，因爲阿竹都這樣叫他。不過，叫「吉富先生」就不一樣了。那就像在叫他「相公」。

他開懷大笑，結果全身癱軟。因爲他忘了自己已餓得前胸貼後背。

太陽下山時，七之助燒得更嚴重，手摸他額頭，會被他的熱度嚇著。

龜屋雖是只收燒柴費的木賃旅館，但待客親切，備有退燒藥和傷藥。阿竹與伴吉商量後，開始用鐵壺燒煮草藥，光聞氣味就讓人滿口苦味。

「所以才有效啊。我會顧好草藥，阿竹，妳帶孩子們去送火吧。」

在伴吉的催促下，阿竹點亮燈籠，要孩子們帶著茄子做的車子和供品。

「手拿曲尺的好兄弟，妳的好媳婦和可愛的孫子們來送妳嘍。」

吉富小小聲說道，只讓阿竹一個人聽見，與她暗自竊笑，目送他們三人離開。

「搞什麼，你不去嗎？」

「我去看看七之助先生的情況。」

伴吉蹲在上面擺著鐵壺的陶爐旁，微微蹙眉。

「——是嗎。」

「爹，怎麼了嗎？」

「我實在不太喜歡那位客人。」

伴吉壓低聲音，威嚇說道。吉富則是極力溫柔回應。

「不管他再可疑，也不能趕他走啊。他畢竟是病人。」

「沒人說要趕他走啊。雖然我不喜歡他，但他持有的那公文書……」

摺了好幾折，紅色的封蠟上還浮現複雜圖案。

「白天我往番屋裡瞧，剛好相模屋的老太爺也在。」

相模屋是伊勢崎町一家專賣香和佛具的店，同時是在江戶市內有多處房宅的地主。這位老太爺已年過七旬，不過仍腰腿有力，腦袋靈光，他習慣出外散步時順道來番屋逛逛，和人喝茶聊天。算是這一帶小有名氣的老爺爺。

「於是我向這位見多識廣的老太爺請教。說我們店裡來了一位客人，拿出一份公文書代替通行證，那份公文書有紅色封蠟，上頭是從未見過的圖案。」

——老太爺，您對此可有印象？我總覺得對方在騙我，會被他白吃白住。

七之助確實出示公文書，代替通行證。此事吉富沒放在心上，但伴吉一直焦躁不安。

吉富也壓低聲音問道：「那位老太爺可有說些什麼？」

伴吉眉頭蹙得更緊了。

「他一再問我，那封蠟圖案什麼樣子。於是我把自己還記得的情況，全告訴了他。」

——哦，那東西還是別碰的好。

「爲什麼？」

「他沒告訴我原因。不過他說，如果是有那種封蠟的公文書，就不會是假貨或是騙人的。那比任何通行證都還要可靠，你要客氣侍候那位客人。」

伴吉頻頻摩挲鼻子，鼻頭變得紅通通。

「聽說不光是旅館，就連大木戶（註）、箱根的關卡，一見到這種公文書，也都不會多問，直接放行。甚至應該說，那份公文書遇上我這種不識字的木賃旅館老闆反而行不通，但要是到其他地方，人人敬畏有加。」

吉富覺得這句話才是騙人呢。那個七之助先生持有如此非比尋常的公文書，充當通行證？他長得又瘦又黑，如果光看外貌，只會覺得這個人很可疑，但他聲音好聽，笑容可掬。

——我是來自魂之里的渡船人。

對吉富他們這些再普通不過的人們來說，七之助肩負著他們無法想像的神奇職務。

吉富此時深深倒抽一口氣。

——他說過，魂之里是天領。

吉富明明沒問，七之助自己卻主動開口說。

如果是天領，當地領民持有的通行證不就是幕府直接核發的通行證嗎？若眞是這樣，確實沒必要多問，要是隨便找碴，恐怕自己的項上人頭不保。七之助當時就是這樣暗示嗎？

「爹，我們還是照老太爺說的做吧。」

吉富輕輕握住伴吉的手臂。那是肌肉結實，勤奮工作的男人手臂。

「我會特別注意他。今晚也會寸步不離看緊他。爹，你就別想太多了。明天起又會有常客入住，到時候又有得忙了。」

註：在江户市内的各個要處，以及各個市町交界處設置的關卡，會派人戒備，稱之爲木户。而規模較大者，稱之爲大木户。

「我曉得。」

伴吉朝兒子握住他的手輕拍一下。那是勤奮男人特有的厚實且不帶半點贅肉的手掌。

「對了，這煎藥差不多好了。」

吉富從陶爐上取下鐵壺，將那沸騰的藥湯裝進大碗裡，端向松之間。

他走在走廊上，一路上吸了不少那苦口藥湯的熱氣，可一來到松之間門前，頓時便感覺到白檀的香氣。他心中一驚。那高貴優雅的香氣，昨天聞過幾次。是水面朝他靠近的時候。那女鬼口中散發墓地的泥土臭味，但身上倒是瀰漫著白檀的香氣。

難道她又解開封印了？

——南無阿彌陀佛！

他將碗擱在走廊，雙手緩緩打開隔門後，見到背對他弓著身子入睡的七之助，以及靜靜坐在他腳邊的長頸女鬼。

「小吉。」

儘管有一段距離，但還是像在他耳邊細語般，傳來那甜膩的聲音。

「他一直高燒不退，怎麼辦？」

水面的黑眼珠像一顆小點，眼白散發光芒。她的身體畸形，面相同樣怪異。是化身成妖怪的怒魂。但爲什麼她顯得這麼不安呢？是我腦袋不正常嗎？還是說，我被妖怪看上了？

「我、我煎好藥了。」
吉富走進松之間，關上隔門。房內的座燈和瓦燈都沒點亮，就連月光也沒照進這狹小的房間裡。
但整個房間籠罩在藍白色光芒下，周遭景物一清二楚。因爲水面的身體散發光芒。
「妳又從竹筒裡跑出來了。」
「……因爲這個人一旦身體虛弱，封印也會變弱。」
水面那盤繞的長長脖子上，頂著一顆小頭。她微微低著頭。
「要是他死了，我就會在這裡變成遊蕩的怒魂。我擔心得要命，正打算待會叫你來呢。」
吉富嚇出一身冷汗。「已經沒事了。今晚我會一直待在這裡。」
水面滑溜地轉頭望向吉富的方向。「那是藥湯嗎？」
那口大碗仍冒著熱氣。
「嗯，是很有效的退燒藥。」
「得再等它涼一會，否則沒辦法喝。你可以幫他擦汗嗎？」
吉富俐落照顧病人。七之助的身體像鐵壺一樣燙，但掀開棉被，準備幫他擦拭肌膚時，他卻突然冒起雞皮疙瘩。
「別管我……夠了……」

七之助雙眼緊閉，維持側躺姿勢，不斷說著夢話。那是痛苦的口吻，而且眉頭緊蹙。

「他在作噩夢是吧。」

吉富小聲說道，水面重新坐好，手抵向地面，就只有脖子倏然伸長，臉湊向吉富身旁。

「因爲他一直都勞心勞力。」

白檀香氣直撲鼻端。但感覺眞不可思議，明明水面就在一旁，但香氣比剛才還淡。

「怎麼啦？」水面那細如針尖的黑眼珠骨碌碌轉動。

「沒什麼，只是覺得這氣味眞香。是水面小姐妳散發的氣味吧？」

水面聽了後直眨眼。雖然那眨眼模樣一點都不像人，反而比較像蛇或蜥蜴，但現在吉富已不會害怕。

「小吉你也聞得到？」

「嗯，昨晚就聞到了。」

「這樣啊……」

水面維持頭和脖子的位置不動，身體從墊被的尾端站起身，移至吉富身旁。

接著她伸來的不是脖子，是白皙的手腕和手指，開始摩挲起七之助的背。她的動作溫柔，就像在撫慰。過沒多久，七之助在沉睡的狀態下吁了口氣。

「在魂之里，會爲了像我這種離開魂之里展開旅行的亡魂，一天點好幾根香。」

白檀香。長度跟小吉前半截手臂一樣長。

「那氣味也會染到我身上。那是撫慰遊蕩亡魂而點的香，所以活人聞不到。就連渡船人也一樣，只有經驗老道的渡船人才感覺得到，但小吉你也聞到了。」

你可眞不簡單。水面如此說道，朝他嫣然一笑。她的笑容很美，而且意想不到的溫柔，令吉富胸口一震。

這樣的亡魂爲什麼會變成妖怪呢？她到底做錯了什麼？

「他並不是原本就這樣又黑又瘦喔。」

水面輕撫七之助的背，如此說道。

「聽說在我之前，他曾負責帶一名船夫的鬼魂回故鄉。」

說到這裡，水面沉默片刻。遲遲不往下說。吉富焦急起來。這時得機智地說句話才行。

「是、是因爲那個鬼魂長得又黑又瘦，七之助先生才變得像他嗎？」

「不是。」

水面馬上應道。雖然聲音一樣甜膩，但語調冰冷。先前那眼白裡小小的黑眼珠帶有笑意，難道是吉富自己看錯了？

「小吉。我幫你忙，我們幫他換衣服吧。穿著溼衣服睡覺，對身體不好。請拿一件乾淨的衣服來。」

吉富依言而行，跑向曬衣場，取來曬乾的浴衣、手巾、兜襠布。他捧著這些回松之間，發現七之助仰躺在棉被上，水面就坐在他頭前。阿竹說要給病人用的柔軟圓筒枕，已移向一旁。

水面併攏她那蜿蜒扭動的白皙手指，端起那裝有退燒藥的大碗。吉富一時以爲她想將藥湯從七之助頭上淋下，但當然不是。不過，接下來水面做的事，卻一樣令人意外。

她的嘴湊向那口碗，開始喝起煎藥。咕嘟咕嘟喝到碗底朝天，一滴不剩。

吉富目瞪口呆望著這幕，只見水面變得鼓脹，從原本的長頸女變成可以雙手環抱的蟒蛇。一隻雪白的蟒蛇。鱗片透明，那膚色的白皙幾乎都快透進體內，而在那白皙的皮肉裡頭，被她喝光的藥湯化爲一道黑色線條，在裡頭流動。

蟒蛇猛然張口，接著將七之助從頭一口吞下。

吉富差點嚇得尿褲子。

將七之助吞下的蟒蛇，退燒藥藥湯在她體內的流動變得很激烈。藥湯有其固定流向。它流進被包覆住的七之助體內。

藥湯逐漸消失，全被吸入七之助體內。

不久，藥湯從蟒蛇體內消失。蟒蛇一陣顫動，再度張口將七之助嘔出來。

蟒蛇全身一軟。她就像原本鼓脹的物體突然鬆弛般，外形變得鬆垮，然後像在織布似的，從另一端漸漸恢復成長頸女的模樣。

「好嚴重的高燒啊。」

水面如此低語，轉頭望向吉富。

「剛才我讓他服藥，順便幫他退燒。小吉，乾淨的睡衣拿來了嗎？」

爲了不讓水面看出自己正齒牙打顫，吉富雙唇緊抿。

雖然她親切又溫柔，照顧病人的動作和阿竹一樣純熟，但水面畢竟還是妖怪，與一般人落差太大。

這想法深深滲進骨子裡，嚇得他寒毛盡戴，但另一方面，卻深感可悲。當吉富將筒枕抵向七之助腦後，讓他躺回原本的姿勢，將棉被拉到他肩膀上時，吉富的嘴角垂落，這不是爲了防止齒牙打顫，而是爲了不讓自己流露出哭臉。

「……繼續剛才的話題吧。」、

水面將脖子伸長，接著重新盤好脖子，開口說道。

「那名船夫的亡魂平安回到故鄉。」

在七之助的引領下，回到他掛念的故鄉。

「結果他失控大鬧。」

就像一隻長出手腳的巨大怪魚般，變成難看又可怕的妖怪，毀壞漁村的建築和船隻，撕破漁網，看到人就攻擊，不分老弱婦孺。

「最後在漁夫們手持魚叉和火把的追趕下，跳入海中，潛入深海，消失無蹤。」

之後整整一年，那一處近海都沒有魚靠近。

「那名船夫的亡魂，原本既非怒魂，也非怨魂。」

水面甜膩說道，長長的手臂緊摟自己身軀。

「不像我這樣，有怪異的外形。他因爲遭遇船難殞命，忘了生前種種，因而流落到魂之里，由魂番照料。」

就像傷患或病人靜養，他慢慢恢復自我，雖然對自己已離開人世感到哀傷，但他的想法還是很單純。

「他想回故鄉。回到心愛的妻子及剛出生的孩子身邊。只看一眼也好，想向他們道別，前往陰間。他就只是個抱持這種心願的善良亡魂。」

所以七之助也很放心，就此疏忽。船夫的亡魂性情溫馴，而且他所言不假，他對妻子的一往情深令人動容。

所以七之助心想，如果是這種要求的話，應該可以接受。

但他失算了。

「船夫的亡魂回到故鄉後，得知心愛的妻子已成爲其他男人的妻子，自己的孩子也和那個男人很親暱，他發出憤怒和悲傷交雜的長嗥。」

渡船人，你早就知道這件事嗎？明明知道還帶我回村子嗎？

竟然發生這種我不想知道，也不想看到的事。我不想死。竟然就只是因爲我死了，就得遭受如此殘酷的背叛。

這教我怎麼原諒！

——因爲都已經過了三年啊！

「他的妻子如此大喊，害怕得後退，船夫的亡魂目睹這一幕，變成了妖怪。」

就連七之助講的話也聽不進去。發狂的妖怪，愈是大肆破壞，愈會失去人性。愈是沾染人血，就變得愈汙穢，愈凶暴。

「只要曾經傷害過活人，在陽世間造成危害……」

就無法從妖怪變回亡魂。就會以妖怪之姿受人畏懼，墮入黑暗，存在人世，等著日後被人收伏。

因爲七之助的思慮欠周，讓船夫的亡魂被逼入黑暗。

「船夫的亡魂內心有多沉重……這當中有多少悲傷和絕望，殘留多少執著與憤怒，他都誤判了。」

人心難測。人心易變。儘管化爲亡魂，人還是一樣脆弱。

七之助因發燒而呼吸急促。水面望著他的臉，繼續說道：

「這對渡船人來說，是就算付出性命也無法挽回的嚴重失策。」

從那天起，七之助接連數年都不吃十穀。米、麥、小米、稗子，一概不吃。此外，不論颳風下雨，還是下大雪、烈陽下，他都一概不戴斗笠，不穿簑衣。

「所以才會這麼消瘦，曬得這般黝黑。」

七之助要懲罰自己犯下難以挽回的錯誤，讓它烙印在自己身上。

「他是自願受罰，所以那段時間，他也沒從事渡船人這項職務。對他來說，我是他許久未負責的亡魂。」

聽著水面像嘆息般的低語聲，吉富依舊垂落嘴角，將他替七之助脫下的睡衣及滿是溼汗的手巾摺好。藉此不讓水面見到他那泫然欲泣的臉。

水面扭動她那白皙的手指，輕撫自己的黑髮。

「但我同樣很棘手。」

她夾在指縫間的黑髮全部脫落，像塵埃般隨風消散。

仔細一看，她膝頭一帶逐漸透明，可以穿透看到她身後的地板。右耳已失去原本形狀。亡魂和活人接觸時，會耗費力量，就算她變身成這個模樣，一樣無法保有其樣貌。水面消耗太多力量。

「當初那名船夫亡魂的事，他眞的很懊悔，所以他說，不管我再怎麼棘手，是多麼任性的怒魂，他也絕不會棄我於不顧。」

——我一定要讓妳變成和魂。

「就算變身也無妨。實在忍耐不住，變成妖怪也沒關係。只要不傷害人，不在陽世造成危害，就還是有機會變成和魂。」

——這次我絕不會再失敗了。

「水、水面小姐。」

吉富開口說話，很不中用地發出顫抖的聲音。

「打從剛才起，妳一直都沒說出七之助先生的名字呢。」

水面莞爾一笑。她的右半邊臉變成半透明。那是只有半邊臉的溫柔微笑。

「因爲渡船人到不同的地方，會用不同的化名。他眞正的名字，連我也不知道。」

魂番和渡船人都不會告訴亡魂自己眞正的名字。這是魂之里的規矩。

「這大概是他們保護自己的做法吧。」

水面的微笑流逝，她的下半邊臉開始瓦解。就連盤繞的脖子，以及規矩併攏的雙膝，也變成半透明，像水饅頭（註）般搖曳。

「一時講得太久……我也該休息一會兒才行。」

水面和昨晚一樣，化爲一顆半透明的圓球。那是軟綿綿的輕盈圓球。這是亡魂休息時，加以包覆的外殼。

「——小吉，剛才那姑娘是你的心上人嗎？」

水面的嘴唇如此問道。

吉富無法回答。水面的嘴唇在那半透明的圓球內，像隻紅色蝴蝶般一開一闔。

「我也好想像那姑娘一樣在人世生活。眞羨……」

眞羨慕。紅色蝴蝶沒能把話說完，融進圓球內。

吉富將要洗的衣物抱在胸前，搖搖晃晃站起身。他繞過七之助躺著的棉被，來到那飄然浮在空中的半透明圓球旁，一屁股坐在地上，緊挨著它。

他雙手抱膝，接著再也按捺不住，淚水奪眶而出。

可能是藥湯奏效，七之助一晚就退燒了。但要恢復力氣，重拾正常視力，還得再花上一些時日。

吉富和阿竹兩人一同照顧七之助。在七之助可以自己起身如廁前，晚上吉富一定都陪在他身旁，阿竹則是爲了替七之助準備好消化又滋補的飯菜，特別用心張羅，花了不少巧思。

當然了，木賃旅館原本的住宿費只有「燒柴費」，這下得多花不少銀兩。七之助對於自己長期久住，覺得過意不去，特地包一筆錢交給伴吉。伴吉沒多說什麼，直接收下，回到帳房打開來一看，大吃一驚，半晌打嗝不止。

「相模屋的老太爺說得果然沒錯。雖然是可疑的客人，但還是得客氣侍候才行。」

伴吉等候七之助不用再喝米湯和稀飯，改吃普通米飯時，特地用這筆錢買來蒲燒鰻。厚厚的蒲燒鰻，烤得焦度適中，吉富在松之間和七之助兩人一起享用。原本一直聽到廚房傳來弟弟們興奮叫嚷著「鰻魚耶！」的聲音，但他們在說了一聲「我開動了」之後，可能是吃得很專注，頓時靜得像在墓地裡，這令吉富既好笑又難爲情。

「抱歉，因爲他們一直沒什麼機會吃到。」

「看他們很歡樂呢。」

註：是以葛粉做成的透明外皮包裹餡料的一種夏季涼點，外形像涼圓。

雖然康復不少，但七之助還是瘦得像竹竿，而且因爲臥床多日，滿臉鬍碴。原本爲了清除頭虱而理短的頭髮，現在變得半長不短。這樣的模樣更顯怪異，但他那雙又大又圓的黑眼珠，已重拾往日平靜溫柔的目光。

「七之助先生，您多吃一點。」吉富開朗說道。「明天我請剃髮師來幫您刮鬍子吧。至於頭髮，就算今後打算留長，也還是將它修剪整齊比較好。」

「不，我打算繼續維持這樣的小平頭。乾脆一次剃光算了。」

終於要理光頭了啊。吉富想起水面的話。關於七之助的懊悔及他對自己加諸的嚴厲懲罰。

呼——呼——吉富將滲入醬汁的白飯扒入口中，品嘗味道，同時試著重新細品自己的想法。吉富，你打算怎麼做？要往前跨出一步嗎？還是要保持沉默，什麼也不做？

「最近都沒看到水面小姐呢。」

「因爲我都小心翼翼維持封印，她才沒出現在你們面前，如此而已。原本理應這樣。」

明明是可口的蒲燒鰻和醬汁飯，但七之助的口吻滿是愁苦。

「我太不中用，身體變得虛弱，隨口說了那麼多話，害得吉富先生知道了你大可不必知道的事，連不必擔心的事都跟著擔心起來。」

他的愁苦，令吉富拿定主意。就是這個時候。就開口講清楚吧。往前跨出一步吧。

「七之助先生，您沉睡的那段時間，我從水面小姐那裡聽說了。」

七之助抬起眼。「聽說什麼？」

「水面小姐是您睽違多年，再次引導的亡魂，還有您前一個亡魂搞砸的事。水面小姐很低調地跟我說，雖然她知道您爲了那件事相當自責，但她自己也讓你勞心費神。」

七之助的嘴角泛起一抹僵硬微笑。

「吉富先生，您的祖先當中，一定有人是魂之里的居民。」

如果不是的話，實在無法解釋。

「打從一開始，您就能看見水面，還能碰觸她，並讓她碰觸你，最後甚至不需要我，便和她親近地聊了起來。您的體內流著優秀見魂者或渡船人的血。」

是這樣嗎？吉富心想，這應該不是原因。

「我們家中能看見水面小姐的，就只有我以及和我沒血緣關係的後母。如果說我帶有這樣的血脈，實在很奇怪。」

七之助明顯露出不悅之色。

「如果是這樣，這又該怎麼解釋？」

吉富指著他的臉笑道。

「這就對了，偶爾就該露出這樣的表情。七之助先生，長期以來，你一直在壓抑吧。」

咦？七之助維持這樣的嘴形，僵住不動。

「您含辛茹苦守著祕密，既不能發牢騷，也不能向人炫耀。一直過著這樣的生活，就算再堅強的男人也會吃不消喔。」

七之助疲憊不堪地來到龜屋。差點被自己犯的沉重罪過壓垮，而他幾乎瀕臨忍耐極限，卻完全沒這樣的自覺，這也是他很嚴重的問題。

「等到您達到極限時，會在不知不覺間向周遭求助。所以您自己或許沒發現，但您擁有的力量，卻對您身旁的我們發揮了作用，會不會是這樣呢？」

換句話說，阿竹與吉富只是受到七之助這位優秀渡船人的影響罷了。就像臉被夕陽染紅，站在篝火旁，煙味會滲進衣服裡。

「七之助先生如果到其他地方，我娘和我就會恢復原狀了。您大可不必擔心我們的事。但我可是很擔心您啊。」

今後七之助會怎麼做。水面會變成怎樣。

「在我們店裡住這麼久，應該是少有的情況吧。你們兩人來到深川，是因爲與水面小姐有淵源的場所，就在這附近嗎？還是說，你們只是恰巧路過呢？」

七之助可能是在細細思索吉富的話，一臉茫然。不久，他將剩一半沒吃的飯碗放回托盤，連筷子也拼攏擺好。

「我的……力量……竟然會……」

他用空出的手朝臉上抹了一把。

「如果是這樣的話，那不就給您添了更多麻煩嗎？」

「我不覺得這是麻煩。我說這話，並不是這個意思！」

吉富拉高嗓門。七之助怯懦地眨眨眼，兩人互望彼此。

「眞拿你沒辦法。」

七之助如此說道，嘆了口氣，表情緩和些許。「我原本就只是打算路過深川。」

十四日下午，他們搭船從木更津往南。不是坐載客的客船，而是一般載運醬油的船。

「這當然是因爲我不想讓水面混在眾人當中。」

七之助的眼睛在那之前就開始出狀況。出現雀盲眼的症狀，就連白天看遠也顯得模糊。

「不過，我當時還是想趁十四日當天穿越市內，走出四谷的大木戶，或是找一家能暫住的旅館。」

但船隻搖晃劇烈，超乎預期，加上一直沉浸在醬油的氣味，所以當他抵達小名木川五本松旁的碼頭時，已嚴重暈船。一時間無法行走。

「不得已，只好在河堤旁休息片刻，之後狀況改善了，但我已經提不起勁。於是心想，今天就在這一帶找家旅館投宿。」

他第一次到深川來，不知該住哪家旅館好。

「我手上有充足的盤纏，而且我有的公文書叫作『魂手形』。是幕府只核發給魂之里渡船人的特殊通行證。只要出示就能完全不用顧慮，想住什麼地方都行，所以既不用感到不安，也不會有任何不便。」

但水面是個棘手的同行者。

「既然我身體變得虛弱，就得考量到封印的力量跟著變弱，所以我很愼重看待此事，四處找尋適合的旅館。」

吉富聽了，爲之傻眼。「所以你就剛好來到我們店裡嗎？」

七之助面帶微笑的點頭。「因爲你們的氣都呈現出很好的顏色。」

七之助心想，這樣就能放心投靠他們。

「吉富先生，您應該知道。我的眼睛和水面一個樣。留在人世的亡魂，眼睛就像這樣。」亡魂的眼睛可以看見其他同類的亡魂，同時也能看出活人的生命光輝，亦即人氣。

「當時我之所以猜出龜屋裡沒有客人，是因爲從客人居住的房間裡，看不到半點人氣。」

另一方面，忙著工作的吉富他們，散發出淡淡的櫻粉色，或是漂亮的草色，就像慣用的道具般帶有鋼的亮光。

「鋼的亮光……是指我爹嗎？」

「我原本也這麼認爲，但現在想法變了。那是阿竹夫人。因爲她的氣最強烈。」

這不是在挖苦，也不是在嘲笑，而是以尊敬的口吻說明。

「對了，水面在樓梯處第一次遇見吉富先生和阿竹夫人後，儘管我板起臉罵她一頓，她卻只是斜眼瞄著我說道。」

——就算再怎麼高大，終究是女人，她應該也很怕我，可是並未退縮，一心保護男孩。

「水面說，眞是讓她開了眼界。」

吉富望向七之助懷中。

「水面小姐在那裡面嗎？」

「不，現在連同竹筒一起收在行李中。爲什麼這樣問？」

「就算在竹筒裡，水面小姐應該還是聽得到我們的交談吧？」

「聽到會怎樣嗎？」

吉富雙手靠在嘴邊，圍成一個圓，輕聲叫喚。「喂，水面小姐。妳那樣說，我娘聽了會很高興的。謝謝妳。」

七之助微微斜傾著身子，定睛凝望著吉富，眼神就像在打量一個深奧難懂之物。

「……你爲什麼對水面這般溫柔。」

吉富聳了聳肩。「因爲我是個溫柔的男人。」

「這可不能亂開玩笑。吉富先生，聽說你和人談妥婚事了不是嗎？」

「咦？」

吉富不自主地用手護住自己的肚子。因爲由宇送他的念珠就藏在懷中。爲了不弄髒它、避免遺失，很寶貝帶在身上，寸步不離，這是最好的做法。

「七之助先生，你怎麼會知道？」

「我靜靜躺在這裡，可以清楚聽見人們在馬路上交談的聲音。應該是昨天傍晚，伴吉先生和一位聲音渾濁的老太太說，他們兩位當事人都有意思，那婚事就進一步往下談吧。」

這個地方可眞是藏不住祕密。

「這和我的婚事有關係嗎？」

「怎麼會沒關係呢。」

七之助語氣有點凶。雖然相處時間不長，但在這段怪異又緊密的相處過程中，這是七之助第一次眞的生氣。

「今後即將娶妻的男人，爲什麼要對其他女人這麼溫柔？水面也是女人。她變成了怒魂，化身成妖怪，但她還是女人，要是你對她好，她會順從你的好意。你不覺得這樣反而可憐嗎？」

吉富無言以對。這樣反而可憐。他從來沒這樣想過。

——我也好想像那姑娘一樣在人世生活。

之前水面的嘴脣輕啓，就像一隻柔弱振翅的小紅蝶，如此說道。

妳可以的。來世就過這樣的生活吧。如果妳想這麼做，就不能變成妖怪，在人世間徘徊。

「請你告訴我。」

你們兩位想去哪兒？水面想起的場所，是她懷念的故鄉和老家，也是她懷恨之處嗎？

「今後你們打算怎麼做？」

面對吉富的詢問，七之助不帶起伏地低沉回答。

「……當然不會是遊山玩水。關於怒魂和怨魂的事，我之前告訴過你吧。」

吉富雙脣緊抿，點了點頭。水面要前往的目的地，幾乎可以很肯定的說，就是怒魂憤怒來源的所在地。以不合理的手段將水面逼死的人。殺害水面的人。讓她吃盡苦頭的人。

「她不是因爲懷念才回去。也不是去見溫柔的親人。水面想去雪恨。」

說到這裡，七之助那曬得黝黑的臉龐因痛苦而扭曲。

「帶領亡魂前往他們想去的地方，是渡船人的職責。但我不希望水面做出可怕的事。」

因爲對先前的失算深感懊悔。他讓一個既非怒魂，也非怨魂的亡魂，變成永遠無法前往西方極樂的怪物——

「在旅行途中，我一直在爭取時間。讓水面用眼睛看，用耳朵聽，了解世上其他人的生活樣貌，教她了解道理。」

要捨下怨恨，前往另一個世界。亡魂升天後，總有一天會遵從輪迴之理，投胎轉世。就選擇走這樣的道路。就算一雪今生的仇恨，消了胸中怨氣，但如果付出的代價是化爲妖怪，永遠留在世上，這樣未免太不划算了。

「水面強烈的憤怒和怨恨，與我的極力說服，兩者互有勝負，相互拉鋸。而在這樣的過程中，我身心俱疲，變得愈來愈像亡魂，才會在這裡逗留良久。」

七之助以瘦骨嶙峋的雙手抱頭，低聲呻吟。

「啊！剛才吉富先生你說的話，或許一語中的。受亡魂之氣感染的我，接下來想感染吉富先生和阿竹夫人，讓你們成爲我的同伴。」

做出這種行徑的我，不配再擔任渡船人了。上次的失敗，我就應該學到教訓，主動歸還這項職務。原本是想，就算犧牲這條命也無所謂，要想辦法讓水面變回和魂，但我已沒有那樣的力量，就只會引發更多紛亂……

吉富開口：「我來幫你。」

雖然只是路過的緣分，但終究有緣。不能坐視不管。吉富堅決說道。

「我不會讓水面小姐更可憐。哪能忍受這種事啊。我要讓她變成和魂，前往西方極樂。」

七之助發出近乎自暴自棄的冷酷笑聲。

「吉富先生，你又能幫得上什麼忙呢？」

「我可以。告訴我她的仇人是哪個傢伙，對水面小姐做了何等殘酷的事。我替她報仇。」
只要吉富代替她報仇就行了。只要水面別直接對可恨的仇人下手就行了。
「說什麼傻話……」
「我沒說要見血、揍人、踢人，或是砍人。還有其他方法。」
莫非我也被亡魂感染了？如果是的話，那正好。我就接收亡魂的力量吧。

「說到水面小姐的目的地……」
在故事中形象鮮明的年輕吉富，就此被替換成穿著奇特龜甲條紋的浴衣，模樣帥氣的老翁。歲月無聲飛逝，一點一滴從吉富臉上帶走年輕與朝氣，留下智慧、風趣、冷靜。
——眞希望能像他這樣變老。
富次郎心裡這麼想，專注聆聽那正邁往結局的故事。
「是四谷的大木戶到八王子町中間的某個地方。就用這樣的說法吧。」
富次郎面帶微笑點頭。「可以，這樣就行。不過，有個場所的名字，說故事會比較容易。」
「嗯，是這樣嗎？」
「不妨就叫二島村吧。」
吉富老先生滿臉皺紋鮮活地動了起來，露出笑容。

「哈哈哈，叫三島的話就太沒禮貌了。」
當時還只是個小夥子的吉富，無法直接向水面詢問她到底是遭遇什麼殘酷對待，就此殞命。不是因爲他自己難受，而是一想到水面的痛苦，就無法開口。
所以他從七之助那裡聽聞詳情。愈聽愈生氣，怒火燒得他肚腸翻攪，噁心作嘔，淚溼雙頰猶如火燒。待冷靜下來，他望著自己的手，發現雙手手掌留下深深指痕。足見他剛才拳頭握得有多緊。
他用拳頭拭淚，思考該採取怎樣的步驟。如此一來，頓時覺得剛才的生氣、噁心作嘔、哭泣，令他的智慧和膽識湧現。
一旦拿定主意後，他前往與伴吉和阿竹商量。吉富說，七之助說他已沒事了，準備踏上行程，但看他身體那麼瘦弱，可能隨時都會倒下。
——他要前往二島村，憑我的腳程，當天就能趕回來。就算得多花點時間，頂多住一晚也就夠了，所以我想送他前往。
伴吉顯得不太情願，但阿竹在一旁幫吉富說話。阿竹雖然不像吉富知道得那麼多，但她來回望著兒子，以及頭髮剃光的七之助，似乎猜出怎麼回事。
「另外，我私下向我娘借了一樣東西。她也沒多問，便答應了我。」
——既然小吉你這麼說，想必有你的理由。

到出發那天，阿竹凝望著吉富的眼睛，對他說道。

——我只要求你一件事，那就是別讓由宇爲你落淚。

這位沒血緣關係的後母，彎下她高大的身軀，執起繼子的手。

——如果你讓那女孩爲你哭，就算要追到十八層地獄，我也會找到你，向牛頭馬面借來長槍，把你刺成人肉串，一路拖回家。

阿竹還是老樣子，一位說話嗆辣的母親。吉富將她這番話深深烙印在耳裡。

「後來，她這句話我完全模仿照用。」

帥氣的吉富老先生，一臉懷念地瞇起眼睛說道。

富次郎聽得張口結舌。「您這話的意思是……」

「後來面對水面的仇人，我用響若洪鐘的聲音，對他說了這句話。就在眾多二島村居民聚集的場面。」

二島屋是一處豐饒之地。那裡土地肥沃，水質佳，所以能種植出上好的葉菜和水果。這些農產品在江戶市內高價販售，地主賺得荷包滿滿。沒透過批發商，自己挑擔前往兜售的農民，就此賺取現金。

「小少爺，您知道嗎。在沒錢的地方，不興盛開錢莊。它只在有錢的地方才吃得開。」

二島村的錢莊，與名主和村長的宅邸比鄰而建，在村莊的正中央擁有店面和住家。屋號叫青葉屋。

「他們是貨眞價實的錢莊。原本是開一家青果行，但因爲常給一些爲資金發愁的客人通融，就這樣地，貸款逐漸成了他們的本業。」

在二島村這種資金流通量大的地方，就需要有一家商家扮演這種角色。所以村民們一點都不討厭青葉屋。

「水面小姐是青葉屋的獨生女。」

單名一個葵字。是人如其名的美人。

「前年初春，她突然從庭院消失，不見蹤影。大家都傳聞她是遭遇神隱。」

沒人知道她死了。當然，完全沒替她誦經。

「所以才會四處徘徊，流落到魂之里啊。」

富次郎如此低語，吉富老先生點頭，接著往下說。

「我請七之助先生先在村子前方找地方躲著，我獨自佯裝成旅行路過的小夥子，四處打聽，眾人都毫不保留地跟我說。」

對村民而言，葵的神隱就像昨天才發生，既可怕又不可解，成爲眾人討論的話題。

「其實根本不是神隱。葵小姐是被人從家中帶走，遭到殘酷對待後，就此殞命，被埋在山中。我很想這樣大聲喊，但我強忍了下來，繼續假裝成一個出外旅行，心中滿是不安的小夥子，一邊四處閒逛，一邊往青葉屋的暖簾內窺望。」

確認過那名可恨的仇人長相，吉富穿過田間小路，暫時離開村莊。

「水面小姐已清楚憶起她遭人勒斃殺害後的掩埋地點。」

就在村莊外郊的雜樹林裡，一處沒人使用的倉庫間，已半腐朽的木板地底下。

「因爲那是重要的證物，我不能隨便破壞。我從路邊撿來野花供奉，雙手合十膜拜。」

悲憤的淚水像燃燒般再度滿溢而出，吉富將它吞進肚裡，與七之助會合，等候夜幕落下。

「……水面小姐能變成蟒蛇。」

之前她變成蟒蛇，將七之助吞進肚裡，餵他喝藥湯的那一幕，吉富全程目睹。

「我提議她用同樣的方式對我。」

——妳把我吞進肚裡。讓妳擁有的亡魂之力融入我的血肉中。

「這麼一來，我吉富也能變得像妖怪一樣厲害。」

就算只有很短的時間也無妨。就利用那短暫的時間。

「好好大鬧一場，用我娘教我的狠話，大聲咆哮，當著聚集的村民面前，將殺害葵小姐的那班人臉上的假面具給剝下來。」

說著故事的吉富，此時聲音仍滿含怒意。

富次郎問：「水面小姐同意對吧？」

吉富雙脣緊抿，點了點頭。

「但不是馬上就一口答應。」

日暮時分，竹林沙沙作響，西方天空殘存的晚霞，看起來宛如一道血痕。吉富就這樣在薄暮中說服水面。

「在開始說服她之前，我讓水面小姐看我從娘那裡借來的東西。」

向阿竹借來的東西。「是之前您說，私下向令堂借的那項東西對吧。」

「對。我借了浴衣。」

爲了今年夏天的盂蘭盆舞，阿竹和由宇的三弦琴師傅爲弟子們特地做同樣款式的浴衣。加入松葉的奇特龜甲條紋，大膽鮮豔的花色。

「是由宇送我念珠時穿的浴衣。我娘也有一件。」

——妳的仇我替妳報。妳留在這裡別動。

「等全部辦妥後，妳就馬上到西方極樂吧。穿著這件浴衣去。我極力向她勸說。當時水面小姐的表情……」

想不起來。

像夕顏（註）般白皙，像明月般明亮。那宛如春雨般淋溼吉富手背的，是水面的淚。

——我記得殺害我的凶手長相。

是僱來的無賴。一群又醜又臭的男人。

——僱用這班人將我擄走、玷汙我、將我殺害的人，我也想起來了，我知道是誰。

是我娘。

「是葵小姐的後母。」

青葉屋的店主很早喪妻，與獨生女葵相依爲命，但自從葵懂事後，父親便娶了繼室。這位繼室是藝妓出身，一位風情萬種的女人，外表和善宛如菩薩，但眞面目是夜叉。

「她原本只是個會在背地裡欺負葵小姐的女人，但自從生了兒子，葵小姐就逐漸成了她的眼中釘。」

想到青葉屋的財產有一部分會歸前妻留下的獨生女所有，她就忿恨不平。她恨得咬牙切齒，她就是如此欲深谿壑的女人。

「於是她透過以前的關係，養了一群無賴……」

雖然現在已是個皤然老翁，但想起那段往事，轉成話語，還是覺得像是胸口被刨去一大塊。吉富爲之語塞。接著當他再次開口時，轉爲以宛如口吐唾沫般的氣勢，一口氣往下說。

「他們虐殺葵小姐。還笑著說，原本是想好好享受一番後，再將她轉賣給別人換錢，但一

註：瓠子的花。又稱夜開花。

時玩得過火，把人殺了。那是葵小姐臨終前最後聽到的聲音。」

這不是人的行徑。也不是野獸會做的事。根本就沒人性。只能這麼說。

——抱歉，小吉。你和你繼母感情這麼好，聽到這樣的故事，應該覺得很噁心。

吉富眼中浮現水面說的那句話，就此淚光盈盈。

「光聽到這句話就夠了。」

此仇非報不可。

「爲了報仇，我將化爲妖怪。所以絕不能被妖魔乘虛而入。就是因爲這麼想，我從懷中取出由宇給我的念珠，戴在左手腕。」

亡魂之力，請盈滿我全身吧。

水面變身成蟒蛇。吉富一鑽進她的血盆大口中，旋即感到全身熱血沸騰。

「我情緒激昂，手腳盈滿力量，呼出的鼻息灼熱。」

吉富宛如變成一顆火球，從蟒蛇口中滾出，一蹬就躍上樹頂。

——這就是怒魂的力量。憤怒的力量。

「我去去就來！我朝二島村躍去，留下這句話，但我不確定從口中說出的，是否爲完整的人話。」

轉頭一看，七之助那顆光頭，映照出夕陽的最後餘暉。力量移轉給吉富的水面，馬上便開始變成像水饅頭般的圓球，七之助用阿竹那件浴衣將她包覆後，抱嬰兒般，將她牢牢抱住。

見到那一幕後，吉富在薄暮中縱身飛躍。從這枝頭跳往另一個枝頭，從這棵樹盪至另一棵樹，他縱情咆吼，任憑衣服下襬像旗幟般翻飛，一路破風前行。

「我變成了猴子。一隻全身覆滿黝黑的硬毛，手長腳長的猴子。」

水面明明是隻蟒蛇，但我為什麼是猴子呢？

「我一邊在空中擺盪，一邊心想，可能是因為生肖，笑個不停。」

「啊！意思是水面小姐屬蛇，吉富先生您屬猴……」

「答對了。」

講這樣的笑話適合嗎？吉富老先生哈哈大笑，露出凝望遠方的眼神。

「我當時明明是開懷大笑，但傳進耳中的聲音卻是嗥叫。身高和人一般高，全身覆滿黑毛的猴子，一面吼叫，一面朝二島村逼近！」

村裡的人也發現他的嗥叫。可能以為是野獸來襲。在黃昏時分，一群男子手持龕燈（註）和燈籠，四處巡視，不知發生何事。

「我直接躍向人群中央。」

憤怒和憎恨取代剛才的開懷大笑。

「那沒人性的傢伙所住的二島村，就是這裡是吧！」

吉富大叫一聲，用力一躍，移身至附近的茅草屋頂上，持續剛強有力地咆吼。

來嘍，來嘍，報應的時刻來嘍。誰想見識地獄什麼樣子。我讓你明白，讓你開開眼界。我帶你去地獄。

「從屋頂躍下的地方，有一臺拖車，我將握把折斷，用雙手握住，使勁甩動，握把尾端開始冒煙，接著慢慢變成焦黑。」

就像地獄的獄卒扛在肩上的長槍。也像侍奉惡鬼的僧侶所用的錫杖。

「我用力一甩！就此飛出火球來，當眞有意思。」

陸續冒出的火球，像有生命，飛向村莊處。那邊的稻草堆起火，這邊的壁板竄出火舌。

「我再度高高躍起，跳到青葉屋的屋頂上。用手中的拖車握把插進茅草屋頂，爲了避開冒出的烈焰，我翻了個筋斗。持續大笑、痛罵、嗥叫。」

那虐殺葵，將她的屍體當垃圾一樣丟棄的傢伙，不可饒恕。

「我叫喚那名繼室的名字，也揭發那幾名受僱者的名字。」

現在是你們該付出代價的時候了，現在看破也太遲了。看看這場劫火，聽這聲音。一起去地獄吧。如果有人想袒護你，眞是好膽量，我會全部一起帶走——

「我當時說了一句——看我用這把槍刺進你屁股裡，把你刺成人肉串，拖著你走。」

明明是句狠話，富次郎卻笑起來。說這話的吉富也笑了。

「我娘的罵人用語，眞的派上用場。平時我再怎麼生氣，也想不出像她那樣的狠話。」

你們這些滿肚子臭蟲的壞蛋，瞧我把你們的頭摘下來。再卸下你們的手腳，把你們烤得連骨頭都跟著焦黑。如果不想死的話……

「就把殺害葵那個沒人性的傢伙交出來，拖出來！」

火勢逐漸往青葉屋的建築延燒。家人和夥計們都往外逃。

「青葉屋的繼室大概一直都過著優渥的生活。沒當藝妓後，她的魅力盡失，成了一位臃腫的老太婆。」

青葉屋的店主臉色發白地追問她。村民們在圍觀，就像遇到惡鬼般，個個面如白蠟。

「比起變成猴妖的我，他覺得自己的繼室更可怕。」

好了，該使出最後殺手鐧了。吉富從青葉屋的屋頂躍下，一把揪住那名繼室的髮髻。

「就這樣拖著那個女人，一路奔離村莊。」

路上揚起塵埃，穿過雜樹林，不管是卡到樹枝，還是撞向樹根，一概不在意。一開始還會聽到那名繼室的慘叫聲，但很快就安靜無聲。

註：音同日文的「強盜」，爲「強盜提灯」的簡稱。江戶時代發明的一種燈籠，只會照向前方，不會照出提燈者，很適合強盜使用，所以叫「強盜提燈」。

「我一路又跑又跳，來到葵小姐屍體掩埋的小屋。」

最後吉富再次鼓足全身宛如彈簧般的力量，躍向路旁一棵橡樹樹梢。

「我讓那名繼室的腰帶勾在樹枝上，將她整個人倒吊後，逃離那裡。」

當時吉富從水面那裡獲得的亡魂之力已經耗盡，開始變回普通人。

「我的手臂變得光滑，腳掌感覺到地面泥土的冰冷，逐漸恢復理智。」

身上衣服破損，就像披著一件破布。但念珠沒遺失，仍牢牢套在左手腕。不，上面的珠子全變得黯淡無光。

夜幕低垂的夜空，星光閃耀。從二島村方向飄來黑煙，不時會遮蔽星辰。吉富拖著腳步而行。有時爲了避免被村民發現，他爬也似在竹林深處行進。渾身是傷。

「回去後一看，只有七之助先生一人。」

——水面已經升天了。

七之助如此說道，將阿竹的浴衣歸還吉富。那件吸滿夜氣，因潮溼而冰冷的浴衣，微微散發一股白檀香。

「我抱著那件浴衣時，突然聽到一個尖銳的啪嚓聲。」

由宇給他的念珠破裂粉碎，散落腳下。既像繁星，也像眼淚。

終於結束了。一切都結束了。吉富哭了起來。

「像那樣抽抽噎噎哭個沒完，我人生中就只有那麼一次。」

富次郎深呼吸，細細感受胸中不斷湧現的各種思緒。

之前請吉富入內，愉快與他聊到浴衣，對他的人品頗有好感，開始聆聽他的故事。但當時萬萬沒想到，故事竟這樣展開。說故事的當事人竟然變身成妖怪，大鬧一場，哎呀，真教人瞠目結舌。

吉富也像鬆了口氣，輕嘆一聲，拿起手邊的茶杯。但杯裡的茶早空了。富次郎俐落起身。

「真是招待不周。再幫您沏一壺熱茶。」

富次郎從茶筒裡取出新的番茶，注入鐵壺裡的熱水。

「啊，好香。」吉富露出微笑。

「您準備得這麼用心，讓我在此說出自己的故事，真的很感謝。」

吉富重新環視黑白之間內沉靜的氣氛，瞇起眼睛。

「與魂之里有關的這個故事，是我人生中最難能可貴的經歷。除此之外，我的人生就像是風平浪靜的大海……不，應該說，就像是很適合退潮時撿拾貝類的海邊淺灘。」

沒有從平坦海灘上聳立的巨岩，沒有洶湧的大浪，也不會漂來什麼奇怪的漂流物。

「您從雙親那裡繼承了龜屋的生意對吧？」

「我原本當然這麼打算，但我十八歲那年冬天，龜屋受火災波及，付之一炬。」

幸好家中老小全都平安，但已失去繼續做木賃旅館生意的屋子。

「就在那次的轉折下，我和妻子由宇……啊，後來我們順利結為夫妻，我改去她娘家幫忙做生意。」

「是炭屋吧？」

「對。由宇有位大哥，理應是位稱職的繼承人，但他身子骨孱弱。病情時好時壞，最後在二十五歲那年溘然長逝，不得已，就這樣半推半就改為入贅……」

吉富原本平靜下來的眼神，又微微興起波紋。

「我娘替我們高興，覺得只要我和由宇覺得這樣好，那就夠了，但我爹就不同了。自己的安身立命之所被燒成精光，長男又被媳婦的娘家搶走，他心裡很不是滋味。終日藉酒澆愁。」

吉富和由宇子女滿堂，陸續生下健康嬰兒，伴吉沒能好好疼愛孫子，就像是緊跟著步上龜屋後塵，中風亡故。

「我娘雖然成了寡婦，卻一點都不顯得頹喪。在我弟弟們能獨當一面前，她一直都不辭辛勞找尋各種工作，勤奮工作。」

吉富的弟弟們透過由宇娘家人脈，到別人店裡當夥計，或是自己做小生意。由宇的娘家如此大力幫忙，肯定是因爲女婿吉富勤快認眞，爲人眞誠。

「而且，自從我爹死後，我娘便認眞投入學習三弦琴。她果然有這方面的長才。一來也是因爲有師傅當她的強力後盾，在她死前的那十年間，都是靠三弦琴謀生。」

現在還是教人懷念——吉富溫柔說道。

「她是位好母親，也是個好女人，能以一把太棹的三弦琴，彈出在人腹中迴蕩作響的美麗琴音。眞是位不簡單的人物。」

關於七之助與他那罕見又可怕的同行者，阿竹在往後的生活中都不曾提及。吉富沒說，也沒想過要向阿竹詢問。

「俗世生活既熱鬧又忙碌，根本無暇顧及這種事。這是原因之一。至於原因之二，當事情過去，心裡會產生懷疑，不確定是眞有其事，或只是夢境一場。」

因爲那場經驗委實光怪陸離。

不過，隨著年歲增加，阿竹日漸衰弱，某年初春她因感染風寒而臥床，當眞沒想到，平時像鬼怪般強健的人也會病倒。

——我離大限之日不遠了。

因為她說出這樣的喪氣話，所以兩人談到那件往事。

——小吉，以前在某個盂蘭盆節的日子裡，龜屋來了一位投宿的客人，他患有雀盲眼，還說他能看到死者亡魂，你還記得嗎？

「嗯，記得。娘，妳也還記得啊。」

——當時的事，我瞞著沒告訴妳，其實我和那位七之助先生很熟。還經歷了很驚人的事。

——我猜也是。其實我也發現了，一直很替你擔心，但我想，你應該沒問題，就沒過問。阿竹說，阿龜的亡魂拿著曲尺在龜屋裡四處亂飛的事，她怎麼也忘不了。

——人死後，原來會變成那樣啊。我是個粗魯，嘴巴毒，又粗枝大葉的女人。就算死後成了亡魂，或許一樣吵，會給你和由宇添麻煩。先跟你說聲抱歉。

「我對我娘說，哪有什麼麻不麻煩的。妳可以彈著三弦琴出現啊。不過，講這種事不太吉利，就別再說了。」

吉富再度瞇起眼睛。眼角微泛淚光。

「之後只過了兩、三天。她半夜狂咳不止，還嘔血。」

天還沒亮，便與世長辭。

「我娘在世時累積的功德如山。她一定是用飛快的速度直奔西方極樂去了。我一直這樣深信不疑。」

但只怕會有什麼萬一。有時也會有走不走運之分。

「所以，要是我娘的亡魂迷了路，我打算找魂番、渡船人，雙手合十拜託，請他們幫忙。可是小少爺，說來實在教人傻眼，我連魂之里在哪個方位都不知道。」

沒從七之助那裡問清楚。仔細想想，七之助也刻意講得語焉不詳。

「眞的是太可惜了。於是我心想，龜屋已經不在了。我不是木賃旅館的店主，弟弟們也沒人做旅館生意。」

換句話說，他現在毫無拘束。

「以前做旅館生意時，有可能影響生意的事，一概不能深入查探。所以就很自然守口如瓶，把祕密藏在心中，但現在我沒這個顧慮。」

他想四處打聽魂之里的事。

並非單純想知道而已。如果是這樣，早在多年前就行動了。是因爲想知道阿竹亡魂的去處，想替她祈冥福，才起這個念頭。

「……因爲說這故事給小少爺你聽，我這才發現。我對我爹很冷淡吧？」
吉富滑稽地偏著頭，富次郎看了，忍不住噗哧一笑。
吉富也笑了。「我對我爹眞的很不孝。不過，他雖然被前妻背叛，但我後母對他照顧得無微不至，他算是幸福之人。這樣他該滿足了。」
富次郎心想，吉富和由宇一定也是一對幸福的夫妻。正因爲有這樣的眞切感受，才會對已故的父親和後母說這樣的話。
「所以您開始四處打聽後，可有得知關於魂之里的事？」
富次郎拉回話題。
「哦，這才是我要說的正題。」
吉富聳著肩。
「因爲七之助先生來的時候，附近一位見多識廣的老太爺知道魂手形的事，還告訴我爹這件事。所以我認爲那應該不是什麼多難的事……」
但沒想到很快就走進死胡同，幾乎查無所獲。
「大部分人都露出納悶的神情，不知道我說什麼。他們是眞的不知道。當中只有一位知曉此事的人。」
他是位於同條街上的當鋪大掌櫃，年紀與吉富相仿。

「他的腦袋全禿。他前來規勸，那顆亮晶晶的頭像這樣發著光。」

——吉富先生，和你無關的事，不能四處向人打聽。

「他對我說，魂之里和魂手形的事，只會傳進有需要的人們耳中，等事情辦完後，很快就會忘了。世上就是有這樣的事，所以你還是安分一點比較好喔。」

世上就是有這樣的事。相關的知識，只會傳進有需要的人耳中。這祕密大部分人都不知道，但一樣過日子。

「吉富先生，您接受他的忠告了嗎？」

吉富雙手置於膝上，畢恭畢敬低頭行了一禮。「是的，就像這樣恭敬接受了。」

這件事在吉富的人生中，就這麼畫下句點。

「將提袋的拉繩拉緊綁好，牢牢打結。」

在今天前來說故事前，不曾將這個結鬆開過。這次說完後會再度打好結，再也不鬆開。

「既然這樣，請讓我也趕在那之前，說出我的推測，可以嗎？」

「哦，您要說什麼呢？」

「魂之里算是天領，而『魂手形』又是幕府特別核發的特殊通行證。幕府之所以如此用心當後盾，應該是因爲將軍家或御三家（註）這些名門當中，有時會有怒魂或怨魂出現，令人窮於應付。這背後或許有這麼一段歷史。」

黑白之間頓時陷入短暫的沉默。花瓶裡的麒麟草也擺出一副事不關己的神情。

「不論在什麼地方，人們做的事始終都沒多大差別。」

說完後，吉富咧嘴而笑。

「好了，我會牢牢打好結。小少爺，謝謝您撥時間聽我說這個故事。」

「我才要謝謝您。」

「那件浴衣，您就留著。您穿起來很好看。」

致謝結束後，吉富準備站起身。這時，富次郎忍不住追問了一句。

「吉富先生。」

他面對眼前這位額頭上手巾略微偏斜，正立起單膝的帥氣老先生。

「您為什麼會來參加我們的奇異百物語呢？」

不相干的事不過問。不相干的事不會說。這位老先生應該是這樣的人。

又是一陣沉默。麒麟草這次也豎耳細聽。

「雖然目前還只是偶爾發生。」

吉富平靜說道。

「但我也和我娘一樣，有時咳嗽就會嘔血。」

所以才想趁現在說出這個故事。

「我的妻子由宇，現在還是很硬朗。還有力氣追著曾孫跑。店裡生意一帆風順，沒什麼要擔心的事。」

就只有我已陽壽將盡——

「小少爺，對我這種一生只說這麼一次的說故事者來說，三島屋的奇異百物語是很好的容器，意義非凡。請好好繼續。」

富次郎聞言後端正坐姿，手指點地，深深一鞠躬。

「您的美言，在此拜受了。」

儘管阿民一再約束，但三島屋內上下還是爲了阿近的喜事歡騰不已，每個人都滿心雀躍。個個心不在焉，大掌櫃八十助又腰痛了，童工新太從梯子上摔下來，額頭腫一個大包。阿島在煮飯時，輕微燙傷。

——當眞是遇到八輩子的楣！

——應該說是倒了八輩子的楣才對。不過，通常都說是娶了惡妻，才會倒了八輩子的楣。

註：德川氏中除德川將軍家以外，擁有幕府將軍繼承權的三大旁系。分別爲尾張德川家、紀州德川家、水户德川家。

伊兵衛也記錯和人聚會的日子，最後就連阿民在寫祝賀信給阿近的老家——川崎驛站的旅館〈丸千〉時，一再寫錯，好不容易最後以爲寫好了，拿給阿勝看，結果……

「老闆娘，您寫成了〈丸仙〉啊。」

「咦！」

在這樣的混亂下，富次郎將吉富的故事畫下，全心投入這項作業，算是逃過一劫。

畫曲尺嗎？還是念珠？畫水面靜下來時那軟綿綿的靈魂凝塊？或覆滿黑毛的猴子手臂？他左思右想，到第二天，想法終於成形，就此提筆畫下底稿時，初秋暮色悄然掩至。

——眞想一口氣畫完。

先吃晚餐，晚上再趕工吧。在黑白之間點亮座燈，繼續作畫。

阿民平時就常對工匠和裁縫女工們說，在白天還算長的日子刻意晚上趕工，根本是浪費燈油。所以就算是小少爺富次郎，要做出此等任性之舉，也得先事前徵求母親同意。

「我不認爲葫蘆古堂他們會有多少舊浴衣。」

「因爲堆放在工房裡的舊衣，幾乎都沒有浴衣。得趁現在就開始蒐集才行。」

「嬰兒服和襁褓，老闆娘會親手縫製吧。尿布就由我和阿島姊來縫吧。」

幸好阿民與阿島、阿勝三人，正忙著討論怎麼替阿近的孩子張羅。

——這樣好嗎？未免太性急了吧？

阿民似乎已忘了富次郎的事。眞是謝天謝地。他悄悄走進黑白之間，心裡暗自慶幸，將座燈的燈芯拉長，點亮燈，坐向書桌前磨墨。

他決定要畫木賃旅館「龜屋」的招牌。

坦白說，他最想畫的其實是縱聲怒吼的那張猴子臉。爲水面報仇的憤怒化身。雖然模樣是猴子，但內心是吉富。很想用猴子眼中的光輝來呈現。

但憑富次郎的力量，就連那再普通不過的猴子，要畫得好也不是那麼容易。雖然志氣高，卻力有未逮，說來實在沒用。他就此放棄，改變想法。

龜屋現在只存在吉富一家人的回憶。把他們的招牌畫下，收錄在《怪奇草紙》裡，以這樣來當結尾，應該也很合適。嗯，這麼做也不壞。

龜屋擺出怎樣的招牌，吉富沒詳細提及。所以愛怎麼畫都行，不過，還是想畫出那個味道。就富次郎在市內所見，小型的木賃旅館都不是擺出屋簷招牌或箱形看板，往往都是用掛式招牌或掛式座燈充當。形狀有圓筒形、半圓形、箱形等，在紙質的部位寫上屋號，有時還會附上圖案。掛式座燈朝裡頭點燈後，就會明亮浮現文字或圖案，雖然小，卻很顯眼。不過龜屋的優點是屋子又大又寬敞，所以就算在店門口擺設箱形看板或招牌座燈，應該不足爲奇。

黑白之間的座燈是紙罩蠟燈的樣式。爲了讓燈光的光圈能籠罩整個書桌，他事先將座燈拉向身旁，攤開半紙。將故事畫成圖畫時，他一概不用好紙。因爲這是爲了聽過就忘而畫，所以用半紙就夠了。

當他順好筆尖時，隔門靠走廊那一側傳來敲門聲，阿勝面帶微笑探頭。手裡拿著一個裝有蚊香的素燒陶。氣味清香。

「夏末時節的黑斑蚊，還是很煩人。」

眞是位細心的人。凡事總瞞不過阿勝的眼睛。

「謝謝。」

「我把這邊的防雨門和紙門打開吧。」

黑白之間的格局是一間六張榻榻米大的房間，並設有壁龕和外廊。用五片防雨門和紙門一字排開，與外廊作區隔。富次郎沒搬出防雨門，就只是將雪見障子（註一）關上，不過，既然現在有了蚊香，讓屋內保持通風也不錯。

「從戶袋（註二）裡取出左右各一片的防雨門裝上，至於紙門就只將中央的那片打開一半，在那裡擺上蚊香，您覺得如何？」

「只要事情交給阿勝姊辦，一定都能辦得妥妥貼貼。」

阿勝俐落行動，擺好蚊香。

「老闆娘接下來要和我們去澡堂。您慢慢畫。」

阿勝溫柔的留下這句話後，就此離去。

富次郎獨自一人認眞地描繪龜屋的招牌。

常見的招牌座燈，是底座的部位做成梯形，上面擺上箱形的座燈。如果朝這種座燈畫上烏龜或瓶子（註三），確實很像旅館的招牌，但太無趣了。乾脆將紙罩蠟燈的圓形部分畫成龜殼的形狀如何？但很遺憾，無法拿這幅畫給說故事的吉富看，不然那位帥氣的老爺爺看了之後，可能會很開心的說「有意思」，眞想畫成這樣的作品。

如此左思右想，不知過多久。

將紙罩蠟燈畫成龜甲，實在太怪異了，還是應該畫成箱形座燈，朝外觀的圖案下工夫呢？以木賃旅館來說，他們以大空間自豪，所以做成高臺座燈的招牌如何？不，這麼一來，座燈的

註一：障子是紙門的意思，將紙門的下半部分換成玻璃建材，以方便欣賞庭園景致的設計，稱之爲雪見障子。

註二：收納多片紙門或防雨門的場所。

註三：日文中的「瓶」與「亀」同音。

地方會圍上格子，畫不了那麼大的畫。

「搞什麼，一直都決定不了嘛。」

他出聲發起了牢騷，從書桌上抬起眼時，發現因蚊香即將燒盡而轉淡的煙霧後方，有個人坐在昏暗外廊上。

眼下是連黑斑蚊都跟著沉睡的夜半時分，庭院裡的樹木和小石塔都籠罩在黑暗中。之所以能看見眼前的黑暗，多虧有紙罩蠟燈的燈光。

——可是，燈油即將耗盡。

剛這麼想，座燈的亮光便倏然變弱。如果先前亮度是十成，現在一口氣降至三成。

但還是清楚看見坐在外廊上的那個人身影。

他背對著富次郎。因爲採坐姿，所以只看得到他腰部以上。他右半邊藏在雪見障子後面，所以只看到身體的左半邊。

是名男子。頂著町人常見的銀杏髻。和富次郎同樣形狀。

——唐棧（註一）便服。配上獨鈷紋（註二）的博多帶。

晚上也一樣清楚，在黑暗中鮮明浮現。

「晚安。」

男子背對著他問候道。那是充滿磁性，響亮悅耳的聲音。

剎那間，之前的記憶在富次郎腦中甦醒。
他見過這名男子。
就在阿近成婚那天。結束那短暫的送嫁遊行，在葫蘆古堂舉辦喜宴時，富次郎一時喝多了酒，想到外面吹吹風，就此從後門來到戶外。
當時，這名聲音悅耳的男子向他問候。
——三島屋阿近小姐的婚禮順利結束了嗎？
——在下和小姐也算有一份緣。請代爲祝她幸福。
男子面露親切微笑，就此消失。一轉身便旋即不見蹤影。富次郎見到男子打著赤腳。雖然穿著昂貴的衣服和腰帶，卻像亡靈般打著赤腳。
沒錯，這個男人不是陽間之人。
富次郎明明面向書桌端坐，膝蓋卻不住打顫。我可眞是個機靈的膽小鬼。富次郎想笑，但嘴角變得僵硬，無法隨心操控。甚至打起了牙顫。
「很抱歉，這麼晚來打擾。我只是來祝賀一聲。」

註一：藏青底色搭配藍綠色或紅色條紋的棉織物。
註二：獨鈷是密教所用的金剛杵，以此圖案作爲布料的花紋。

男子沒轉頭，背對著他繼續說。

當時與對方面對面交談，還看過他的長相。他的眼白偏多，黑眼珠小……

富次郎猛然一驚，差點叫出聲。那不就和水面一樣嗎？

「富次郎先生，都這麼晚了，您還這麼賣力呢。」

他還知道我的名字？

「爲了阿近的喜事，三島屋上上下下似乎都開心不已。您也因此興奮得睡不著嗎？」

當年才十五歲的年輕小夥子吉富，面對水面，既不畏懼也沒認輸。我富次郎也不能輸給他。

「之前阿近成婚時，您也來問候過對吧？」

說來實在窩囊，聲音不自主地顫抖。富次郎緊抿雙脣，朝丹田使勁。

「您說您和阿近有一份緣。當時您就只說這麼一句話，眼下正是好機會。請問是怎樣的緣分呢？因爲視情況而定，我也得好好向您問候才行。」

開口說話後，便慢慢冷靜下來。難道是自己全豁出去了？怎樣都無所謂了。

「你們三島屋舉辦百物語。」

男子依然背對著他。

「不是一般的百物語。是我們獨有的奇異百物語。」

「不管怎樣，有這種興趣的地方，就會吸引我們這種人前來。」

因爲看起來有生意可做——

「生意?怎樣的生意?」

「在陽世與陰間來去，看有誰想追求什麼，有誰想販售什麼，我居中擔任仲介。」

並收取仲介費。

「我也以商人的身分見過阿近小姐。沒向她收取仲介費。因爲我沒和她做生意。」

既然這樣，爲什麼你像地藏王一樣，臉轉向一旁呢。富次郎心裡焦急。另一方面，他又在心裡暗自祈禱，臉別轉過來，別轉過頭來。別讓我看你的臉。一定和之前的長相不一樣對吧?因爲你的眞面目，應該不是普通人的臉。

「阿近小姐嫁作人婦，現在又要升格爲人母。眞是可喜可賀啊。」

「在孩子平安誕生前，都不能高興得太早。」

富次郎回他這麼一句，男子背對他笑起來。連笑聲也一樣清亮。

「曾問過阿近小姐一事。對於因她而死的未婚夫，是否曾感到內疚。」

一道閃光劃過富次郎心中。大概是憤怒。而且不是一般的憤怒。大概是所謂的義憤。

「阿近的未婚夫並不是因她而死。因爲未婚夫遭殺害，阿近的內心差點一起跟著死了。你這樣隨便向她找碴，會造成我們很大的困擾!」

富次郎的怒吼聲很響亮。男子的竊笑聲則像從他的怒吼聲底下鑽過般，傳進他耳中。

笑得連肩膀都在晃動。

「阿近小姐未婚夫的亡魂，應該是充滿怨恨，不知所從吧。」

「……咦？」

富次郎對於阿近遭遇的不幸事件並不是很清楚。因爲有人愛慕阿近，使得她的未婚夫遭殺害，而殺人的男子最後自盡。阿近懷著滿腔的怒意和悲傷，無處宣洩。富次郎只知道這樣。

「你的意思是阿近不對嘍？」

蚊香的煙霧消散。紙罩蠟燈的燈芯發出低沉的滋滋聲。

「報應這種事，該來的時候就會來。」

男子的聲音聽起來就像在誦經。

「舉辦百物語，就會聚集陽世間的罪業。」

男子語氣平靜，從外廊上起身。緊接著，他那窄細好看的銀杏髻融入黑暗中，消失不見。

「富次郎先生，請您也要做好這樣的覺悟。希望阿近小姐的孩子能平安出世。」

男子往前踏出一步，就此消失離去。

富次郎推開書桌起身，朝男子大喊。

「如果是覺悟，我可是一張又一張疊了上千張，壓得又緊又實。我不准你來打擾阿近的幸福！阿近她……阿近她……」

由我來守護！

富次郎鼓足全身之力說出這句話。

「我不知道你是陰間的商人還是什麼的，但如果你非要阿近遭報應的話，很好，這種不合情理的報應，就由我來代她承受吧！」

那名商人裝扮的男子雖然逐漸融入黑暗，但仍微微回頭。他的目光一亮，朝富次郎的雙眼透射而來。

「悉聽尊便。不過，富次郎先生，您如果要賤賣自己，請適可而止。倘若日後遇上比您堂妹更重要的人物，您打算怎麼做？」

男子就此消失。富次郎呆立原地，耳中留下男子聲音的殘響。

——倘若日後遇上比您堂妹更重要的人物。

由於富次郎現在還什麼都不是，遲遲決定不了往後要過怎樣的人生，所以才能如此堅決說要「保護」阿近。

但他能永遠都這麼做嗎？富次郎，你的人生中找不到你個人專屬的重要事物嗎？一直都沒找到，就這樣渾噩度日嗎？

聚集陽世間的罪業，走在危險的獨木橋上。

富次郎想要發出聲音。說什麼都好，總之，他想聽聽自己的聲音。

「混帳！」

最後冒出這句話來。

拜此之賜，幫了他一個大忙。因爲他笑了。

「你這個光著腳丫的大混帳，別再來了。不然我扯下你的腦袋，拆了你的手腳，拿你的骨頭當柴燒喔！」

該這麼做的時候，適度破口大罵，感覺眞是痛快。富次郎朗聲大笑。他用手背往臉上一抹，發現臉上滿是冷汗。

「哈哈哈！」

紙罩蠟燈的燈油已燒盡。

黑白之間被暗夜吞沒——

不，書桌上依舊明亮。

因爲富次郎畫的龜屋招牌座燈正亮著燈。像月亮一樣圓的烏龜圖畫浮現紙上。

富次郎的畫照亮他心中的黑暗。

「——小少爺。」

耳邊傳來阿勝的聲音，一隻柔軟的手碰觸他肩膀。

富次郎跳起來，似乎不知不覺間趴在書桌上睡著了。

原來是一場夢。

「咦，阿勝。」

「您好像畫好了呢。」

竟然都天亮了。庭院一片明亮。阿勝起身走向防雨門推開後，朝陽照進黑白之間。

富次郎望向手邊。那是龜屋招牌座燈的圖畫。透著滑稽的渾圓烏龜。

畫得很好。

謝謝你，吉富先生。讓我畫出這幅畫。

「不能這樣坐著睡著。會睡出一身汗。您快點趁早上到澡堂洗個澡吧。」

一如平時的阿勝。一如平時的早晨。

大家都活著。

富次郎撿起掉在膝蓋上的毛筆，朝阿勝莞

爾一笑。

「說得也是。我就擺出浪蕩子的模樣，一大早上澡堂，展開新的一天吧。」

解說——路那

《魂手形》解說：旁觀者的故事

初看完《魂手形》，很難不被故事裡洋溢著的那股平和所困惑——說好的「奇數卷比較沉重」呢？比起第六卷《黑武御神火府邸》中招搖的莫名惡意，第七卷的《魂手形》中的故事，似乎更可以窺見人心中的溫暖。

但眞是如此嗎？重讀一次《魂手形》中所收錄的故事，這才愕然地發現，《魂手形》講述的其實全都是人生毀滅乃至於家庭破滅的故事：〈火焰太鼓〉實際上講述的是原本英俊偉岸、前途無量的武士，在一次任務中負傷，最後不得不拋妻棄女，化身爲守護領地的怪物之事；〈一往情深〉實際上講述的是原本郎才女貌、天作之合的家庭，在接二連三的意外打擊之下，妻子阿夏不得不賣身求存，更接連產下四名父不同的子女，最終更在眞相揭開後發瘋自殘的故事；〈魂手形〉實際上講述的，則是一個正值青春年華，卻因身分遭妒，而慘遭凌辱致死的女人的故事。與《黑武御神火府邸》中那些莫名其妙的厄運與惡意不同，《魂手形》的悲劇都有令人爲之啞然的緣由。

《魂手形》的平和，其實是一層輕薄的假象。爲我們溫柔地覆蓋上那層假象的，正是親臨三島屋的、說故事的人。

旁觀者的故事

不同於《黑武御神火府邸》中登場的人物，《魂手形》的三位說故事者，講述的都是他人的故事：新之助故事的主角，是與他相差十歲、已成爲一家之主的哥哥柳之助與大嫂阿佳；美代講的是自己出生前的母親的故事；吉富講的則是過路渡船人七之助與怒魂水面的故事。

不僅如此，若更進一步檢視，會發現儘管說故事者都在故事中有著參與度不同的角色，但他們與核心事件的關係，卻基本上都是「聽說」而來——〈火焰太鼓〉中柳之助的戰鬥、「憨懶沼之主」的眞相，柳之助成爲最新任憨懶沼之主的過程等等，新之助分別是由主君、壽之介和阿佳處聽說；〈一往情深〉中阿夏悲慘的身世、至松富士與丈夫伊佐治相戀的經過、最終爲家計所迫，不得不賣身，連產三子卻酷似伊佐治的「奇蹟」，都是身爲四女也完全不像伊佐治的美代從親友的口中得知；〈魂手形〉中的吉富，儘管同時認識七之助與水面，但他卻是從水面處得知七之助自我懲罰的緣由，又從七之助處聽說了水面的悲慘遭遇，呈現出一組相當有意思的「倆倆聽說」的關係。

這樣一層又一層的講述，就像一道又一道的過濾器，替我們濾掉了當事人心中那些強烈的情緒，置換以旁觀者的感觸。這讓那些痛苦顯得隱蔽，讓那些遺憾顯得遙遠，讓沉重的眞實顯現出故事的輕盈。

這樣的安排，與其說爲了讀者的情緒著想，倒不如說是爲了能從不同的角度呈現出「故事」本身多樣化的視角，與更進一步地闡述故事的「用處」。自「三島屋」系列的第一集起，宮部便不斷地強調「講述」與「聆聽」的重要。講故事的人，藉由講述故事放下過往；聽故事的人，則透過聆聽，逐步重建自我。然而故事的作用僅此而已嗎？在本作的〈魂手形〉一篇中，宮部讓吉富老先生在說故事的途中，發現自己對父親「其實很冷淡」一事，雖然只是一個小小的情節，然而卻暗示著「說故事」本身還存在著更深奧的面向——說故事本身就是一種內省的過程。在梳理著如何告訴他人的同時，敘事者也同時得深深地潛入自己的記憶與內心。什麼是想說的？什麼又是想保留給自己的？唯有透過再現，我們才能在安全距離下好好地整理與反思那些在我們生命中留下刻痕的事件、經驗與記憶。這就是爲什麼從阿近需要將故事轉述給叔叔嬸嬸，而富次郎則若不將故事的精髓以畫來表達，便無法作到「聽過就忘」的原因。

「吃」與「被吃」：故事的力量

作爲三島屋第二任聆聽者的富次郎，除了總是表現得溫和開朗又體貼外，大概就屬「吃貨」的形象最爲鮮明了吧。或許是爲了呼應此一特質，《魂手形》的三個故事，實際上都與「吃」有關：〈火焰太鼓〉與〈魂手形〉是互爲表裡的吃妖怪／被妖怪吃，最後永久／暫時地成爲妖怪。〈一往情深〉中，美代與阿夏一家人，既被飲食業拯救、以之作爲生計，也被飲食業推入地獄，體驗了「吃人的社會」。可以說，這三個故事體現了「吃」的方方面面。

除了呼應富次郎的吃貨特質外，「吃」這個行爲，在故事中其實有著更深層的作用。在新之助家鄉「只要吃了野獸的血肉就能得到其力量」的這個想法，無論在東西方，都不是個陌生的概念，「你就是你所吃的」。那麼，故事作爲精神糧食，它也存在著相同的功效。在本作三個故事中，「吃」的這個行爲，各有其象徵意涵。其中，對「吃」最有突破性的演繹，莫過於〈魂手形〉中吉富被水面吞噬的場景。

這乍看之下異軍突起的發展，實際上也可視爲對故事與說故事者之間關係的再闡述。透過置身於妖怪之中，吉富短暫地取得了水面的妖力，親身體會了她的憤怒與不甘，成爲她復仇的代理人——這難道不是我們在閱讀時常感受到的狀態嗎？宛若置身小說之中，同步地感受到人物的喜怒與哀樂。吉富未婚妻贈送的佛珠，便是《全面啓動》裡的旋轉陀螺。它提醒著我們，儘管那些悲歡離合撼動人心，然而我們仍有屬於自己的生活，以及屬於自己的故事。透過這樣一連串的演繹，宮部美幸證明了無論是聆聽，或是講述，「故事」都能透過它獨特的形式，帶給我們力量。

理想形象，與映照出的自我厭惡

在上一卷中，因應聆聽人選的轉換，登場的人物出現了大量的年輕男子。在本作中，這樣的轉換則進一步地深入到了人格特質上。不同於上一卷集中於性別，《魂手形》中登場的訪客，都是深知「分寸」、進退有據的人物。知道自己要作些什麼，又是爲了什麼要作——這正好是一直苦惱於自身未來的富次郎所最嚮往的人格特質。

在第六卷中，甫接任聆聽者的富次郎儘管自覺誠懇的自稱米蟲，但卻被仲介商燈庵視爲油腔滑調。以玩笑話道出眞心、總認爲自己不夠好的富次郎，在〈火焰太鼓〉中面對堪稱心目中完美男子漢形象的新之助後，富次郎的自厭可說達到了一個嶄新的高峰——他才不配自稱米蟲，因爲「如果眞是蟲子的話，還會自行繁衍，比我來得強。」

富次郎的自厭，不由得令人聯想到冒牌者症候群。儘管理智上分明也能理解不過是自尋煩惱，然而在情緒上就是越不過那個坎。在無人的黑白之間中，富次郎終於卸下嘻笑的外殼，首次讓自己眞實的情緒洶湧而出。然而那還不夠。那僅僅是對自己承認自身平素的自嘲，不過是孩子般彆扭逞強的變形罷了。要掙脫這樣的自我厭惡，富次郎還必須找到眞正能讓自己也肯定自己的事物。

所幸，在阿勝的幫助下，富次郎想起了畫師花山螳螂對他的肯定。儘管花山螳螂「不是多有名氣的畫師」，但能獲得專業人士的肯定，對喜愛畫畫的富次郎而言，無疑是值得驕傲的。那看似微不足道的稱讚，竟也就是掙脫自厭所需的全部了。此後，對美代、對吉富，乃至於最後神祕的仲介商，富次郎再也不曾如面對新之助後信心盡失。到了本書末尾，富次郎「擺出浪蕩子的模樣」的自嘲，較諸先前，更已少了幾分暗濤洶湧的自厭。擔任百物語的聆聽者所將經歷的蛻變，果然也正默默地作用於富次郎的身上吧！

作者簡介

路那

「疑案辦」副主編、台灣推理作家協會成員、台大台文所博士候選人。熱愛謎團，最大的幸福是閱讀與推廣推理小說與台灣文學。合著有《圖解台灣史》、《現代日本的形成：空間與時間穿越的旅程》、《電影裡的人權關鍵字》系列套書。

宮部美幸

作品集／76

Miyabe Miyuki

魂手形：三島屋奇異百物語七

國家圖書館出版品預行編目資料

魂手形／宮部美幸著；高詹燦譯. - 初版.- 臺北市：獨步文化：家庭傳媒城邦分公司發行, 民 111.04

面；　公分. --（宮部美幸作品集：76）

譯自：魂手形――三島屋変調百物語七之続

ISBN 9786267073285（平裝）

9786267073278（EPUB）

861.57　　109018910

原著書名／魂手形――三島屋変調百物語七之続・作者／宮部美幸・翻譯／高詹燦・責任編輯／詹凱婷・行銷業務部／徐慧芬、陳紫晴・編輯總監／劉麗眞・總經理／陳逸瑛・榮譽社長／詹宏志・發行人／凃玉雲・出版／獨步文化 城邦文化事業股份有限公司　台北市中山區104民生東路二段141號5樓　電話／(02) 2500-7696　傳眞／(02) 2500-1966; 2500-1967・發行／英屬蓋曼群島商家庭傳媒股份有限公司城邦分公司 台北市中山區民生東路二段141號11樓・讀者服務專線／(02)2500-7718; 2500-7719・服務時間／週一至週五：09：30-12：00、13：30-17：00・24小時傳眞服務／(02)2500-1990; 2500-1991・讀者服務信箱 e-mail／service@readingclub.com.tw・劃撥帳號／19863813 書虫股份有限公司・香港發行所／城邦（香港）出版集團有限公司 香港灣仔駱克道193號東超商業中心1樓／(852) 25086231 傳眞／(852) 25789337 E-mail／hkcite@biznetvigator.com 馬新發行所／城邦（馬新）出版集團 Cite (M) Sdn. Bhd. 41, Jalan Radin Anum, Bandar Baru Sri Petaling,57000 Kuala Lumpur, Malaysia. 電話／(603) 90578822 傳眞／(603) 90576622・封面設計／蕭旭芳・排版／游淑萍・印刷／中原造像股份有限公司・2022年4月初版・2022年8月30日初版3刷・定價／399元

Printed in Taiwan　ISBN 9786267073285（平裝）9786267073278（EPUB）

城邦讀書花園

www.cite.com.tw